A.E. VAN VOGT

Rencontre cosmique

TRADUIT DE L'AMÉRICAIN
PAR FRANCE-MARIE WATKINS

ÉDITIONS J'AI LU

Ce roman a paru sous le titre original :

THE UNIVERSE ENDED IN 1704 A.D.,
OR THE COSMIC ENCOUNTER

PRÉFACE DE L'AUTEUR

Au début de ma carrière d'écrivain de science-fiction je suis parti d'un principe auquel je crois toujours : dans chaque molécule, dans chaque cellule vivante, peut-être même dans chaque atome, l'histoire de l'univers est... gravée, implicite, voire incarnée. Si nous pouvions lire le langage de cette histoire – telle était mon hypothèse –, nous pourrions alors apprendre le commencement des choses.

J'avais déjà lu Jung et son argument selon lequel certains archétypes mentaux sont des symboles de notre passé génétique. L'implication était que ces archétypes peuvent apparemment se trouver dans le subconscient.

Avec ces idées en tête, sans les prendre ni moi-même trop au sérieux, j'ai commencé ce que j'ai poursuivi au fil des années. Vers la fin de chaque récit – quand la chose était raisonnablement possible – j'ai cherché à dégager les archétypes par une association libre. En somme, mais bien entendu toujours en rapport avec le récit particulier, je lâchais simplement la bride à mon subconscient.

J'espérais qu'ainsi l'ancienne vérité, ou une partie de cette vérité, émergerait et se trouverait imprimée de manière impérissable.

J'évitais cependant toute évaluation de ce qui se révélait pour la simple raison que je ne voulais pas que de futures associations « libres » soient influencées par des conclusions passées.

Je mentionne cela ici parce que, selon le système de calcul du temps d'une certaine planète d'Arcturus, j'ai aujourd'hui environ 1000 ans. Ainsi le moment semble venu. Et aussi parce que ce que j'ai laissé filtrer dans les pages de ce roman dépasse presque l'entendement de mon esprit ouvert et crédule.

Mais en considérant le but essentiel de ma vie j'ai tout laissé. Je voudrais même demander au lecteur de m'aider. Si dans vos propres lectures de science-fiction, vous avez découvert des passages d'autres auteurs, dépassant peut-être ce que j'ai fait, alors écrivez-moi aux bons soins de l'éditeur. Donnez le titre de l'œuvre, l'auteur et, si possible, les numéros des pages.

1

L'objet qui tombait commença à empiéter sur le temps terrestre et à pénétrer dans un site terrestre.

La date : 1704.

Le lieu : Le ciel au-dessus de la mer des Antilles par un après-midi étouffant et moite.

Dans la mer au-dessous naviguait un vaisseau toutes voiles dehors dont la toile blanche reflétait le soleil ardent. Le navire n'apparut d'abord que comme un minuscule point brillant sur l'immensité liquide et sombre. S'il avançait, si ses voiles gonflées le poussaient réellement, ce ne fut visible à aucun des quelques moments pendant lesquels l'objet tomba du bord externe de l'atmosphère vers les vagues.

Avec tant de reflets de soleil scintillant partout, l'humidité contenue dans la partie inférieure de cette atmosphère n'était nulle part devenue rosée le long de la trajectoire de chute. Mais sur le voilier, les hommes cherchaient l'ombre des grandes voiles, du côté opposé à la chose plongeant de l'espace. Ils étaient assis ou couchés, haletant et souffrant dans ce lourd mélange de chaleur et d'humidité. Ainsi, le vaisseau spatial ne fut aperçu que par un seul pirate, Figarty, un petit individu agile à figure de rat et, comme la plupart des rats, pas très intelligent.

Durant un temps de semi-pétrification d'environ sept secondes, Figarty suivit des yeux la chute de l'objet. A la fin de ces sept secondes, toute une série de stimulations avaient suivi leur cours dans son méchant petit cerveau. Les transmissions rapides entre le cerveau moyen et le cortex cérébral, normalement utiles, même pour un petit esprit, évoquèrent dans ce cas de moins en moins de symboles. Rapidement, la pensée cessa. L'inertie informe du cerveau inférieur prit la relève.

Simultanément les centres moteurs réagirent quand tout le reste échoua, par le mécanisme séculaire bien éprouvé du simple tire-toi-de-là-en-vitesse-et-commence-à-hurler.

Ostensiblement, donc, l'action visible fut la suivante : il quitta la lisse de la poupe et se mit à courir vers la prouc. Dans un état mental moins obscurci, même lui aurait compris la folie de ce geste.

Le pont du vaisseau pirate n'était pas en bon état. Au cours de ses vagabondages sous le soleil et les embruns, les multi millions de cellules trachéides composant ses planches avaient perdu leur fermeté. Même par vent léger, les vagues de l'océan déferlaient sur le navire; la chaleur tropicale de la journée faisait le reste. Ces deux éléments intenses faisaient subir une épreuve quotidienne à du bois qui aurait dû être repeint plus souvent. Mais, comme le capitaine Fletcher avait observé plus d'une fois de sa voix la plus sèche, « Qui peut obtenir d'un équipage pirate qu'il fasse tout le travail que nécessite un bateau? ». En conséquence, les planches étaient gauchies et même disjointes par endroits.

Chaque élément de ce bois, chaque cellule trachéide morte proposait aux passants un signal permanent : Marchez avec précaution, surtout si vous êtes pieds nus. Ici des échardes mortelles guettent l'imprudent et, de plus, un orteil écrasé attend celui qui se hâte; et réservent au réellement impatient, même chaussé, une déchirure ravageuse à ses belles bottes.

Dans sa folle ruée vers la proue, Figarty eut de la chance. Rien ne cassa. Rien ne se déchira. Il se cogna simplement et férocement la pointe du pied. La douleur fut absolument horrible mais, comme il ne tarderait pas à l'apprendre, elle se calmerait.

Néanmoins, durant ces minutes décisives il fit une exhibition de ballet presque miraculeuse, dansant sur son pied gauche tout en serrant le droit dans une main puis dans l'autre. Ce faisant, il proféra d'abominables jurons tout en montrant (d'une main puis de l'autre) l'objet tombant du ciel et criant à son public de venir voir.

Les cris déments troublèrent la paisible progression du navire. Le vacarme pénétra jusque dans les cabines les plus éloignées. Les premiers arrivants furent quelques hommes d'équipage ahuris. Ils regardèrent danser et jurer Figarty. Le second, Shradd, contourna le mât voisin et s'arrêta. Ses yeux foncés perpétuellement plissés s'agrandirent un peu quand il observa les pirouettes de Figarty et écouta ses hurlements incompréhensibles. Comme les autres, il ne remarqua pas tout de suite que les bras gesticulants du petit rat tentaient d'indiquer une direction.

Pendant ces instants vitaux, l'objet scintillant piqua, devint plus grand, immense, acquit une forme nettement ovale et plongea dans l'océan au bord même de l'horizon. A cette distance, il fut instantanément difficile à distinguer. Et quand il disparut sous les vagues il devint rapidement invisible.

Sur ce, presque à l'instant précis où le mince capitaine entrait en scène, les yeux du second se plissèrent derechef. En sacrant, il bondit et empoigna Figarty :

– Qu'est-ce que t'as vu? Qu'est-ce que tu racontes, imbécile?

Saisi de la sorte, Figarty cessa de crier et de gesticuler. Ainsi les paroles du second se projetèrent haut et clair dans l'après-midi moite. Ellles frappèrent le groupe important qui s'était maintenant assemblé et elles durent être mal interprétées. Un frisson d'anxiété parcourut tous les hommes. Ils s'agitèrent. Ils se retournèrent. Ils parurent mal à l'aise. C'était l'angoisse qui s'empare vite d'un équipage pirate, dont chaque homme sait quel sera son sort s'il est pris.

Naturellement, il n'y avait rien en vue, ce qui fut désastreux pour Figarty. Ces hommes étaient violents. Pendant une minute, ils s'étaient sentis menacés. Aucun d'eux n'étant des penseurs, ils n'avaient aucun moyen de s'accommoder de leurs sentiments, suscités par cette extrême menace, sinon en les exprimant.

Le regard rapide et sagace du capitaine glissa sur les visages de ceux qui étaient devant lui. Chaque figure, sous sa barbe ou son duvet, révélait une réaction : chez certaines une rougeur de colère, chez d'autres une pâleur alors que d'autres encore semblaient s'enfler ou se contracter d'horrible façon. Fletcher eut aussitôt conscience qu'une émotion aussi redoutable mettrait du temps à se calmer.

Alors même qu'il le pensait, une énorme brute, connue sous le nom de Evans Grosse Tête, décocha un coup de pied à Figarty. Les mots qu'il prononça, en détendant violemment sa jambe, furent l'équivalent londonien argotique de « Je m'en vais t'apprendre à nous jouer des tours ».

Ce que Grosse Tête découvrit alors, s'il ne le savait pas déjà – ou l'avait oublié – c'est qu'il n'est pas facile de coincer un rat; ou, si on l'a coincé, d'entrer en contact avec lui. Figarty entreprit une vive dérobade. La ruade ne toucha que sa jambe droite de pantalon. Mais cela l'affecta car il était lui-même dedans. Pas de douleur. Mais le pantalon fut projeté à un mètre, et Figarty avec, hurlant à chaque millimètre du chemin.

Le petit homme nerveux atterrit comme un animal enragé. Avant même de frapper le pont, il battait des jambes et son corps se tordait et se courbait. Et, en tombant, il agit. Un autre homme, dont les vaisseaux sanguins ressortaient sur sa figure comme des cordons violacés, tenta de le saisir... le manqua. Figarty était déjà parti en hurlant, avec des mouvements désordonnés.

D'autres cherchèrent à l'attraper, à le pousser et ce qui aurait pu se passer avec tant d'individus soudain lancés contre un seul reste une question mortelle sans réponse. Car à ce moment une voix de baryton parla. C'était celle du capitaine.

Selon les archives historiques des pirates de cette époque, le capitaine Nathan Fletcher était un gentilhomme qui avait mal tourné. Fletcher avait un point de vue différent de la cause et du destin. Totalement aliéné, il permettait parfois à ses hommes d'assassiner un membre délinquant de l'équipage, d'autres fois non.

A ce moment, il avait une raison d'intervenir, strictement pratique. Il était perplexe. Quelque chose s'était passé et comme, à l'insu de l'équipage, le vaisseau pirate attendait un certain navire britannique, il tenait beaucoup à savoir ce que Figarty croyait avoir vu.

C'était un orateur de talent. Sa voix à pleine puissance rugissante pouvait captiver un auditoire immense; il s'en était servi dans ce but quand il était encore en Angleterre, essayant toujours de s'adapter aux éternelles démences d'être politiquement au sommet et puis politiquement chassé.

Il rugit donc alors :

– Laissez-le tranquille! Je veux l'interroger.

Les deux significations pénétrèrent des esprits presque perpétuellement embrumés. La première phrase était une « défense de ». En elle-même, elle freina des hommes qui avaient passé leur vie à obéir à des ordres ou à y résister. Dans ce cas, chaque auditeur passa par le tortueux processus de l'obéissance à un capitaine, dont il avait accepté de respecter les commandements. Mais alors, quand cela eut retardé sa réaction, chaque membre de l'équipage s'aperçut indépendamment qu'un rat était soustrait à la justice. C'était intolérable alors... au diable les commandants.

En soi, l'ordre de cesser et de se calmer n'aurait pas protégé Figarty. Mais il provoqua cette halte momentanée dans le comportement automatique de plusieurs dizaines d'hommes. Il en résulta que la seconde phrase eut le temps de s'insinuer par le million de tubes neuraux pour entrer en contact avec la minuscule zone où demeurait encore une infime particularité de raison.

La combinaison des deux phrases avait sauvé la vie de Figarty, comme le capitaine Fletcher avait désiré qu'elles le fissent. Il comprenait les esprits simples. Il comprenait aussi que personne, là, n'avait *voulu* assassiner. Chaque homme d'équipage contenait une charge de violence. Son expression aurait supposé une grêle de coups, ou des ruades, ou des coups de couteau rageurs. Rien de tout cela n'aurait tué, en soi. Mais la chair humaine – Fletcher l'avait souvent observé – ne pouvait survivre à une combinaison de mutilations.

Pour rendre la chose officielle, le capitaine emmena le petit homme-rat dans sa cabine et là il lui arracha une histoire brumeuse d'objet tombant du ciel. Fletcher était un homme instruit, il avait entendu parler de chutes de météorites. Ce fut donc ainsi qu'il interpréta le récit superstitieux de la créature ignorante et illettrée debout sur le tapis devant son bureau.

Le second Shradd était descendu à la chambre du capitaine sur invitation formelle, prononcée d'une voix forte pour que chacun pût entendre. Il était assis maintenant et foudroyait du regard le misérable petit individu.

– Tu ne vas pas raconter cette histoire là-haut, j'espère? gronda-t-il en montrant du pouce le plafond et le pont au delà.

Fletcher pensait que l'officier pirate ne l'aimait pas. Il soupçonnait son second d'être jaloux de lui, de vouloir être capitaine. Shradd savait lire et écrire et, à l'occasion, prononçait des mots et des phrases avec une précision grammaticale méticuleuse.

L'homme avait donc reçu une éducation. Cependant, le plus généralement, il s'exprimait de manière grossière et idiomatique.

Depuis trois ans qu'ils naviguaient ensemble, Shradd n'avait jamais rien laissé percer de son véritable passé. Où avait-il appris la voile et la navigation? Il ne disait rien et il avait une fois conseillé au bosco de se mêler de ses foutues affaires. Il tuait facilement. Il frappait vite. Il traitait les hommes avec une camaraderie brutale. Ses actions et ses façons le plaçaient dans leur camp. Observant cela, le capitaine Fletcher s'était dit plus d'une fois qu'en cas de crise personnelle, l'équipage ferait confiance à Shradd plutôt qu'à lui.

Pour un gentilhomme-pirate, ces considérations étaient d'un intérêt mineur, à être envisagées mais écartées d'un haussement d'épaules et avec une philosophie d'acier qui acceptait la violence et les jeux de hasard et ne haïssait que la conformité.

Les paroles du second, néanmoins, firent réfléchir le capitaine à la simple solution qu'il projetait pour Figarty. Son idée était qu'ils montent tous les trois, qu'ils rassemblent les hommes et leur parlent des météorites. Ainsi, ce qui était toujours le mieux à son avis, ils régleraient l'affaire par une vérité.

Et pourtant maintenant, ridiculement (plus ou moins), il reconnaissait à demi que Shradd avait davantage conscience de ce que l'équipage accepterait ou n'accepterait pas.

Une autre réalité le fit hésiter. Si les décisions immédiates n'étaient pas exigées en cas de crise, ou s'il avait déjà une politique à l'égard d'une chose, il écoutait *toujours* avec courtoisie les opinions des officiers du bord et même celles des hommes. Aussi, maintenant, ne trouva-t-il pas difficile de renoncer à l'emploi de la simple vérité au bénéfice de Figarty.

Il tourna ses yeux d'un bleu intense vers son second et demanda donc.

– Que recommandez-vous, Mr Shradd?

Shradd était un des dix hommes du bord les plus

grands et les plus forts. Assis là, il haussa ses puissantes épaules et secoua la tête.

– Ils auront surmonté leur frayeur, maintenant, dit-il. Vous n'avez qu'à raconter que Cooty, là, a eu un coup de folie à cause de la chaleur. Ils comprendront ça. Ils en sont presque fous eux-mêmes.

L'homme en chemise à jabot et magnifique habit de velours rouge assis derrière le lourd bureau permit à un froncement de sourcils d'assombrir sa belle figure. Puis il fit « Hum » sur un ton favorable.

Ce qui le séduisait dans cette explication, c'était la possibilité qu'elle pût être, effectivement, la réalité. Mentalement, silencieusement, Fletcher se gourmanda. Toujours le côté confiant, pensa-t-il. Toujours, quand il ne se méfiait pas, à prendre les gens pour ce qu'ils paraissaient.

Comme il en venait à cette acceptation à quatre-vingt-dix pour cent (au moins) de la suggestion du second, une exclamation de protestation émana de Cooty Figarty.

Les deux officiers se tournèrent d'un commun accord et foudroyèrent du regard le petit homme nerveux.

– Cette idée ne te plaît pas? demanda le capitaine Fletcher avec une douceur menaçante.

Je l'ai vu. C'est tombé du ciel. C'était tout étincelant de verre et de métal. Et grand

La folie totale de ce propos emporta la décision. Le rat avait manifestement perdu la raison un moment.

– Ecoute, mon gars, dit résolument Fletcher, nous essayons de te sauver la vie. Rappelle-toi ce qui est arrivé à mon valet de cabine. Nous lui avons dit de cesser de harceler l'équipage et il n'a pas écouté. Alors une nuit quelqu'un l'a jeté par-dessus bord. Mon conseil, le voici : laisse le second et moi monter sur le pont avec toi et je leur dirai ce que suggère Mr Shradd. C'est tout. Compris?

Tout le reste de l'après-midi, Figarty fut en butte à

de grossières plaisanteries. Au début il se tint coi. Puis il commença à montrer les dents. Finalement il proféra des menaces parmi lesquelles certaines très fortement senties, par exemple « Ne me tourne jamais le dos, un soir je t'y glisserai un couteau! ». Ces déclarations refroidirent progressivement l'ardeur de ses bourreaux.

Et il ne pouvait y avoir de doute ni de question. Malgré le donnant donnant sinistre, sa propre vie n'était plus en danger immédiat.

L'après-midi étouffant s'écoula lentement. La nuit vint enfin recouvrir une mer dont les reflets passèrent du bleu-blanc au bleu foncé puis au noir pointillé d'écume argentée à perte de vue.

2

Rapidement, les bruits humains du navire se turent. Dans le gaillard d'avant, les hommes abandonnèrent leurs dés et gagnèrent leurs hamacs. Quelques gros ronfleurs produisirent bientôt des sons rappelant encore la présence d'êtres humains.

Le navire continua d'avancer en grinçant dans l'obscurité. Vers minuit, Fletcher, qui travaillait encore, monta sur le pont et consulta le compas. Pendant un moment il resta à la lisse, contemplant la mer. C'était un regard d'expert; il estimait la vitesse du bateau.

Retournant dans sa cabine, il accomplit ce singulier exploit du navigateur consistant à tracer la course du vaisseau et sa position probable par simple supposition.

... Hier à midi, le bateau était là... et sa plume d'oie marqua l'endroit sur la carte qu'il avait étalée... En douze heures, le vaisseau avait navigué à une allure moyenne de onze nœuds au Nord par 5° Ouest. Donc, normalement, il était maintenant ici... et il nota la position. Le vent avait progressivement viré et soufflait maintenant de 10° plus à l'est.

Il calcula l'effet, ajouta encore 7° pour un courant se dirigeant vers l'est, puis il fit sa supposition, traça sa ligne et projeta la course et la position du vaisseau au moment du lever du jour.

Il allait ainsi guider à l'estime son navire d'abord vers un rendez-vous avec sa prochaine proie, puis jusqu'en Angleterre. Là, en groupe, ils écouleraient la cargaison saisie sur plusieurs navires capturés. Et là il récolterait, seul, en secret, le butin de 10000 guinées. Ce serait en plus des 5000 qu'il avait touchées à l'avance.

Pour Fletcher, c'était une perspective sombre mais satisfaisante. Avec 15000 guinées, reçues à l'insu de l'équipage et s'ajoutant à certaines autres sommes, il pourrait fort bien retourner en Angleterre ou tout au moins en Europe.

Il préférait la France. Mais ce serait peut-être difficile avec l'armée de l'autre Churchill guerroyant en Europe, livrant pour l'Angleterre la guerre de succession d'Espagne.

Peut-être l'Italie. Naples.

Il contempla en pensée cette agréable possibilité, sous forme d'images de plaisirs; au début les images mentales l'apaisèrent. Puis... le premier froncement de sourcils.

Soudain, il lui parut presque qu'il se souvenait réellement de quelque chose qui s'était déjà passé, tant étaient vifs et détaillés certains de ses fantasmes. Ses yeux se plissèrent et il éprouva une nette impression de confusion mentale.

Ce qui le troublait c'était un souvenir de plus en plus précis d'une vie entière passée à Naples, en Italie. Maintenant que les devoirs de la journée et ses distractions étaient écartés, les images d'une vie de plaisir, avec des noms et des visages d'hommes et de femmes qu'il avait connus – une centaine d'hommes au moins et plusieurs dizaines de femmes, et toute la fantastique existence napolitaine animée, *d'une durée de trent-cinq ans* – passaient devant ses yeux en une interminable suite de tableaux et de sons, d'odeurs et de goûts, avec des bribes de dix mille conversations... un mélange incroyable. Et, naturellement, tout à fait impossible. Parce qu'il était là sur ce maudit navire.

Epuisé par tout cela, il finit par s'endormir. Bientôt il rêva d'une certaine beauté brune de l'Italie ensoleillée que – selon son souvenir – il ne rencontrerait pas avant huit ans.

Bien trop vite la nuit sûre – où les pirates sont aussi à l'abri qu'ils peuvent l'être – céda la place à l'aube et le ciel bleu devint plus éclatant de minute en minute. Quelque part sur la mer, alors que, toutes voiles dehors, l'*Orinda* élancé fendait le léger clapot matinal, alors que le soleil s'annonçait déjà en illuminant d'or les nuages à l'est et que les odeurs marines étaient portées aux narines de tous par une bonne brise d'ouest, vent arrière, alors soudain le second-maître, qui était de quart, poussa un cri d'alarme.

Le capitaine Fletcher, montant précipitamment sur le pont, ne fut pas trop surpris de voir ce que montrait du doigt le crieur. Voguant vers eux presque droit devant, c'était leur victime.

Tout le monde réveillé, petit déjeuner dans le ventre et à son poste. Plus de traînards. Plus de rebelles, plus de résistance aux ordres des officiers.

Autour du navire, sur l'eau agitée et là-haut dans le ciel, le monde s'éclaircissait mais restait brumeux. Le vaisseau pirate battant pavillon britannique fendait la mer houleuse. Tout là-haut dans le nid-de-pie, la vigie scrutait l'univers embrumé en cherchant à ne pas perdre la proie.

Les minutes de tension étaient dures pour les matelots comme les officiers. Des figures crispées se tournaient dans toutes les directions visibles à chaque paire d'yeux vitreux. C'était la peur éternelle. Ils voulaient être sûrs d'être bien seuls avec la victime visée.

Fletcher, qui était redescendu, emmenant Shradd avec lui, dit à cet individu :

– En principe, Mr Shradd, quand le bâtiment de guerre aura escorté le *Red Princess* à vingt-cinq milles au large, il fera demi-tour. Après tout (et il sourit férocement) il a d'autres devoirs, d'autres navires à protéger; et puis le frère de Marlborough est le chef de la marine de Sa Majesté et il est d'une nature douce et confiante. Contrairement au capitaine-général, il suppose que ses subordonnés donnent des ordres basés sur le bon sens et l'indéfectible loyauté; et d'ailleurs tout le monde sait que les vaisseaux pirates ne s'aventurent pas près des stations navales.

Il s'interrompit, examinant devant lui la figure aux traits lourds dans la lumière des deux hublots. Les yeux du second étaient plus plissés que jamais. Ses lèvres humides s'entrouvraient. Ses dents inégales luisaient entre elles, comme un objet brillant aperçu par une très petite ouverture. Ce n'était pas un joli spectacle car l'homme n'était pas beau. Mais l'effet général était celui d'un individu qui réfléchit avec intensité aux détails d'un plan...

Enfin :

– Je dois avouer, capitaine, que je n'ai pas vos contacts politiques qui vous permettent d'envoyer des messages à des espions à l'Amirauté...

– Avec des pots-de-vin! interrompit Fletcher. N'oubliez pas que l'argent achète souvent non seulement la pureté d'une femme mais l'intégrité d'un sous-officier.

– Je crois tout de même que cette fois nous prenons un grand risque. C'est trop près.

– Nous sommes engagés, monsieur, déclara fermement Fletcher. C'est un bon navire, me dit-on. Je crois que le résultat vous plaira.

Au soulagement de tous, y compris Shradd, la poursuite et la capture furent affaire de routine pour l'*Orinda* lourdement armé.

Bientôt après, la cargaison fut rapidement transbordée, les femmes furent amenées à bord et eurent à choisir entre la mort par noyade et le viol. Fletcher se souciait peu du choix de l'héritière. Si elle acceptait le viol, alors quelque temps avant que le moment vienne de ramener le contingent féminin à bord de la *Red Princess,* il y aurait un accident. Et la victime de l'accident serait elle.

Cependant, ce qui ne fut pas autrement surprenant d'après ce qu'il avait vaguement appris d'elle... elle choisit la mort. Donc...

Lady Patricia Hemistan resta impassible et figée quand le câble fut attaché autour d'une de ses chevilles et l'autre extrémité à une lourde chaîne. Elle remua les lèvres.

Le capitaine Fletcher ne put se retenir.

– Je présume que vous priez Dieu, mademoiselle.

Elle ne répondit pas. Ses joues étaient blêmes. L'homme pensa qu'elle était dans un état de prostration trop profonde pour avoir entendu. Il était important pour son dessein qu'il semblât donner un choix à chaque femme. Il y avait peu de personnes perspicaces ou soupçonneuses à bord. Les hommes seraient surpris s'il se hâtait trop de se débarrasser d'elle et, comme il n'avait pas l'intention de partager un seul liard du salaire du crime, et comme il était déjà convaincu qu'elle ne changerait pas d'idée, il poursuivit son argumentation.

– Si, comme moi, vous doutez de l'existence d'un au-delà, je vous conseille fortement de choisir la voie de la chair.

Quelques-uns de ces mots durent pénétrer. Sans tourner la tête, la jeune fille répondit :

– Je crois en Dieu.

Il y avait en elle une franchise, comme elle disait ces mots, une pureté qui éveilla soudain le désir du capitaine. Il songea : « Après tout, elle pourrait mourir d'un accident... plus tard. » Il ouvrit la bouche et une lueur d'appétit brilla dans ses yeux bleus.

– Mademoiselle, votre beauté juvénile... Vous être trop jeune pour mourir. Je vous le promets.

Seuls le second et moi et un autre vous violerons...

Un murmure de protestation courut dans l'équipage.

L'homme mince et tendu fit un geste tranchant du bras, comme pour couper le son. Quand le silence se fit, il y avait un peu de couleur aux joues de la jeune fille.

– Epargnez-moi votre genre de miséricorde, dit-elle, et que l'on en finisse avec cette exécution.

Pour la première fois, un léger sourire frémit sur la belle figure virile et tannée.

– Ce n'est pas une exécution, mademoiselle. C'est un assassinat.

Il allait faire un geste nonchalant quand, stupéfait, il comprit qu'il hésitait. Une vieille émotion presque oubliée s'animait tout au fond de lui : la compassion, la considération, la courtoisie.

La prise de conscience de cette folie fut tout ce qu'il lui fallait... avec son énorme motivation pour la vilenie.

– Qu'on la jette par-dessus bord! ordonna-t-il avec dureté.

3

La mer des Antilles, un prolongement de l'océan Atlantique, mérite son nom de mer du fait que les Indes-Occidentales la séparent des plus vastes étendues d'eau du nord et de l'est. La mer elle-même contient deux fosses profondes reliées par un plateau sous-marin.

En aucun endroit ce plateau n'est à plus de 1800 mètres de profondeur, une réalité qu'appréciaient fort les passagers du vaisseau de transit; car c'était dans l'eau au-dessus du plateau que leur appareil avait échappé à tout contrôle. Au moment zéro – l'instant de contact avec la mer, hors de contrôle et à une vitesse follement dangereuse – ils s'étaient naturellement transformés de la chair vulnérable en un état d'énergie pratiquement invulnérable, indispensable pour le voyage de transit à l'ultra-vitesse de la lumière. C'était leur unique protection possible contre un impact en chute libre.

Ainsi, en tant qu'entités, ils survécurent. Et, comme leur vaisseau pouvait supporter la pression d'une profondeur marine de 1800 mètres (mais pas beaucoup plus) il résista aussi. Bien entendu, comme les éléments du Transiteur étaient des variantes de neutronium, sa flottabilité fournie par l'intérieur creux ne pouvait servir à la maintenir à la surface. Il plongea donc dans les profondeurs, presque comme un objet solide. Mais pas tout à fait solide, heureusement. Il ralentit et il finit par se poser sans impact sur le fond. Il s'enfonça bien un peu dans le sable mais de quelques mètres seulement. Et ne bougea plus.

A l'intérieur du vaisseau il y avait des cabines qui n'étaient pas du tout des cabines selon les normes de 1704. De minces serpentins de métal étaient suspendus des hauts plafonds et tombaient presque jusqu'au sol de chaque pièce. L'effet était... plumeux.

Des dessins complexes comme de la dentelle. La lumière dansait parmi les filaments de métal coloré, traçant un motif, créant une sensation d'espace et d'énergie inhumaine mais belle.

Le temps passa. Quelque chose, dans le vaisseau, eut conscience que la nuit était tombée bien loin au-dessus de ces profondeurs silencieuses. Et puis l'aube vint. Un peu plus tard, cette même perception observa la jeune fille jetée par-dessus bord. Elle proposa une correspondance subtile au cadavre qui l'accepta. A la suite de quoi il fut rapidement attiré vers le fond de l'océan aux distances effroyables et prit position à côté du vaisseau accidenté.

Son arrivée fut comme un signal. A l'intérieur et pour la première fois dans cet entrelacs d'ombre et de lumière, quelque chose bougea. Une chose étincelante, luminescente, sembla ruisseler parmi les fils de métal serrés, comme si elle en avait besoin pour s'y raccrocher. Comme un homme descendant de très haut par une échelle étroite, l'entité brillante chatoya de pièce en pièce et s'arrêta dans la plus grande, devant la transparence qui séparait l'intérieur du fond de l'océan.

Elle regarda dehors. Elle vit... un corps de femme.

Le corps ne flottait pas. Il tirait sur le filin reliant une cheville à une lourde chaîne. L'impression était celle d'une personne encore en vie levant le bras droit vers les vagues lointaines de la surface, l'autre accroché dans un pli déchiré de ce qui avait été une longue robe.

Ainsi retenu, le corps tournait lentement dans un courant, présentant d'abord le visage et les seins nus d'une jeune femme. Puis, toujours tournant sans but, une vue de profil. Vue de côté, elle paraissait plus jeune, presque une enfant. Dix-huit, dix-neuf ans.

Il y eut une pause, pendant laquelle un genre de communication inhumaine s'échangea entre la chose d'énergie au hublot et une autre entité ailleurs dans le vaisseau. Quelques instants plus tard, le corps de la jeune fille commença à bouger comme si un courant plus fort le guidait. Il disparut à la vue du hublot et glissa le long du flanc du vaisseau, en remontant, et dans un sas.

Doucement, avec précaution, la jeune morte fut déposée sur la petite grille de transit qui faisait obligatoirement partie de l'équipement du vaisseau. Tout aussi soigneusement, elle fut poussée *à travers* cette grille.

Ce qui émergea de l'orifice à l'autre extrémité ne fut pas exactement la véritable Lady Patricia Hemistan. Mais c'était une assez bonne approximation. Cela avait la plupart de ses souvenirs. Cela lui ressemblait beaucoup. Et, le plus important, elle croyait qu'elle était Lady Patricia.

Le réveil ne fut pas douloureux. Elle resta un

moment allongée les yeux fermés, sans bouger, en pensant que si elle ne donnait pas signe de vie, personne ne la remarquerait.

Les « personnes » qu'elle avait en tête étaient les pirates.

En se noyant elle avait pris une seule inspiration goulue (d'eau) et instantanément perdu conscience. Ou du moins il le lui avait semblé. Elle n'avait à vrai dire aucun souvenir de sa mort; ce qu'elle avait fait en aspirant l'eau dans ses poumons avait été la meilleure solution.

Comme la mort lui avait été infligée très rapidement, elle n'avait aucunement idée que le trépas était effectivement survenu. Ainsi, ses pensées étaient quelque peu confuses et elle se croyait de nouveau à bord du vaisseau pirate.

Au bout d'un moment, elle entrouvrit les yeux. Puis elle les referma vivement.

La perplexité vint. Qu'avait-elle donc vu?

Les serpentins!... Métalliques, argentés, des fils de la vierge... elle les revoyait nettement dans son esprit. Une fois de plus elle ouvrit les yeux et cette fois ne les referma pas.

Elle contempla au-dessus d'elle... une fantasmagorie.

Première découverte : elle était allongée non sur un lit mais sur une substance souple, qui semblait faire partie du sol, ou qui était peut-être le sol.

De sa position couchée elle pouvait voir — seconde découverte — que les délicats fils de métal soyeux et brillants ne pendaient pas tout à fait jusqu'au sol. Il y avait un espace d'environ deux empans.

Les yeux grands ouverts, Patricia considéra l'impossibilité de tout ce qui était arrivé... J'ai été jetée par-dessus bord, et puis j'ai dû être sauvée.

Mais elle devait reconnaître que ce qu'elle voyait ne ressemblait pas à l'intérieur d'un vaisseau pirate ni à aucun autre endroit où elle avait été.

Une heure plus tard, après avoir vu le fond de

l'océan à travers le verre épais, après avoir rampé à travers une dizaine de vastes salles, chacune pleine des mêmes masses de rubans métalliques, sans trouver la moindre créature ni rien à manger, elle devint extrêmement angoissée.

4

Et cette deuxième journée suivit aussi son cours; et la nuit retomba sur une mer étincelante.

Dans ce vaste océan sombre, il se produisit alors un événement impossible.

L'eau bouillonna et un petit vaisseau émergea des profondeurs.

Il y avait à vrai dire plusieurs improbabilités dans cette soudaine apparition. La première était naturellement la nature de l'objet. Il était en métal mais ne brillait pas. Il paraissait léger et devait par conséquent être creux. Il était complètement fermé, ce qui suggérait un vaisseau qui pouvait être rendu étanche à l'eau et capable de remonter d'une profondeur. Mais ce qui était particulièrement impossible, c'était la façon par laquelle il était remonté. Elle défiait les lois de la flottabilité.

Une torpille creuse, faisant surface d'une très grande distance, arriverait normalement à une vitesse qui la propulserait dans les airs. A quelle hauteur? Cela dépendrait de la profondeur de laquelle elle avait bondi.

Cet engin en forme de torpille fendit le sommet d'une vague. Emergea sur la moitié de sa longueur, à peu près. Puis retomba avec un bruit de clapotis. Oscilla quelques instants seulement sur l'eau mouvante. Et puis se stabilisa. Il devint extraordinairement stable. Il se comportait, donc, comme s'il avait le métacentre équivalent à celui d'un grand bateau bien équilibré. Et pourtant il n'était pas plus grand qu'une barque de bonne taille.

Et il se dirigeait vers le vaisseau pirate.

Dans cette nuit sans lune, le voilier n'était pas facile à voir. Sa coque sombre était presque invisible sur l'eau obscure. Et les voiles blanches, toujours hissées, formaient un dessin qui se fondait harmonieusement dans l'horizon assombri et nuageux et dans les crêtes blanches d'une mer houleuse.

Le petit objet en forme de torpille fit donc surface puis, d'un mouvement en avant continu, glissa droit vers le grand voilier.

Dans l'eau, rien de ce qui bouge n'est silencieux. Ainsi il y avait des clapotis, des claquements de vagues contre une surface dure et lisse. Cependant le facteur décisif était que la force motrice du petit engin, quelle qu'elle soit, ne faisait, elle, aucun bruit.

Quand la torpille émergea, elle était à moins d'un demi-mille du vaisseau pirate. Approximativement trois minutes plus tard elle avait déjà accéléré dans l'eau à une vitesse atteignant 70 nœuds avant de ralentir et de virer contre le bordé du voilier en calquant son allure sur la sienne.

Alors que s'accomplissait cet improbable exploit, la moitié supérieure de la torpille se fendit en deux, dans le sens de la longueur. Chacun des côtés de la fente s'enroula et disparut dans une rainure où il s'encastra à la perfection.

Soudain, le petit engin ressembla un peu à une longue barque étroite. Sans avirons.

Un petit peu seulement. Parmi les nombreuses différences il y avait des renflements symétriques le long du fond. Dans un de ces renflements une cavité ovale était pratiquée, assez grande pour qu'un homme puisse s'y asseoir.

Dans ce renfoncement se trouvait un jeune garçon.

L'eau enlaçait le vaisseau pirate, l'embrassait de ses doigts, de ses bras, de ses mains mouillés, pour ainsi dire, qui poussaient, tiraient, repoussaient, forçaient. C'était un effort de résistance incessant contre la force colossale des voiles gonflées. D'instant en instant, les voiles gagnaient cette bataille et le bateau avançait régulièrement.

Le garçon se leva. Il se dressa dans la nuit, gardant apparemment son équilibre avec aisance sur le fond de sa petite embarcation. Le vent qui sifflait dans la toile souleva le sommet d'une crête et l'inonda d'air frais et d'eau qui mouilla ses cheveux et brilla sur sa petite figure blanche.

Il ne parut pas s'en soucier. Il levait les yeux comme pour calculer la hauteur – immense pour lui – de cette étrave qui fendait la mer aussi résolument.

Tous les sons du vaisseau grinçant lui parvenaient avec une singulière netteté. Des hommes qui criaient. Le vacarme de la vaisselle dans la cuisine. Les pas d'un homme marchant vers lui sur le pont.

La possibilité que la sentinelle regarde par-dessus bord ne semblait pas troubler le garçon. Il paraissait sentir qu'à la nuit tombée les esprits indociles de ce bateau relâchaient leur vigilance et oubliaient la discipline. Pour un pirate, le moment du danger était le jour. La nuit apportait de longues heures de sécurité. Le quart, là-haut, n'était qu'une routine. L'homme, quel qu'il fût, ne vit pas l'étrange embarcation qui restait si stable dans les eaux remuantes. Et il ne vit pas le garçon qui entreprenait maintenant de grimper, incroyablement, le long de la coque lisse et mouillée.

Au-dessous de lui, derrière lui, la « barque » effectua une opération encore plus impossible que tout ce qui s'était déjà passé. Les deux sections à glissière, qui s'étaient séparées quelques minutes plus tôt alors que l'enfant était encore à bord, émergèrent lentement de leurs fentes – à présent qu'il n'y était plus – et se rejoignirent sans bruit. L'embarcation inoccupée commença à plonger... automatiquement. En quelques secondes elle fut recouverte. Elle disparut dans les eaux noires sans le moindre reflet lumineux. Un instant elle fut encore visible. L'instant suivant elle n'était plus là.

En bas dans le gaillard d'avant, où une partie de dés bruyante était en plein essor, Softy Jones eut une idée. Il ramassa ce qui restait de pièces devant lui et déclara :

– Je vais revenir.

– Où tu vas?

– Ah, j'étouffe. Je vais prendre un peu l'air. Je reviens.

Il pensait que c'était une impulsion personnelle; et personne ne s'étonna que Softy, pour la première fois – la *toute* première fois – soit capable de s'arracher ne fût-ce qu'une minute à une partie de dés ou de cartes. Le jeu avait mené Softy à la ruine. Excepté son habitude irrésistible de parler sur tout et n'importe quoi et une longue carrière de menteur, il n'avait pas de vices.

Il ne profitait pas des femmes capturées. Dans une attaque, il était établi depuis longtemps qu'il s'occuperait de menues tâches de pont ou tiendrait la roue. Jamais on n'avait entendu dire que Softy avait tué ou même blessé quelqu'un.

Il monta sur le pont, sans être remarqué par des hommes dont la sensibilité au danger ne comprenait pas l'observation de comportements insolites. On était ce que l'on paraissait. Si l'on était un léopard on pouvait changer ses taches et, du moment que votre figure restait la vôtre bien reconnaissable, *rien* de ce que vous faisiez de différent ne pouvait provoquer le moindre soupçon d'étonnement.

Arrivé sur le pont, Softy se dirigea tout droit vers l'endroit où se trouvait le jeune garçon. Et là, juste avant d'être volontairement capturé par le seul pirate sûr du bord, le garçon perçut l'homme.

... Il regarda d'abord la forme puis à travers la substance : vit dans un état second un ahurissant mécanisme de tuyaux et de sacs de liquide reliés par de longs filaments flexibles et un réseau encore plus fin de communication électrique interne, qui transmettait d'une masse centrale dans la tête à des centres plus petits dans toute la structure tri-dimensionnelle. Remarqua qu'il y avait de nombreux centres dans la tête et le corps, chacun avec une fonction, et que tout le complexe était supporté par une charpente osseuse contenue dans une mince enveloppe extérieure sans déchirures.

Le garçon observa sur un autre niveau de perception que l'homme n'avait pas conscience de son moi physique interne; qu'il agissait, pensait et ressentait sans considérer comment cela se faisait.

Softy, voyant le garçon dans le noir, parut savoir exactement ce qu'il devait faire. Il avança en chancelant sous un hauban, se baissa sous un cordage tendu et saisit sa proie. Ses mouvements et son intention étaient totalement convaincants, individuellement et en général (pour lui).

C'était un homme mince, de taille moyenne, endurci par de longues années en mer; ainsi, lorsqu'il eut établi au toucher que ce qu'il avait vu à la lumière d'une lanterne accrochée derrière une voile, de sorte qu'elle ne pouvait être vue de loin, était un jeune garçon, il fut certain de pouvoir maîtriser la situation.

Une ombre de superstition l'effleura, juste assez pour inspirer la pensée que c'était le mousse qui avait été jeté par-dessus bord. Mais il était à vrai dire à demi instruit et il chassa cela rapidement. L'idée demeura sous forme de vague angoisse qui l'aida à décider de ne pas donner l'alerte, de crainte que les assassins, découvrant qu'il y avait là un jeune garçon, n'attendent pas de l'identifier mais agissent immédiatement contre lui.

Softy subit une autre influence fugace, le souvenir de l'ultra-colère de l'équipage la veille.

Ainsi motivé, il poussa silencieusement son captif devant lui vers l'avant. Et son impression de ce qui s'était passé fut qu'il traînait à demi, conduisait à demi l'enfant vers la cabine du capitaine. Le fait que le garçon ne faisait aucun bruit non plus ne frappa point Softy Jones.

Le capitaine Fletcher fut étonné de ce qu'il vit

quand il ouvrit la porte de sa cabine. Mais il écouta avec une expression de plus en plus songeuse le récit de Softy qui « voyant le gosse sur le pont » l'avait « comme ça empoigné et traîné par ici ». Dès que l'homme se tut, Fletcher s'avança, saisit lui-même le bras du jeune garçon et envoya Softy chercher le second.

Quelques minutes plus tard, les deux hommes contemplèrent ensemble ce que Fletcher avait regardé seul à la lumière de ses belles lampes de bronze. Ils virent un garçon en costume de velours. Il était petit mais paraissait vigoureux. Il avait des cheveux foncés et des yeux sombres dans une figure ronde et pâle; il leur apprit dans un anglais cultivé qu'il avait été garçon de cabine à bord d'un vaisseau, lequel avait sombré quelques jours plus tôt en heurtant un récif caché.

En examinant l'enfant, tandis qu'il parlait, Fletcher n'eut aucune impression de mensonge. Mais comme il était consciencieux en toutes choses, il posa les questions nécessaires : Nom... Billy Todd; vaisseau... Le *Black Falcon;* port d'attache... Londres.

C'était la simple histoire d'un naufrage ordinaire, avec une intense confusion dans l'obscurité, les canots mis à la mer par des hommes affolés qui n'avaient pas attendu l'ordre d'abandonner le navire.

Considérant la source de ce récit – un gamin de quinze ans – Fletcher le crut.

– Eh bien, mon gars, dit-il d'une voix joviale, on dirait que tu as de la chance. J'ai besoin d'un garçon de cabine. Ainsi, si tu veux bien signer ton engagement, tu pourras achever ton temps à bord de notre joyeux petit navire. Je dois t'avertir que nous sommes engagés dans diverses activités qui nous entraîneront un moment loin de ces eaux mais nous finirons par revenir.

Le second gesticulait violemment mais Fletcher ignora le colosse et ses mouvements aux implications négatives. Plus tard même, lorsque Billy eut solennellement accepté la proposition, après que Fletcher l'avait personnellement conduit dans le gaillard d'avant et l'avait présenté aux hommes (et raconté l'histoire de Softy), il prit son second à part et lui murmura :

– Nous pourrons toujours le jeter par-dessus bord, Mr Shradd.

La figure furieuse et les yeux perçants réfutèrent ces mots. Le second grommela entre ses dents :

– Si jamais nous sommes capturés, il sera un témoin.

Fletcher rit de son rire le plus grinçant.

– Ainsi que tout individu acceptable consentant à être témoin pour la Couronne! Quand ce moment viendra, ce sera la moitié de l'équipage et la moitié des officiers; seul le capitaine n'aura pas le droit de moucharder. Vous voyez donc que ma propre peau est constamment en danger total. La vôtre dépendra de ce que vous pourrez filouter alors.

Ces mots, Fletcher le savait fort bien, n'étaient pas vrais. La loi britannique faisait exécuter *toutes* les personnes mêlées à un crime, même si une seule dans le groupe avait commis l'assassinat. Mais Fletcher avait observé que la plupart de ces hors-la-loi vivaient dans un univers d'illusions, d'espoirs secrets et de manigances. A un certain niveau, ils avaient conscience de la nature impitoyable de la loi et, dans une crise, se battaient comme des démons; mais sur un autre plan, il y avait le désir presque conscient de ne rien savoir.

– Jamais ils ne me prendront vivant!

Telle fut à présent la réponse de Shradd.

Mais l'attention du colosse – son capitaine le vit bien – était distraite; l'argument avait évidemment de la valeur pour lui. Sentant le moment opportun, Fletcher ajouta vivement :

– Mieux vaut aller nous coucher. Nous devons nous lever tôt demain et nous avons une longue journée de course devant nous.

A la lumière de ses belles lampes, il vit avec soulagement que la rage et la méfiance du second semblaient s'être provisoirement apaisées. Shradd grogna vaguement et partit dans l'étroite coursive vers sa propre cabine. Fletcher ferma sa porte et reprit avec bonheur son travail d'estime pour prévoir la course de l'*Orinda* du lendemain... vers la lointaine Angleterre.

Rapidement, les bruits humains du vaisseau se turent. Dans le gaillard d'avant, les hommes abandonnèrent leurs parties de dés et cherchèrent le sommeil. Quelques ronfleurs sonores ne tardèrent pas à émettre des sons rappelant la présence d'êtres humains à bord.

Le capitaine Fletcher était un des dormeurs, ajoutant de temps en temps son ronflement distingué au pot-pourri de l'équipage.

Tandis qu'il dormait, un important événement se produisit. Le jeune garçon monta avec assurance sur le pont et ne fut pas surpris de trouver l'homme de barre et l'homme de quart endormis, chacun dans sa partie du pont, bien séparés.

Rapidement, le gamin se servit d'un cordage disposé à cet effet et assujettit la roue sur un cap droit devant. Tout aussi vivement, il se hâta vers le grand panneau de cale. De sa poche, il tira un petit objet de métal qui brilla entre ses doigts. En quelques instants, il eut fixé le petit objet sur l'anneau de fer par lequel deux hommes – généralement – soulevaient le panneau. Un bref éclair de lumière blanche intense jaillit. Le panneau se souleva sans effort.

A la gauche de l'enfant un son retentit, un effet de grattement. Quelques secondes plus tard une sombre structure de métal ruisselante surgit au-dessus de la rambarde et se posa sur le pont. Elle y resta un moment, comme si elle s'orientait. Puis elle se souleva et cette fois passa par-dessus l'écoutille, plongea et disparut dans la cale.

Au cours d'une dizaine de minutes, sept autres

structures de métal foncé, chacune d'une forme différente – aucune très grande – furent transportées par le même moyen, apparemment sans effort, de la mer obscure, par-dessus la rambarde, vers le panneau et dans la cale.

Alors que le huitième objet disparaissait dans les ténèbres, le garçon lui-même passa par l'ouverture. Lorsqu'il eut disparu à son tour, il y eut quelques petits éclairs et de vagues sons, comme si de nombreux objets glissaient de part et d'autre. Effectivement, il manipulait la cargaison et ses propres machines, de manière à les cacher sous des caisses et des bâches.

Ce travail achevé, le garçon réapparut de nouveau sur le pont. Il referma le panneau de cale. Il détacha la roue. Puis il traversa le pont et descendit dans le gaillard d'avant. Derrière lui, sur le pont, le timonier d'abord puis l'homme de quart se réveillèrent et se hâtèrent de retourner à leurs devoirs respectifs.

5

Un garçon de cabine dort dans une couchette supérieure, avec l'équipage dans le gaillard d'avant. Il se déshabille là, sur l'étroite partie de devant parce que ça lui est plus facile de retirer sa culotte. Une fois en caleçon, il se glisse tout au fond de la couchette. Plus il s'allonge au fond, moins il risque de tomber s'il s'agite en dormant. Tant qu'il est éveillé il s'efforce de ne pas bouger, se retenant prudemment de se relever par inadvertance; car c'est un moyen certain de se cogner la tête.

Le garçon venu de la mer, dont le nom en 1704 était Billy Todd, se déshabilla comme il se doit, avec autant de précautions que les précédents occupants de la couchette, et s'installa de son mieux dans l'espace étroit. Il s'allongea alors, inquiet, se sentant vulnérable pour la première fois.

Il était humain; il lui faudrait dormir.

Jusqu'alors, il avait utilisé de minuscules instruments comme prolongements de son esprit conscient. Ils étaient branchés sur sa pensée en état de veille. Chacun contenait un amplificateur dépendant au premier stade de la proximité. Tout près, ils pouvaient capter les légers schémas de pensée qu'il avait appris à formuler et projeter. Le « feedback » dilatait le schéma et rendait possibles de subtiles variations d'idées et de perception.

Une fois l'amplification en marche, il pouvait capter les pensées de personnes éloignées de plus de trente mètres, ce qui, sur un vaisseau de cette taille, suffisait bien.

C'était le but réel de cet appareil particulier, la lecture de la pensée. Le fait qu'une personne inaccoutumée à la transmission de pensée puisse aussi subir une manipulation de certains centres cérébraux (dans une certaine mesure) était accessoire. Dans le domaine habituel du garçon, cette faculté du mécanisme servait à contrôler les animaux.

Dans un sens et à sa façon, l'équipage d'un vaisseau pirate est assez animal. Ainsi, durant des moments d'intensité sur le pont, l'enfant avait pris la précaution d'activer à l'avance les centres du sommeil chez tous les hommes du bord. Et, en revenant dans le gaillard d'avant, il avait excité les centres d'éveil des deux hommes de garde sur le pont. Mais il avait laissé dormir tous les autres.

Malheureusement, la plupart de ses instruments protecteurs ne pouvaient rester branchés pendant son propre sommeil. C'était maintenant son problème. La raison en était que le cerveau endormi émet des instructions au hasard et on ne peut se fier à lui pour transmettre des ordres raisonnables.

Il restait, bien entendu, une certaine protection. Deux des instruments le garderaient pendant son sommeil. L'un était réglé pour l'éveiller si quelqu'un s'approchait de lui de façon menaçante. L'autre projetterait un gaz anesthésiant sur l'assaillant.

C'était, pensait-il, le mieux qu'il pouvait faire. Avec un soupir, car cette protection limitée ne le satisfaisait pas, il comprit qu'il n'avait pas le choix. Il était absolument vital qu'il arrivât dans un site où une usine serait à sa disposition.

... Angleterre, début XVIIIe siècle, me voilà. J'espère de tout cœur que je me rappelle correctement cette fonderie et les autres importantes fabriques de transformation du métal existant dans cette région...

Il resta un moment éveillé à écouter les ronflements des hommes d'équipage bruyants et la respiration des plus silencieux; à sentir les mouvements du navire, la perception la plus facile car il craquait, grinçait, roulait et tanguait, il paraissait à tous moments vouloir se briser mais, soudain, tous les sons et gémissements cessaient et il repartait sur sa route presque silencieusement. Le garçon éprouvait une curieuse sensation à la pensée qu'une seule convulsion de l'espace-temps l'avait amené, lui, son Transiteur et son précieux chargement, dans ce lointain site écarté du flot temporel.

Mais c'était le temps qui existait maintenant. Peut-être serait-il obligé d'y vivre désormais. Son autre espoir était de pouvoir réparer le vaisseau spatial et repartir en dehors de cette portion de l'espace qui avait été affectée par le recul du temps.

... Ce fut aux toutes premières lueurs de l'aube, filtrant parmi les hommes endormis, que Figarty se livra à sa besogne de rat. Sans comprendre naturellement la dynamique de son état, il avait été, à la suite de son expérience de l'avant-veille, drainé de la plus grande partie de ses facultés d'émotion déjà restreintes.

Dans une période postérieure de l'histoire, l'impulsion qui le gouvernait allait être appelée un syndrome kleptomane. Chaque fois que dans son passé il avait été mû par cette force, sa violence l'avait effrayé. Il voulait s'emparer de *tout* et parvenir à l'enfouir dans ce vide qu'il sentait en lui. Enfant, il avait un jour couru dans une rue de Londres et volé, volé, volé. L'âge adulte avait apporté un certain contrôle et de la ruse. Il éprouvait toujours le besoin de voler; mais il pouvait attendre.

Il avait senti ce vide toute la soirée et, forcément, ses yeux vifs avaient observé avec avidité que le nouveau garçon de cabine était bien habillé. Un corollaire se présenta instantanément : l'enfant devait posséder quelques petits objets précieux.

Pendant la nuit, Figarty se réveilla souvent. A chaque fois, la cupidité devenait plus intolérable. Le désir ardent s'accroissait, s'accroissait. Mais sa raison lui disait qu'il lui fallait au moins un peu de jour pour y voir. Enfin elle arriva, cette première lueur du jour naissant.

Silencieux comme un voleur qui a passé bien des heures mal inspirées à perfectionner l'approche furtive, il traversa le gaillard et fut à côté du garçon en quelques mouvements bien appris. Au cours de ce qui suivit, l'enfant fut très accidentellement victime de la malchance. Tout d'abord, la menace de Figarty n'était pas personnelle; le rat ne songeait pas à faire physiquement du mal au petit. Ainsi, l'appareil avertisseur ne transmit que son signal préliminaire. C'était une sorte de vague coup de coude mental qui – si le garçon avait été éveillé – aurait attiré son attention sur la possibilité d'un problème en gestation.

Malheureusement il était dans la Phase Quatre, le sommeil de l'onde delta auquel les êtres humains sont tout naturellement soumis pour une partie de chaque cycle de quatre-vingt-dix minutes du temps de sommeil. Il aurait fallu l'équivalent d'un coup de bélier mental pour le tirer de ce sommeil-là.

Docilement, lorsque Figarty s'approcha assez pour un contact personnel, l'appareil avertisseur déclencha la décharge de gaz anesthésiant protecteur.

L'homme-rat crut sentir un bref souffle d'air contre sa joue. Mais il retenait sa respiration. C'était devenu pour lui une habitude, depuis le jour où dans son impatience cupide il avait respiré dans la figure d'une future victime et l'avait ainsi réveillée. Depuis ce désastre il s'était consciencieusement entraîné et avait appris à retenir une importante inspiration d'oxygène pendant près de deux minutes.

En un peu plus de trente secondes, il fouilla sous le petit oreiller, sonda les poches du costume bien plié du garçon, chercha des poches secrètes, arracha, déchira, saisit... et s'éclipsa. Il lui fallut près de douze secondes pour retourner à sa propre couchette avec les fruits de son larcin, parce qu'il marchait normalement, au cas où quelqu'un serait réveillé... Les membres de l'équipage montaient constamment sur le pont pour se soulager. Personne ne songeait à ouvrir les yeux pour observer un marcheur.

Figarty ne pouvait toujours pas voir ce qu'il avait volé; il faisait encore trop sombre. Mais déjà il était déçu. Son butin se composait de quelques objets étonnamment petits, quinze en tout. Le plus décevant c'était qu'à l'instant même où il s'emparait de ces articles, ses doigts entraînés avaient établi dans chaque cas qu'il ne s'agissait pas d'une pièce d'or ou d'argent.

Ce fut en s'installant sur sa couchette, déjà assombri par son analyse instantanée, que Figarty se laissa aller à respirer profondément. Et, naturellement, il obtint aussitôt sa première bouffée d'anesthétique, qui commençait à se diluer dans l'air du gaillard d'avant.

La dose projetée n'était pas destinée à faire du mal, simplement à immobiliser. Elle était conçue pour se dissoudre rapidement dans le sang de ses victimes puis pour subir une transformation chimique et provoquer le réveil.

Cela se passait une trentaine de minutes plus

tard. Comme s'ils réagissaient à un signal tous les hommes du gaillard d'avant, y compris le garçon, se réveillèrent d'un coup. Chaque homme eut alors ses propres raisons pour s'habiller, se lever, monter et déambuler. Durant ces minutes de bruit et de confusion, le garçon de cabine interloqué découvrit que ses pires craintes s'étaient réalisées. Précipitamment, il s'habilla en espérant encore qu'en s'approchant de l'un, puis de l'autre, et ainsi de suite, l'appareil de pensée dans la poche du voleur se mettrait en marche, lui permettant ainsi de repérer le malfaiteur.

Mais il était trop tard. Pendant ces instants décisifs, Figarty, sur le pont, avait examiné ses larcins. Mentalement, il les écarta comme étant de menus jouets d'enfant d'une nature obscure. Et il les jeta par-dessus bord.

Au même instant, le capitaine Fletcher appela à grands cris son garçon de cabine.

– Billy! rugit-il. Apporte-moi mon petit déjeuner.

Et bientôt un ex-super boy se livra à cette tâche terre-à-terre.

6

A ce moment, alors que toutes voiles dehors l'*Orinda* fendait au petit jour des eaux clapoteuses, alors que la prochaine apparition du soleil était déjà un flamboiement dans les nuages à l'est et que les odeurs marines étaient apportées aux narines de tous par une forte brise d'ouest en poupe... à ce moment le second-maître, qui était de quart, poussa un cri d'alarme.

C'était un cri si perçant, si terrifié que même Billy Todd, qui était d'une étoffe biologique plus solide que quiconque à bord, sentit courir en lui un frisson glacé. Il se précipita avec les autres. Et il s'arrêta, cramponné à la rambarde, et regarda avec eux la chose fantastique visible sur l'horizon.

Un navire!

Le vaisseau était sur la ligne même de l'horizon et ne semblait pas bouger. C'était le voilier, toutes ses voiles gonflées par le vent arrière, qui s'approchait du... géant encore lointain. Et c'était cette réalité qui provoquait la première alarme. Sa taille. Sa longueur.

C'était un bâtiment comme Billy en avait vu dans des récits des anciennes guerres spatiales. Un cuirassé lantellain, et il reconnaissait... Il devait avoir été surpris dans le même affaissement du temps que son propre Transiteur plus petit, mais appartenait, bien entendu, à une période beaucoup plus ancienne. Fin XXVe siècle, estima-t-il.

Il se retourna, anxieux et troublé. Avec soulagement, il vit que le capitaine Fletcher était à quelques pas à peine, regardant avec des yeux aussi ronds et stupéfaits que tous les autres. Billy courut vers lui, convaincu à quatre-vingt-dix pour cent qu'il ne pourrait jamais persuader personne, mais certain à cent pour cent qu'il devait essayer. Il tira le capitaine par la manche.

– Amenez les voiles! supplia-t-il. Il ne nous verront peut-être pas, puisque nous n'avons pas beaucoup de métal à faire capter par leurs détecteurs.

Fletcher se retourna, malgré lui, en entendant cette petite voix aiguë, autoritaire, qui *exigeait,* d'une manière aussi ahurissante que l'était la présence de cet immense vaisseau là-bas à quelques milles.

– Hé là! s'exclama-t-il. Voyez qui donne des ordres!

Billy Todd, du LCCCIII^{e} siècle et privé de tous ces merveilleux gadgets qui auraient pu l'aider dans la crise qui se préparait, fut au désespoir.

– Ils ne doivent pas nous voir! Ce sont des robots. Ils n'ont aucune miséricorde pour les êtres humains. Amenez les voiles. C'est...

Il se tut. Son regard était en partie braqué au-delà de Fletcher. Pour ainsi dire du coin de l'œil, il observait le grand cuirassé de l'espace, qui était capable de naviguer dans l'eau avec la même aisance que dans les airs ou dans le vide immense entre les planètes et les étoiles. Et, alors qu'il achevait de donner son avertissement, il voyait qu'il était trop tard.

En cet instant, beaucoup de choses se produisirent simultanément. Le soleil, qui avait à peine risqué un œil à l'est sur les eaux turbulentes, se trouva soudain tout entier au-dessus de l'horizon. En conséquence, un million d'éclats verts et blancs dansèrent sur la mer en scintillant dans toutes les directions. La brise, déjà forte, choisit ce moment pour fraîchir. Elle fit jaillir de hautes gerbes d'embruns contre les visages, mouillées, délicieuses...

Et un homme cria d'une voix rauque :

– Il envoie une embarcation à l'abordage! Ils nous ont vus!

Ils les avaient vus, certes.

Ce qui avait retenti ce même matin à bord du vaisseau de Lantella n'était pas un cri d'alarme; c'était une alerte.

Nodo interrompit ses exercices de purification. Tout d'abord, il détermina pour lui-même que l'alerte ordonnait aux catégories A à M de gagner les postes d'action. Etant un N (du groupe N à Z), il devait sonder la banque de mémoire du vaisseau et prendre connaissance de la position dans l'espace, de l'état du vaisseau et de la cause probable de l'avertissement. Ainsi il obtiendrait la Reconnaissance Avancée Minimum.

... Ce qui le troublait c'était le souvenir d'avoir déjà effectué ce voyage dans un « temps » antérieur sans, bien entendu, d'incident comme celui qui se produisait à présent...

(Comme l'étrange souvenir menaçait instantanément ses facultés d'action, il ferma ce circuit.)

Nodo effectua son sondage et éprouva promptement ce qui chez un Lantellain est analogue à l'intérêt mêlé de perplexité. Le vaisseau, puisse son cerveau continuer à comprendre la vérité, sombrait dans l'atmosphère de la planète Tellus. Comme Lantella était en guerre avec la fédération tellurienne en cet an 2494 de notre seigneur, l'Esprit Universel, cela aurait dû normalement provoquer une alerte générale et les postes de combat pour toutes les catégories.

Nodo attendit, se sentant particulièrement tendu dans ses solidités inférieures, une partie de lui-même qui n'avait pas encore été purifiée ce matin. En hâte, il reprit ses exercices de purification. Lorsque le programme rituel d'entretien fut terminé et qu'il se retrouva en forme, il se plongea de nouveau dans la banque de mémoire et fut agréablement surpris d'observer que le vaisseau s'était posé sur une étendue d'eau.

... Nous avons fait surface...

Le cuirassé lantellain n'avait pas de commandant, en tant que tel, et pas de chef mécanicien. Chaque individu du bord adorait le même Esprit Universel, en communication directe, et faisait toujours ce qu'il convenait de faire, car qui ne le ferait pas?

Pas de traînards, pas de pécheurs, pas d'aliénés ni de hors-la-loi, chaque individu se maintenait en forme afin de pouvoir servir le centre sacré de toutes choses; compte tenu de ses limites, aucune demande excessive n'était jamais formulée; tout le monde présent par roulement, en groupes, dans l'ordre alphabétique. Il y avait des chefs temporaires, oui, mais uniquement parce que plus les yeux et les oreilles étaient proches d'une situation, plus rapide serait la réaction; et quelqu'un était chargé (par roulement) de surveiller la réaction selon ce qui se passait dans l'immédiat... « Les hommes, allez là! Les hommes faites cela! » Et ils obéissaient. Et l'Esprit Universel se contentait d'observer en essayant de comprendre de loin quel était le problème, en proposant parfois des conseils mais n'intervenant jamais. A moins que quelque chose semble mal tourner.

C'était ainsi qu'il en avait toujours été. Et ce fut ainsi qu'ils commencèrent à agir à présent. Mais... mais...

Pas d'Esprit Universel. Aucune connection.

Mais, mais, mais...

Brève pause. Puis une voix annonça :

– Ici le capitaine, par roulement, Darkel. J'assume à dater de maintenant le commandement de ce vaisseau pour mon temps. Equipage, garde-à-vous! Ce qui c'est passé, quoi que ce puisse être, nous a temporairement déconnecté de notre Bien-aimé. Sans aucun doute, cela sera rectifié en temps voulu. Jusqu'alors, je rappelle à tout le monde que l'activité individuelle est possible et que ce comportement individuel peut être tout aussi dévoué; il convient que chacun se dise que ce qui est arrivé peut être une Epreuve pour nous tous. Attention. Faites exactement ce qu'il faut, agissez bien. Suivez votre chef actuel, quel qu'il puisse être à tel ou tel moment. Acceptez votre humble sort, sachant que si vous l'acceptez, vous êtes un roi... Je tiens à vous informer que notre chef mécanicien, par roulement, rapporte que nous sommes descendus dans une mer tropicale et qu'à portée de nos instruments un vaisseau à voiles extrêmement petit est visible. Le Groupe d'Abordage Numéro Un va en conséquence lancer une unité N, avec tous pouvoirs pour aborder et entreprendre toutes les actions nécessaires.

« Hé! pensa Nodo. Unité d'Abordage N, c'est moi. Je suis commandant par roulement. »

Il accusa immédiatement réception de l'ordre et contacta à son tour la centaine de N qui l'accompagneraient.

– Pendant que vous accomplissez cette mission, dit le capitaine Darkel, notre service de navigation va déterminer notre position. Certains instruments semblent se comporter d'une manière insolite.

Quelques instants plus tard, l'unité N à propulsion magnétique, avec son personnel, prit l'air et survola à basse altitude une mer verte et étincelante, avec le soleil presque directement derrière elle.

7

Il vint un moment, alors que Fletcher observait, où ses yeux se mirent à lui jouer des tours. Il eut plusieurs fois la brève impression qu'il pouvait voir le ciel entre l'eau agitée et l'embarcation qui avait été lancée du lointain et monstrueux navire. Le grand vaisseau était un peu plus près mais encore en partie caché sous l'horizon, même à son regard dépourvu de tout soupçon. (Ce qu'il nc soupçonnait pas c'était la quantité de ce qu'il ne pouvait voir... encore.)

Le célèbre capitaine pirate respirait bruyamment sous l'immense ciel des Antilles. Dans ses poumons les bouffées d'air moite se succédaient rapidement et, à chaque goulée, apportaient une sensation que personne ne pourra jamais imaginer sans l'avoir ressentie.

C'était un sentiment de totale impuissance. Sa conviction intime était qu'il n'existait rien que le bon sens, le courage ou tout autre élément du XVIIIe siècle pût faire contre le puissant vaisseau d'où arrivait la petite embarcation d'assaut. (Automatiquement, à cause de ce qu'avait dit Billy, il supposait qu'ils allaient subir une attaque.)

L'impuissance... et pire. La présence du navire géant violait ses raisons d'être un malhonnête homme. Sa simple existence, avec tout ce que cette existence impliquait d'entièrement différent, d'une réalité infiniment plus forte que toutes les choses contre lesquelles il s'était retourné, réduisait à néant son amère révolte contre la politique et les politiciens qui avaient gagné la faveur de la reine contre ceux qui, comme lui, l'avaient perdue.

Songeant à Billy, il chercha le garçon des yeux et en se retournant se heurta à Shradd. Le colosse était très pâle.

– Cap'taine, marmonna-t-il, il y a un oiseau, là. Le plus gros que j'aie jamais vu... mais un oiseau!

Le second était visiblement en plein affolement. Ses yeux étaient fixes. Ses lèvres continuèrent de bouger, comme s'il marmonnait encore, mais aucun son n'en sortait.

En voyant l'homme dans un tel état d'égarement, Fletcher reprit le contrôle de lui-même. Il parvint à se ressaisir et, levant le bras, il claqua une des puissantes épaules.

– Mr Shradd, dit-il de sa voix la plus joviale, les oiseaux ont des ailes et je ne vois rien de tel sur...

Sa voix mourut et se tut. Parce qu'en cet instant précis son regard aigu vit que l'impossible se produisait effectivement. Pas d'oiseaux, pas d'ailes, certes. Mais brusquement, il n'y avait plus de doute. L'embarcation avait maintenant couvert la moitié de la distance depuis l'horizon et on voyait le ciel bleu entre elle et la mer. La chose flottait dans les airs.

Dans sa tête, l'étrange sensation devint de la confusion. Parce que c'était impossible. Ils vivaient dans un monde où tout mouvement d'une créature sensée exigeait un effort. Les oiseaux étaient des entités légères comme le papier qui volaient avec des muscles de vol extrêmement développés au prix d'une immense dépense d'énergie et en employant de grandes quantités d'oxygène, tout en maintenant un support osseux rigide contre les pressions de la résistance de l'air. Chaque instant de vol dépendait de plumes fournissant une couche isolante de grande efficacité contre l'air froid. Les hommes marchaient avec un corps maintenu contre la gravité par une structure osseuse et des masses de fibres contractiles qui y étaient attachées, se déplaçant en rapport les unes avec les autres à chaque pas. Ces multi-millions de muscles étaient séparément recouverts de tissus conjonctifs, nourris par des vaisseaux sanguins, soumis aux communications d'un complexe de nerfs.

Pour se déplacer plus vite que l'être humain ne pouvait marcher ou courir, les hommes montaient des chevaux. Ces équidés étaient construits sur le même principe mais possédaient une charpente osseuse encore plus puissante, ou bien les hommes voyageaient dans des voitures au prix d'une dépense d'énergie plus grande encore. Sur l'eau seulement, l'homme avait depuis longtemps découvert un mode de transport transcendant la force musculaire. Là, de solides gaillards possédant un bon squelette et des masses de muscles oxygénés dans une épaisse enveloppe de peau escaladaient dangereusement un lacis de perches de bois, attachaient de grandes nappes de toile et, ainsi, bridaient la première force externe. C'était le premier emploi de la magie : la domestication du vent merveilleux.

Les idées confuses de Fletcher n'impliquaient pas précisément ce raisonnement, mais elles avaient cette toile de fond. Et il en vint ainsi à un dessein :

... Nous pourrions relever un peu le canon et l'abattre... elle sombrerait peut-être. L'espoir fugace, le sentiment nous-nous-battrons-pour-les-empêcher-de-monter-à-bord le fit se retourner encore une fois. Presque aussitôt, il vit Billy. Il l'appela.

– Holà, petit, tu crois que nous devrions leur tirer dessus?

Le superboy secoua la tête.

– Monsieur, dit-il, ils semblent avoir des ennuis. Le grand navire, je veux dire. Alors j'ai l'impression qu'ils viennent aux renseignements. Laissez-moi leur parler. Mais ne faites rien à moins que je crie!

Fletcher retrouva presque son humeur sardonique.

– Et si tu cries, qu'est-ce que nous ferons? On les attaque avec des sabres d'abordage, des couteaux, des pistolets?

— Ma foi, j'ai peur que ce soit bien inutile. Mais il faut faire quelque chose! Nous ne pouvons pas céder simplement!

Quelque chose!

Debout sur le pont, tourné vers la mer, conscient des immenses voiles gonflées et des vergues grinçantes, Fletcher eut une pensée ironique. Durant ces quatre longues années de piraterie, sa plus grande peur avait toujours été qu'un jour un bâtiment de la Marine Royale de Sa Majesté les attaquerait et qu'à la fin de la bataille perdue de solides matelots envahiraient le vaisseau pirate et s'empareraient de l'équipage ou tueraient tout le monde à bord. Pour les survivants, ce serait les procès rapides devant le tribunal naval et les hommes comme les officiers pendus au bout d'une vergue.

... Que feront ces étranges créatures à un équipage pirate quand elles monteront à l'abordage?...

L'engin était maintenant si près qu'il pouvait voir à quel point les êtres étaient étranges... Leur méthode restait logique. Le... l'oiseau mécanique descendit à niveau du pont et les êtres polis comme du bronze réunis au point de contact sautèrent pardessus la rambarde sur le pont de l'*Orinda.*

Fletcher avait ordonné à ses hommes de se tenir bien à l'écart. Et ils étaient tous massés là, l'air extrêmement troublé, observant cinquante individus en armure — leur semblait-il — qui montaient à bord.

Nodo, qui faisait partie des cinquante, annonça à ses frères qu'il n'y avait pas de résistance et qu'il allait tenter de communiquer.

Ce commentaire, naturellement, ne put être entendu du groupe d'humains puisqu'il était transmis sur ondes courtes. Fletcher attendait, un léger sourire crispé aux lèvres.

— C'est bon, Billy, dit-il. Va parlementer.

Nodo ne réfuta pas cet interlocuteur valable.

Il déclara :

— Jusqu'à ces derniers moments, je faisais partie de l'Esprit Universel, qui sait tout. Mes frères et moi sommes avec lui comme des fils avec leur père. Nous cherchons à découvrir ce qui est arrivé et nous a déconnectés.

Le gamin leva les yeux vers la créature de bronze et répondit :

– Ce que vous appelez l'Esprit Universel est un ordinateur géant situé sur un gigantesque vaisseau spatial. Il était initialement sur orbite autour de Tellus mais quelque chose est tombé en panne et il est parti tout seul. A partir de ce moment, le vaisseau et tout ce qu'il contrôlait sont devenus les ennemis de la race humaine. Cependant, l'homme avait créé l'ordinateur, à l'origine, en lui programmant toutes les connaissances, toute la science connue à l'époque, ce qui était beaucoup.

Le garçon et le robot se faisaient face à mi-chemin entre les deux groupes, les pirates tassés contre une rambarde, prêts à battre en retraite vers la poupe du voilier, et les robots réunis là où ils étaient montés à bord, bien à l'avant.

– L'origine de l'Esprit Universel, répliqua Nodo avec dignité, est un mystère connu seulement de l'Esprit Universel. Tu agis mal en plaçant des informations fausses dans mes récepteurs, sur l'origine de mon père. Par conséquent, je vais effacer ce que tu as dit.

– Tu n'obtiendras aucun secours de ton père là où tu es actuellement, dit Billy. Nous sommes en l'an 1704, près de sept siècles avant ton temps. Afin de comprendre, et de rectifier, ce qui vous a été fait vous aurez besoin de mon aide. Mais si tu veux que je vous aide, il faudra m'obéir.

– J'ai mes instructions, affirma calmement Nodo. Nous n'avons l'intention de faire de mal à personne à bord, en ce moment, mais nous voulons les marquer. Alors écarte-toi, petit! Tu nous as donné l'information que nous cherchions mais à présent nous devons achever notre mission et repartir.

Billy se tourna vers Fletcher.

– Dites à vos hommes de ne pas résister à ce que

ces robots veulent faire. En fait... (Il pivota et fit de nouveau face à Nodo :) Veux-tu que les hommes s'avancent, un par un, pour être marqués?

– Figarty! ordonna Fletcher. Passe le premier.

L'homme-rat essaya de plonger hors de vue derrière les matelots plus grands qui l'entouraient. Mais les voix du garçon et du robot qui s'interpellaient en criant avaient été hautes et claires, même dans le claquement des voiles, les sifflements du vent et le grincement des haubans. C'était donc un mauvais moment pour les Figarty de ce monde. Des hommes sauvages tremblaient de peur en se demandant ce que signifiait le fait d'être marqués. Et tous désiraient puissamment le voir faire d'abord à quelqu'un d'autre. Entre tous ces quelqu'un d'autre, Fletcher n'aurait pu faire meilleur choix que Figarty.

Des mains fortes le prirent au collet, le soulevèrent et le poussèrent. Il surgit du groupe en chancelant et, une fois à découvert, parut comprendre qu'il ne pouvait y échapper. En avançant comme un condamné, il marmonnait inlassablement :

– Qu'est-ce qu'ils vont faire? Qu'est-ce qu'ils vont faire?

Ce qu'ils firent fut simple; le garçon tourna Figarty, présentant son dos au robot. Sur quoi, un des êtres leva ce qui ressemblait à un pistolet et le braqua sur l'épaule de Figarty. Puis, la chose apparemment faite, il abaissa l'arme. S'il avait tiré en braquant, rien ne se voyait. Figarty, qui s'était attendu au pire, reçut une petite poussée du garçon.

– Ça y est. C'est fini... Va là-bas, dit-il en lui désignant l'avant.

Figarty se hâta de se rendre à l'endroit indiqué; comme il ne paraissait pas avoir souffert, les autres, appelés tour à tour par Fletcher, allèrent se faire marquer. Cependant, Fletcher voyait bien qu'il s'en fallait de bien peu. Des veines saillaient sur la figure des hommes furieux. La haine et la rage plissaient les yeux. Quelque chose avait dû les retenir, l'étrangeté de cette scène peut-être... un bateau qui pouvait voler, des hommes en armure qui n'avaient pourtant pas tout à fait l'air d'hommes. Manifestement, certains des crétins du bord avaient reçu de ces événements un message muet. Ce message était : Attention! Il y a du pouvoir, là!... Bien qu'ils ne fussent pas ligotés, ils obéirent; mais Fletcher vit derrière plusieurs paires d'yeux rétrécis la naissance de la ruse, les mauvaises pensées qui se formaient visiblement. Ces mêmes hommes, ayant été marqués, s'éloignèrent en grommelant des imprécations. Shradd était de ceux-là et quand il rejoignit le groupe marqué il jura plus fort que tous les autres... Le bâtard, pensa Fletcher, il cherche à se faire bien voir...

La dégradante procédure suivit son cours. Chaque pirate à son tour avança d'un pas mal assuré vers son purgatoire, en prenant son temps. Fletcher, qui avait ses propres priorités et ne perdait jamais tout à fait la tête en cas de crise, profita de ce temps afin de poursuivre l'interrogatoire tendu bien qu'intermittent de Billy, en commençant par :

– Billy, que se passe-t-il? Qui sont ces gens? D'où viennent-ils?

Ces questions firent soupirer le gamin. Et sa réponse fut interrompue au moins une fois par minute. Autre désavantage : ce n'était pas une histoire qui pouvait avoir une grande signification pour un capitaine pirate cultivé du début du XVIIIe siècle. Cependant, ses hommes et lui voyaient de leurs propres yeux le cuirassé lantellain, les non-hommes évidents montés à bord de leur voilier; aussi Fletcher fit-il automatiquement, presque inconsciemment, un effort cérébral pour enregistrer les impossibles réponses qu'il recevait.

... Les impossibles réponses.

Jusqu'à présent, tout le temps avait été une bande continue, continuellement existant, contactable par une technologie adéquate. Ce qui signifiait que tout le monde était vivant à chaque minute de sa vie, allant depuis le commencement de l'univers au moins jusqu'au LCCCIIIe siècle, le temps duquel Billy avait été précipité.

Soudain tout, dans les multimilliards d'années depuis le commencement des temps, se télescopa. Et s'arrêta en 1704.

Instantanément tout le monde, dans les autres portions de cette colossale étendue d'éternité, fut mort à jamais, impossible à contacter par n'importe quelle méthode.

Confronté à une telle explication, Fletcher était totalement dépassé. Mais il pouvait encore poser des questions pratiques, par exemple :

– Quand ils pointent ce petit pistolet noir sur notre dos, rien n'a l'air de se passer. Que font-ils?

Encore une fois, Billy fut malheureux. Il sentait qu'il avait devant lui un homme intelligent qui n'était pas capable de comprendre cette explication non plus.

... Un senseur encastré dans les muscles de l'épaule d'un être humain pourrait théoriquement être pour lui une irritation. Les senseurs que les Lantellains injectaient étaient un gaz également anesthésiant. Sa vitesse de pénétration était si grande qu'il passait sous la peau, ne laissant qu'une légère rougeur indiquant que quelque chose se passait ou s'était passé. Pour neutraliser cette influence chaque individu devrait être incisé – très précisément – avec une aiguille ou un couteau. Si c'était fait adroitement, le gaz s'échapperait. Le gamin était tristement convaincu qu'à bord d'un vaisseau pirate personne ne se soumettrait à une aussi grave opération alors que, à vrai dire, ils n'avaient rien senti et ne verraient rien.

Tout cela indépendamment de la difficulté qu'il y avait à tenter de persuader un être humain du XVIIIe siècle qu'un implant gazeux invisible à l'œil nu émettait maintenant un signal, minute par minute, le situant dans l'espace. Le situant avec précision pour des intruments détecteurs qui pouvaient être à des milliards de kilomètres.

C'était difficile, mais Billy fit de son mieux. Quelques secondes passèrent puis...

Ce fut au tour de Fletcher d'être « marqué »; il était tendu, juste assez inquiet pour éprouver une brusque haine envers Shradd qui essayait de profiter de cette dangereuse situation. Du moins le semblait-il.

Le garçon lui toucha la main.

– C'est fait, dit-il. Ils partent.

– Hein? fit le capitaine surpris et qui n'avait rien senti du tout.

Il fut soulagé. Mais comme il rejoignait ses hommes, il vit que les véritables crétins s'étaient mutuellement trouvés. Ils étaient massés en groupe serré et marmonnaient des mots surgis des bas-fonds de Londres, chaque individu bourré d'impulsions stupides, de calculs irrationnels et d'absurdité pure et simple.

Aucune personne sensée n'a jamais su que faire d'un véritable crétin. Il est là debout sous le ciel matinal des Antilles... Il y en a neuf, dans ce cas précis. S'il est un crétin, c'est parce qu'il ne peut pas additionner entre eux logiquement des faits simples. Dans sa tête, le monde ne se ressemble pas tel qu'il est.

Pourquoi ne pas laisser les Lantellains quitter le navire... ce qu'ils étaient en train de faire? Mais non, un crétin ne pense pas ainsi.

Deux choses se passèrent, l'une suivant immédiatement l'autre.

Billy Todd, qui avait été au premier plan durant toute l'invasion, se tourna et cria à Fletcher :

– Ils veulent que je les accompagne.

Apparemment, il donnait simplement un renseignement. Car, ayant dit, il avança vivement et un des robots le souleva pour le poser sur le pont du vaisseau aérien.

Ce fut le premier événement, et il détourna l'attention de Fletcher. Il se disait qu'il devait faire quelque chose. Cet instant de confusion mentale rendit sans doute possible le second événement. Il est probable qu'autrement, il aurait tenté d'user de son autorité pour contrôler les hommes.

Comme la dernière dizaine de Lantellains attendaient leur tour de remonter à bord, le moment crucial arriva. Les jurons proférés sonnaient déjà comme un avertissement. Mais les mots n'étaient pas faciles à interpréter dans leur signification directe.

« Cassons-leur la gueule! » Quelque chose comme ça. « Mordieu qu'on leur montre un peu! » Oui, quelque chose comme ça.

8

La bataille – si c'en était une – débuta par la plus raisonnable de toutes les tactiques : une attaque surprise. S'il y eut un signal, Fletcher ne l'entendit pas, ne le vit pas. Le commun accord et la commune stupidité semblaient être les facteurs d'union.

Neuf brutes en guenilles. Barbues. Mouchoir noir noué autour de la tête. Montrant les dents. Un des neuf s'élança et les autres suivirent. Significativement, Shradd fermait la marche. C'était significatif pour Fletcher parce que le second était un homme d'un courage exceptionnel et montait souvent à l'abordage en tête, pistolet dans la main gauche, sabre étincelant dans la droite, couteau entre les dents. Ainsi armé, avec son énorme moustache, il était vraiment terrifiant.

Pour Fletcher, le fait que Shradd fermait la marche était une preuve de plus d'un calcul de sa part. Il jouait son jeu avec prudence, mais en étant là, près des plus redoutables marauds du bord.

Quelques instants après s'être élancé, le groupe tout entier fondit en courant sur l'ennemi. La distance qu'ils avaient à couvrir n'était que d'environ vingt pieds, parce que c'était là que Billy avait fait assembler les hommes marqués... Cette idée frappa brutalement l'esprit de Fletcher. Billy! Bien sûr. Le gamin avait voulu que l'équipage puisse passer à l'attaque au cas où les robots se montreraient violents.

Cela donna à Fletcher un espoir momentané. Son sentiment avait été le suivant : puisque les robots s'en allaient tranquillement, ce que faisaient les neuf était un désastre. Mais si le garçon avait cru qu'ils pourraient, à la rigueur, se battre contre ces hommes de bronze, alors tout n'était peut-être pas perdu.

A leur manière, les neuf avaient un bon plan. Dans le cadre de leur imbécillité fondamentale, leur attaque, dans ces circonstances, ne manquait pas d'un certain bon sens. Ils surgirent alors que les robots commençaient à peine à s'apercevoir que les choses se gâtaient. Les hommes de métal se retournaient, un avertissement de Nodo dans leur tête. Nodo était debout sur le pont du vaisseau aérien, surveillant le rembarquement de « son » unité d'abordage; il vit ce qui se passait et lança des ordres. Ses commandements ne furent pas audibles aux oreilles humaines mais, naturellement, ils furent « entendus » à l'intérieur de chaque tête de robot.

Entendus un instant trop tard par Nast. Deux pirates l'empoignèrent, paraissant s'être préparés au métal dur qu'ils devaient saisir... et le jetèrent pardessus bord. Deux autres s'emparèrent d'un second monstre de bronze et s'apprêtèrent à le faire basculer à la mer aussi. Et un troisième duo d'êtres humains tendit les mains vers un troisième robot...

Ils ne purent achever leur mouvement. Parce que, sur le pont du vaisseau aérien, des rayons lumineux éblouissants avaient jailli du front de plusieurs robots. La lumière était cohérente, chaque faisceau un étroit rayon brillant, réellement visible sous le soleil matinal qui montait au-dessus de l'horizon.

Ces rayons ne touchèrent que les assaillants, les quatre hommes qui avaient saisi deux des robots.

Tous quatre tombèrent. Immédiatement. Comme des créatures mortes et paralysées. Ou, plutôt, comme des gens qui sont subitement devenus des poids morts, chaque muscle totalement flasque et sans résistance.

Ce n'était pas un moment propice à la pensée subtile. Une analyse profonde de la situation était impossible.

– Couchez-vous! cria Fletcher.

Lui-même plongea derrière un étai de bois soutenant la dunette. Quelques secondes plus tard, une douzaine d'hommes l'y rejoignaient. Après un temps, Fletcher se souleva et risqua prudemment un œil vers le lieu de l'action.

Soulagement immédiat. Les robots étaient tous retournés à bord et le vaisseau aérien plongeait vers la mer, probablement dans l'intention de sauver le Lantellain qui avait été jeté à l'eau. Il ne fut pas possible d'assister au sauvetage, de là où Fletcher restait prudemment tapi, mais apparemment le robot fut repêché car au bout de quelques minutes à peine le vaisseau aérien devint visible à cent pieds, s'éloignant rapidement. Il s'éleva de plus en plus haut et ne fut bientôt qu'une lointaine embarcation évoluant dans les airs comme un oiseau sans ailes.

Un par un, les hommes sortirent de leur cachette et Fletcher donna l'ordre de virer de bord et de détourner l'*Orinda* de la route qui l'aurait amené tout près du navire colossal et immobile sur l'horizon, l'envoyant naviguer au plus près dans la direction du vent.

Ainsi, ils ne virent pas le dilemme du vaisseau spatial géant et ne comprirent jamais pourquoi il ne les suivait pas là où ils allaient : à Londres.

En traversant l'enveloppe gazeuse de la terre, le cuirassé lantellain – comme le Transiteur avant lui – avait réagi à l'atmosphère d'une manière anormale. Les instruments moins sophistiqués du grand navire avaient été plus lents à sentir que quelque chose n'allait pas. Mais même s'ils avaient su bien interpréter ce qui se passait, le vaisseau n'avait pas de système de correction. Tel qu'il était, il devait frapper quelque chose d'aussi solide que l'eau avant que les aiguilles commencent à s'agiter de manière incertaine, ne sachant trop ce qui arrivait mais détectant une anomalie.

Une anomalie, indiscutablement. Le métal des temps futurs était en contact avec de l'eau de 1704. Vaguement, par déduction, ils purent reconstituer plus tard ce qui s'était sans doute passé. L'eau non distillée bout à 100° centigrades au niveau de la mer. Ce qui était précisément le cas : ils étaient au niveau de la mer. Compressée, et refroidie, elle se transforme non pas en glace mais en plusieurs espèces de glace.

Le contact entre le métal de ce vaisseau spatial du XXVe siècle et l'eau de 1704 produisit un magnifique phénomène visuel... et une folie chimique. En quelques secondes, des cristaux de glace se formèrent sur le métal submergé. En quelques minutes, si intense fut la réaction, la glace s'étendit à plus de trente-cinq mètres au-dessous de la surface.

Les parois métalliques elles-mêmes qui, naturellement, étaient formées de systèmes de soulèvement anti-gravifiques, se modifièrent. Elles s'adaptèrent pour ainsi dire au temps différent et le firent sans éclater.

Mais elles oublièrent ce qu'on leur avait « enseigné ». Elles cessèrent d'être anti-gravifiques.

Une réaction chimique est automatique. Les atomes et les molécules ne choisissent pas, à moins d'être « entraînés », quelle sera la réaction. Ils effectuent leurs mouvements et finissent par trouver la stabilité qu'exige leur structure.

Ainsi, après quelques minutes seulement, un simple vaisseau marin était là, à jamais naufragé au fond de l'atmosphère planétaire.

Dans cette mer chaude des Antilles, les réactions

normales reprirent. La glace, qui avait probablement été réfrigérée à 30000 ou 40000 degrés centigrades au-dessous de zéro, commença à fondre.

Quand l'unité d'abordage de Nodo quitta le vaisseau, il vit la glace et signala :

– Nous semblons nous être posés sur l'unique banquise visible. Mieux vaut essayer de se dégager.

Le capitaine Darkel et le chef mécanicien, un robot nommé Frot, prirent une décision simple. Ils emploieraient les moteurs de poussée avant et sortiraient des glaces.

L'utilisation des moteurs de poussée ne posait pas de problème. Ils étaient nucléaires et c'est une source d'énergie qui ne s'altère que très lentement avec le temps. Pour eux, 700 ans, ce n'était rien. Même après 10000 ans, ils auraient fonctionné comme si pas un seul jour ne s'était écoulé.

– Faites donner la poussée avant! commanda Darkel.

– Moteurs un à cent! ordonna Frot à ses assistants.

Quand cette puissance colossale fut appliquée, le vaisseau pencha en avant. Littéralement, il tangua légèrement. L'île de glace, dans laquelle il était encastré, bascula aussi. Ce fut tout. Aucun autre mouvement ne se produisit.

Il y eut une longue pause : les moteurs furent arrêtés et Darkel et Frot, en tant que chefs, essayèrent de comprendre ce qui ne marchait pas. Soudain, les viseurs de la paroi externe leur firent enfin comprendre qu'ils n'étaient pas seulement dans un champ de glace. Ils *étaient* le champ de glace.

Sur la Terre, le vaisseau lantellain, avec tout son équipement et ses gigantesques moteurs, avec ses 30000 robots lantellains, pesait environ 120000 tonnes et l'île de glace près de 1500000 tonnes. Ainsi ils n'iraient nulle part, ensemble, tant que la glace n'aurait pas fondu.

Mais elle fondait. A chaque mouvement des vagues chaudes. Et sous les brises qui balayaient la surface bleu-vert. Et sous les rayons directs du soleil tropical qui serait bientôt plus haut dans le ciel et beaucoup plus brûlant. En conséquence, l'immense vaisseau spatial dans sa cage de glace reposait sur une mer relativement calme, dont l'eau s'étendait de tous côtés. Et, à perte de vue, seulement deux objets étaient visibles : le voilier et l'unité d'abordage commandée par Nodo.

La glace qui retenait le vaisseau était froide, froide comme ne l'avait jamais été aucune glace sur la terre; il lui faudrait un long moment pour fondre.

Le temps devrait passer. Pendant ce temps... quoi?

A quel bon usage pouvait-on consacrer le temps gagné?

9

C'était fini.

L'incroyable! L'impossible!

Fletcher était sur le pont du navire en bois. Le vent lui soufflait à la figure. Il avait les lèvres sèches. Ses yeux larmoyaient. Comme dans un brouillard, il regarda s'éloigner l'« oiseau » de métal. Et puis, clignant fortement des yeux, il regarda les quatre marauds gisant sur le bois surchauffé.

Déjà il était difficile de se souvenir d'une manière constructive qu'ils avaient été abattus par quelque chose qui ressemblait à une lumière mortelle.

Autre chose s'agitait dans son esprit. Une pensée. Un sentiment. Une lointaine conscience qu'une décision devrait être prise.

Vaguement : ... Nous devrions parler à quelqu'un de tout cela. A qui?

Il comprit pour la toute première fois qu'il aurait peut-être un rôle à jouer dans cette folie qui s'était abattue sur la planète. Mais, naturellement, il était bien trop tôt pour qu'il prît conscience que toutes les décisions fondamentales lui incomberaient éventuellement.

En ce moment, en se posant simplement la question – en parler à qui? – l'idée que ce fût à lui de faire quelque chose lui parut ridicule.

A vrai dire, il y avait un autre facteur. C'était une vérité que, même alors, il n'avouait pas consciemment : il était, au fond du cœur, un Anglais loyal. Il croyait au fond de lui-même que l'Angleterre était le centre de l'univers. Il estimait que l'Angleterre devait être protégée de ses ennemis.

Le temps que ces images fugaces viennent et s'en aillent, il était déjà accroupi sur le pont à côté du corps tordu d'une brute connue sous le nom de Nate Arkion. (Pour un homme cultivé comme Fletcher, ce nom avait des résonances de l'antique occupation de la Bretagne par les Romains.) Nate avait une mâchoire prognathe et il était prompt au couteau ou au sabre. Cette lourde mâchoire et toute sa figure étaient tannées par le soleil tropical. Même dans l'inertie, elle avait un air mauvais. La vie dans les rues de Londres avait fait des choses déplaisantes au gamin qui était devenu cet homme. Mais Nate s'était depuis longtemps vengé de tous ceux dans lesquels il avait pu planter son couteau. Et peut-être était-ce maintenant de lui qu'on devait se venger.

Fletcher souleva un poignet inerte et fut surpris de sentir un pouls... Pas mort! Eh bien, que le diable me...!

Il fallut une minute ou deux pour constater que les trois autres créatures, elles aussi, vivaient encore.

Il se releva. Et soudain, il s'aperçut que les autres membres de l'équipage étaient parfaitement silencieux, immobiles. Leurs yeux, d'un marron sale ou d'un bleu d'acier, l'observaient d'un air maussade. Ou ils étaient figés par quelque émotion, ou alors ils attendaient... mais quoi?

– Ils sont vivants! annonça Fletcher. (Elevant la voix, il ajouta :) Allez, mes gaillards, portez-les sur leurs couchettes!

Personne ne bougea.

Cinquante hommes se tenaient là sous le ciel des Antilles, masse compacte de dépravation sordide. Le vent soulevait des mèches de cheveux sales sur des dizaines de têtes. La centaine d'yeux restaient fixés sur Fletcher.

Une fois de plus, cette sensation! Ils attendent!

Cela amena une pensée en réaction, une certaine stupeur : « *Leur aurais-je mal parlé?* »

Au bout de quelques secondes, il lui vint à l'esprit que dans un pareil moment il devrait peut-être traiter les hommes avec plus de diplomatie. Alors il dit posément :

– Mr Shradd, voudriez-vous veiller à ce que ces blessés soient transportés sur leurs couchettes afin que je puisse leur dispenser des soins.

Simplement, Shradd appela des noms. Et ce furent les hommes, ainsi désignés, qui s'avancèrent gauchement. Et gauchement, deux pour chaque corps inerte, ils empoignèrent et hissèrent.

Sur ce, ayant mis en route le sauvetage, Shradd marcha lourdement vers Fletcher et lui dit à voix basse :

– Je vous conseille de faire attention, monsieur. Ils vous rendent responsable.

C'était donc ça! Fletcher retrouva immédiatement son humeur sarcastique. C'était ahurissant, mais il s'entêtait à oublier que ces hommes étaient *tous* des crétins. Shradd lui-même avait agi *comme si* ce qui s'était passé avait été une occasion d'avancement personnel.

– Que pensent-ils que j'aurais dû faire? demanda-t-il avec ironie. Empêcher un abordage?

– Ils ne se posent pas ce genre de questions, cap'taine.

C'était une vérité évidente. Et Fletcher, légèrement secoué, allait se détourner sans ajouter de commentaires quand son regard tomba par hasard sur l'équipe de secouristes.

A ce moment précis, un des corps fut lâché. Le blessé avait été soulevé. Sa tête et son épaule – qui devaient en principe être soutenues par un nommé Drayton – glissèrent. Elles tombèrent d'un pied et demi. La tête heurta le pont la première avec un bruit angoissant.

Fletcher frémit.

Il vit que Drayton ne semblait pas avoir conscience d'un incident insolite. Il était en train de tirer de sa poche un chiffon sale. Avec lequel il se moucha bruyamment.

Cependant, l'autre homme continuait de traîner le corps inerte. La tête bondissait et cognait sur le pont. Quelques instants plus tard, Drayton empoigna de nouveau les épaules. Et cette fois, il ne lâcha plus prise.

Un rapide examen des autres blessés apprit à Fletcher qu'ils n'étaient guère mieux lotis. Chacun de ces gaillards évanouis était en partie porté, en partie traîné, négligemment projeté contre toutes les saillies, cogné contre des étais et des embrasures, lâché trois ou quatre fois d'une hauteur d'au moins deux pieds.

Cependant, comme il put bientôt s'en assurer, ils avaient tous encore le cœur battant quand ils furent enfin allongés sur leurs étroites couchettes.

En contemplant les hommes inconscients, Fletcher eut une très curieuse pensée : Je me demande ce que la lumière a fait quand elle a pénétré dans leur tête.

En général, il avait l'habitude de suivre consciemment le cours de ses pensées. Mais l'incongruité de cette idée, s'insinuant si doucement dans son esprit, ne retint pas son attention.

L'énorme complexité du moment l'accaparait. Son environnement immédiat frappa d'abord son nez...

Il y avait près d'un an qu'il n'était descendu au poste d'équipage. Et déjà il trouvait qu'il y revenait bien trop tôt. Les couchettes, quatre occupées par les hommes inertes, les curieux qui l'entouraient, sentaient la sueur, la saleté et le vieux cuir. Une odeur de moisi et de pourriture imprégnait le tout.

Grimaçant, mais plus sarcastique que jamais pendant ses moments médicaux, Fletcher prit dans sa poche son mouchoir propre. Il cracha dessus plusieurs fois. Et avec ce linge fin ainsi humecté, il essuya la figure de Nat le poignardeur. Puis, avec un peu plus de salive, il s'occupa de même du Grand Dingy, une énorme brute aux sourcils broussailleux. Dib Clutterbuck, petit mais râblé avec une figure évoquant quelque peu un requin, fut le suivant. Et, finalement, il se servit du mouchoir devenu sale pour Will Spire. Will avait un esprit tordu. Mais à l'occasion il proférait une repartie d'humour noir. Ses plaisanteries avaient même en leur temps provoqué des sourires peinés chez Nathan Fletcher.

Ayant accompli cette tâche sommaire, Fletcher se retrouva face à la porte et vit, avec un léger soulagement, qu'une poignée à peine de solides gaillards guettait sa sortie. Ordinairement, leur présence en quelque nombre que ce fût n'aurait posé aucun problème. Mais il se rappelait les paroles de Shradd : *Ils vous rendent responsable!*

Une pensée lui vint. C'était déjà assez inquiétant qu'un capitaine pirate dût chercher comment il pourrait réprimer une mutinerie. Mais son souci était encore plus ridicule. Comment allait-il sortir de ce poste étroit? C'est-à-dire, sans qu'on lui plante un couteau dans le dos!

Sa triste décision fut : Mieux vaut ne pas chercher à partir.

Encore.

Mais à présent... que faire pour ces cerveaux fêlés?

Les quatre malheureux continuaient de respirer, lentement mais régulièrement. L'ennui, c'était qu'en qualité de capitaine on attendait de lui qu'il fût un officier médical omniscient. Il possédait même un livre de médecine qu'il lisait par intermittence, qu'il avait plus ou moins étudié. Il savait panser une blessure. Il savait saigner un malade. Il avait le matériel nécessaire pour administrer un clystère. Mais cela ne lui était jamais arrivé et il n'avait pas l'intention de commencer maintenant.

Comme il était perplexe, il se rappela soudain une précédente pensée. Sinon qu'elle était maintenant différente... La lumière dans leur tête... elle m'observe.

Quoi!

Il se reprit, avec un effort. Sourit. Et l'idée absolument folle passa dans sa tête que les quatre hommes avaient conscience de lui. Puis, alors même que ce trouble superstitieux lui brouillait le cerveau, les quatre hommes eurent une pensée dans le leur, qu'ils lui projetèrent.

Ils disaient à l'unisson : « Vous en faites pas, cap'taine. Personne va vous canarder là tout de suite. Alors pourquoi vous iriez pas mettre sac à terre à Londres comme vous en avez l'idée, récolter le blé du bourgeois pour ce que vous avez fait à la fille et ça sera la porte de sortie pour vous. Et vous en faites pas pour nous non plus. On se réveillera dans une heure, par là... »

Près de Fletcher, une voix bourrue grogna :

– Pourquoi pas les laisser roupiller là-dessus, cap'taine?

Son cerveau était... quoi? Il ne savait pas... sens dessus dessous. C'était la réaction mais surtout de l'ahurissement. Il se stupéfiait lui-même. Dans un moment pareil, avoir le cerveau aussi embrouillé, il ne manquait plus que cela.

Aussi, en entendant cette voix, se tourna-t-il, l'air plus ou moins égaré. Plutôt plus. Et il nota machinalement que l'homme était un des trois visages grêlés de l'*Orinda,* Sol Tyke, un de ceux qui, à sa manière horrible, avait aidé à transporter les blessés.

En remarquant qu'un homme ayant eu la petite vérole figurait parmi les gaillards les plus redoutables du bord, il s'aperçut soudain que Sol n'était pas le seul. Une autre figure grêlée avait participé à l'assaut contre les hommes de métal. Était-il possible que la maladie rendît un homme plus coléreux? Fletcher aurait cru le contraire. Que ça lui aurait flanqué une peur bleue.

Ce fut à vrai dire un bon moment. Le conseil exprimé par Sol. La folie de ses propres pensées... Tout cela s'additionnait pour provoquer un sentiment positif. Fletcher fut quelque peu mais pas entièrement stupéfait de s'entendre dire d'une voix forte qui portait loin :

– Ils vont bien s'en tirer. Ils se réveilleront d'ici une heure. (Il fit un geste et ajouta :) C'est bon, allons-nous-en d'ici! Laissez à vos camarades une chance de respirer.

Par la suite, Fletcher se livra à une discussion silencieuse avec lui-même. Il était question de la prédiction d'un événement distant d'une heure à peine qui n'offrait qu'environ soixante minutes de sécurité.

Et ensuite, quoi?

10

La matinée se traîna. Durant ces nombreuses minutes, le voilier fut une blanche quintessence de grâce et de mouvement à la surface du vaste océan. Personne ne fit rien. Personne ne posa de questions.

Ce qui inquiéta – de nouveau – Fletcher pendant ces minutes, ce fut qu'une fois encore il avait le très net souvenir d'avoir déjà fait tout cela. Mais sans les Lantellains et sans Billy.

Avoir été ou ne pas avoir été, telle était la question... La paraphrase shakespearienne l'amusa un instant. Naturellement, c'était impossible. Cependant, c'était par tous les aspects le rêve le plus réaliste qu'il avait jamais fait.

Une fois encore, il laissa le souvenir tourner dans

sa tête. Tout était là. La fille... profondément choquée... Nous la jetions par-dessus bord. Elle se noyait. J'allais en Angleterre, je touchais le reste de mon dû et puis je partais vivre en Italie le reste de mon âge...

Quel incroyable fantasme! Parce qu'il était là. Un capitaine pirate. Encore dans la trentaine. S'il avait un avenir, il avait presque toute sa vie devant lui. Il s'aperçut qu'il reprenait quelque espoir. Il respira plus profondément comme si, maintenant que le soleil était plus haut dans le ciel immense, il y avait un avenir. Le plus grand soulagement bien sûr – il devait le reconnaître – avait été la disparition du vaisseau géant des Lantellains. Lentement mais définitivement il avait plongé au-dessous de l'horizon au nord-ouest.

Tandis qu'il était assis là sur le pont le vent merveilleux lui soufflait dans le dos, gonflait les voiles, repoussait le grand voilier de plus en plus loin de la position où le gigantesque navire semblait être emprisonné dans un énorme et invraisemblable gâteau de glace. C'était un vent chaud, chaud comme seul peut l'être l'enfer des Antilles. Peut-être aidait-il à fondre la glace. Bientôt, la machine étrangère serait libre de se déplacer. Ce qui se passerait alors, Fletcher n'en avait pas la moindre idée.

Une décision à prendre à ce sujet, bientôt. Et à propos de la mutinerie naissante de Shradd. Et...

Un son derrière lui. Un homme qui s'éclaircissait la gorge.

– Debout, cap'taine.

Fletcher se retourna et se leva. D'un seul mouvement souple. Pas trop vite. Mais assez.

Quatre hommes au large sourire se tenaient en haut de l'escalier montant du poste d'équipage.

Les brutes! Le quatuor qu'il avait vu pour la dernière fois inconscient sur les couchettes, il y avait une heure...

Sa pensée s'interrompit. *Une heure!*

– Hé! s'exclama Fletcher.

– A votre service, cap'taine, dit Will Spire sur un ton significatif. Tous les quatre, monsieur.

Sauf avec Shradd, l'homme mince et somptueusement vêtu qui se tenait là, debout, sur le pont du voilier voguant sur une mer lointaine, n'avait jamais été homme à éviter une confrontation. Il lui fallut une petite dose de courage, une résolution consciente pour accepter cette confrontation. Mais Fletcher les trouva.

– Je vous prenais pour des hommes de Shradd.

Comme aucun des quatre ne répondit tout de suite, Fletcher les regarda tour à tour dans les yeux. Et attendit. Ce fut de nouveau Will Spire qui parla :

– Mr Shradd, monsieur, a droit à notre respect. Il y a un homme bien, quelque part en lui. Mais il n'est pas de taille à faire face à cette situation, cap'taine.

– Et vous l'êtes? dit Fletcher sur un ton mordant.

Cette fois, le silence dura plus longtemps. Mais Fletcher attendit. Ce fut Dib Clutterbuck – le stupide et cruel Dib – qui le rompit, qui dit :

– Cap'taine, nous avons mal agi, nous autres. Pas mal jusqu'au bout, comprenez. Etre un pirate au jour d'aujourd'hui, ça fait partie du jeu, quoi. Mais il y a de meilleurs moyens, monsieur, que de tuer et de voler, si on veut bien y penser.

Le concept d'un pirate pensant était trop nouveau pour que Fletcher l'assimulât aisément. Mais une partie de la signification pénétra son entendement. Et ce fut si transcendant qu'une phrase de sa lointaine éducation religieuse lui revint des tréfonds où elle était enfouie depuis tant d'années : « Purifié dans la lumière du Seigneur! »

Une espèce de purification, voilà ce qui était arrivé à ces quatre-là. Le fantastique rayon lumineux, pensa Fletcher, saisi de respect. Il avait pénétré dans leur tête. Ce n'était pas simplement un effet de mon imagination. Une fois à l'intérieur, outre la privation de conscience de ces hommes, il avait illuminé toute les ténèbres de ces esprits aliénés, extirpant chaque souvenir maléfique, chaque décision mauvaise.

Tel était l'aspect qu'il paraissait affronter.

Des brutes, des assassins et cent bas instincts de pirates. Se pouvait-il qu'ils ne fussent que les manifestations extérieures de la démence de ce que la vie leur avait fait?

Alors même que lui venait cette pensée énorme, sa seconde réaction se précisa : Ne te laisse pas emporter. Nous sommes encore en ce monde où mes terres et ma fortune m'ont été volées. Nous sommes encore là où nous serions tous pendus si nous rencontrions un vaisseau anglais.

Toutefois, il se redressa un peu en reprenant la parole, en reprenant espoir d'une façon différente, pas seulement à son propre sujet mais à celui du monde entier. Il continuerait de mener à bien ses projets – là, pas de changement – mais...

– Messieurs, dit-il courtoisement, tous mes bons vœux vous accompagnent. Je prendrai vos réflexions pour ce qu'elles valent et agirai en conséquence, et...

Un hurlement! Quelque part derrière lui! Si strident, si terrifié que les paroles suivantes lui restèrent dans la gorge. C'était une telle clameur rauque que Fletcher, littéralement, en vacilla, faillit tomber. Puis il se cramponna à la rambarde. Pendant de longues secondes il resta tapi là, les yeux écarquillés.

Une muraille d'eau. Là-bas au sud-ouest. Trente, cinquante, deux cents pieds de haut. Il rectifiait chaque improbable dimension à mesure que l'évaluation de la distance était modifiée par son cerveau expérimenté.

Naturellement, il pensa que la chose effroyable était un raz de marée. Il avait entendu parler de tels cataclysmes. Il n'en avait encore jamais vu.

Le sentiment de terreur absolue ne l'empêcha pas de commencer à crier brusquement des ordres. Au timonier :

– Barre au nord-est!

A l'équipage :

– Amenez les voiles!

Aux quatre ex-brutes, il dit d'une voix pressante :

– Nous causerons plus tard. Descendez et donnez un coup de main!

– Bien, cap'taine. A vos ordres, cap'taine.

Les minutes s'égrenèrent à toute allure. Les hommes terrifiés travaillaient sous les voix hurlantes de Fletcher et de Shradd. Plus de désobéissance à présent, nota vaguement Fletcher.

L'énorme montagne d'eau déferla à guère plus d'un mille du voilier. C'était un spectacle d'une grande beauté, si l'on pouvait le considérer ainsi, et Fletcher le pouvait. Mais l'*Orinda* fut secoué et entraîné par le sillage de cette marée dans des flots moins tumultueux que ceux qui tournoyaient au centre du monstre mais qui néanmoins furent assez puissants pour emporter le vaisseau sur une vingtaine de milles. Et durant tout ce temps l'océan ne fut à perte de vue qu'une nappe d'écume mouvante.

Longtemps avant qu'ils en soient dégagés, Shradd rejoignit Fletcher sur la dunette et exprima une sombre pensée d'une voix singulièrement menaçante :

– Il se passe des drôles de choses, si vous voulez mon avis, depuis que ce petit bonhomme est monté à bord.

Fletcher, qui s'était rassis, ne se leva pas. Il avait l'instinct des crises; il savait exactement quelle devait être sa rapidité de mouvement en présence de ces crises. Assis là, frémissant un peu et se le reprochant, Fletcher éprouva ce qui était devenu un sentiment familier : l'idée qu'il se préparait à cette épreuve de force, à cette lutte pour le pouvoir depuis que Shradd avait été amené à bord de son premier navire par un autre ancien forçat. Il y avait de cela trois longues et criminelles années.

Il songea : « J'ai quatre hommes de mon côté et Shradd l'ignore. Intéressant pour la suite des événements. » Mais ce serait pour plus tard. A présent...

Sa seule action défensive fut de ramener ses pieds sous lui. Ce geste exécuté, il était prêt à bondir si la menace se précisait. Ainsi, le fait qu'il ne se levait pas était une hésitation non seulement du corps mais de l'esprit. Il la reconnut pour telle et cela lui rappela son autre instant d'hésitation récent. Avec la jeune fille. Le souvenir le surprit de nouveau. Un homme aussi dur et résolu que lui était devenu, durant ces instants... incertain, récalcitrant. Jusqu'à faire appel à elle avec émotion pour qu'elle cède. Et si elle avait soudain accepté... quelle situation compliquée c'eût été, en vérité. Ridicule, même. Tout son avenir – lui semblait-il encore – avait dépendu de la mort de cette fille. Et, naturellement, il s'était vite repris et avait procédé à l'assassinat. Mais ce précédent conflit brouillait maintenant sa clarté d'esprit habituelle, au point qu'il ne put prononcer qu'un seul mot :

– Alors?

Il parvint à le dire avec juste ce qu'il fallait de résolution.

– J'ai vu tout de suite qu'il ne valait rien, gronda Shradd.

– Nous étions tous les deux perplexes, fit observer Fletcher.

– C'était à vous de veiller à ce que nous ne prenions de risque avec personne, accusa Shradd.

Mais – ne put s'empêcher de remarquer Fletcher – l'attaque de son rival se traduisait en paroles et non en actes.

Il en fut si rassuré qu'il choisit ce moment pour se lever. Son mouvement fut vif, certes, mais il tenta de camoufler cette précipitation en disant posément :

– Comme vous le savez, Mr Shradd, nous vivons dans un monde qui n'est pas encore parfait, aussi nous arrive-t-il de nous en émouvoir. Je me rappelle comme si c'était hier le jour où le gouvernement tory s'est emparé de mes biens. Ce fut à ce moment que je me retournai contre le système. Dès lors, j'ai été prêt à jouer aussi déloyalement qu'eux. Et ainsi ai-je fait, ajouta-t-il avec un sourire amer.

Levant la main gauche, il saisit un hauban. Aussitôt, il eut une ferme position pour son corps et la possibilité de dégainer son épée si besoin était.

— Je crois, reprit-il, que je suis maintenant prêt à assassiner les hommes responsables de ma chute. C'est avec ce projet en tête que je quitterai l'*Orinda* à Londres.

Il proféra ce mensonge sans aucune hésitation. A la vérité, les hommes qu'il haïssait n'étaient pas vulnérables, il le savait bien. Ses ennemis étaient des gens rusés, durs, capables. Plus encore, ils bénéficiaient de la protection de l'Etat et de l'Armée. Sans cela, ils auraient été assassinés depuis longtemps. Par conséquent, non, cette voie n'était pas pour Nathan Fletcher.

Mais une telle intention de meurtre était de celles que pouvait comprendre un individu vindicatif comme Shradd. Sentant cela, Fletcher vit qu'il avait remporté une victoire verbale. L'expression du second avait changé. Soudain, il y avait une joie non dissimulée sur ses traits lourds.

A part lui, Fletcher savoura cette victoire en se disant que, plus tard, il déciderait de ce qu'il ferait vraiment, à Londres.

11

Celle qui ressemblait à — et croyait être — Lady Patricia Hemistan passa la plus grande partie de l'« après-midi » couchée sur l'épais sol de velours.

Elle était un peu instable en 1704. Les molécules et les atomes de la Patricia morte avaient été recomposés par une machine du LCCCIIIe siècle.

Le mélange n'était pas parfait. Elle n'était pas une personne totalement acceptable. Une femme humaine avec... quoi?

Les êtres appartiennent à leur ère propre, pas seulement psychiquement. Ils lui appartiennent parce qu'ils font physiquement partie d'un univers en évolution dans lequel chaque particule est à sa place spécifique à n'importe quel moment donné.

Soudain, une mutation... non! Soudain, jamais. Quelque chose devait céder, se modifier plus vite que la normale mais sans se briser. C'était cette modification qui se produisait.

Elle ne se sentait pas bien. Elle avait soif. Elle avait faim. Tout en elle allait mal, comme si elle couvait une fièvre.

... Quelqu'un devrait me soigner. Je ne vais pas bien...

Mais la machine n'avait su que la « remonter » à l'image des gens du LCCCIIIe siècle. Physiquement, cela aurait bientôt de bons effets. Mentalement, puisque dans son cas cela ne s'accompagnait d'aucun entraînement, le changement serait plus long à se manifester. Mais il viendrait. Il viendrait.

Le Transiteur avait eu des problèmes de moteurs, uniquement. Et ils étaient arrêtés, bien sûr, pour être réparés. C'était l'espoir des êtres qui observaient la scène à l'intérieur du vaisseau et contrôlaient les minuscules points mobiles et scintillants de luminescence pensante qui s'accrochaient aux filaments argentés.

Les corps humains vivants du bord – l'équipage – étaient à l'abri dans leurs casiers. En sécurité derrière des parois immensément protectrices et automatiquement nourris par des solutions alimentaires.

Ces êtres observèrent la malheureuse prisonnière assoiffée et affamée, d'abord quand elle erra nerveusement pour chercher, principalement, de l'eau. Et puis quand elle s'allongea sur le sol de velours. Au début elle resta sur le côté, la figure tournée vers la transparence par laquelle elle pouvait contempler le fond de l'océan. Elle paraissait profondément absorbée par ce qu'elle y voyait. Alors ils attendirent, et attendirent.

Enfin, la position devint manifestement fatigante. Avec un gros soupir, elle tourna le dos au fantastique paysage marin.

Instantanément, alors même qu'elle se retournait, une luminescence flotta et vint se poser sur son épaule.

C'était comme si l'on s'endormait. Un instant on était là, ressemblant à et croyant être Lady Patricia Hemistan, maintenant complètement désespérée. L'instant suivant...

Une sensation de mouvement sous elle. Ce fut la première chose que ressentit Patricia en reprenant conscience. Sa réaction fut automatique; pas une décision. Elle ouvrit simplement les yeux. Mais, naturellement, la vision n'est pas un phénomène simple. Et il y a une différence entre le réveil d'un sommeil normal et celui de l'inconscience.

Cette différence se manifesta d'abord par une incapacité à concentrer le regard. Il y avait de la clarté. Où qu'elle fût, quoi qu'elle regardât, tout était éclairé par quelque équivalent de la lumière du jour. Mais, comme chez certains insectes qui ne peuvent détecter que la lumière et non les images, les yeux humains ont une réaction primitive comparable dans les moments de tension. La jeune fille voyait quelque chose. Mais c'était une réaction primitive. Les caractéristiques photographiques de l'œil normal n'étaient pas disponibles en ces premiers stades de sa vision.

Il vint enfin un moment où elle distingua quelque chose. Brusquement, tandis que persistait sous elle le mouvement régulier, elle comprit : ... Je suis couchée sur le ventre... Et le rapide corollaire : Je dois regarder le sol.

Le plus étrange était que ce « sol » était une substance vitreuse mais pas glissante. Elle l'apprit quand elle avança les mains et s'appuya sur le verre. Ses doigts ne glissèrent pas. Le contact était ferme. Et elle put se soulever, ramener ses genoux sous elle, se redresser.

Elle s'immobilisa alors. Parce que le mouvement l'avait amenée assez haut pur s'apercevoir qu'elle regardait le plat-bord d'un bateau d'environ quatre pieds de haut. Et ce bateau – fait bien plus sensationnel – glissait à la surface d'un océan qui s'étendait (elle le découvrit bientôt en se mettant à genoux) à perte de vue dans toutes les directions.

C'était un bateau étonnamment grand : vingt-huit pieds de long sur huit de large, avec une partie couverte à l'avant comme à l'arrière. Sa première impression fut que les parties couvertes étaient accessibles et évoquaient pour elle la sécurité.

Brusquement, la vitesse à laquelle naviguait l'embarcation la fit se cramponner au bord. Elle se maintint fermement tout en examinant, avec prudence, la situation.

Avec un merveilleux bonheur, elle s'aperçut qu'elle n'avait plus soif ni faim. Elle commença à se sentir bien plus à l'aise. Ainsi, puisqu'il faisait réellement grand jour, elle vit bientôt que l'avant pointait vers l'est, en général, et un peu au nord. Et aussi que l'embarcation voguait à une allure extrêmement rapide, sans voiles.

Elle n'était pas qualifiée pour apprécier une vitesse de près de 50 nœuds. Mais tout cet après-midi le bateau fendit les eaux à cette allure considérable. Elle eut ainsi le temps de découvrir qu'il y avait une porte dans la partie couverte de l'arrière, donnant par quelques marches dans une petite cabine avec un grand lit. Et dans la partie couverte de l'avant elle trouva des robinets et des placards. Il y avait un récipient d'une matière semblable à du verre faisant saillie sur un singulier mécanisme. Elle en devina l'usage, saisit et tira. Il se dégagea aisément. Sur quoi elle le tint sous un robinet et quand elle pressa, de l'eau jaillit, qu'elle but. Et quand elle le tint sous un autre robinet un épais liquide rougeâtre en coula. D'un doigt hésitant elle porta au bout de sa langue un peu de cette substance sirupeuse. Un goût piquant, mais on ne pouvait se tromper sur sa réalité.

Un aliment!

Cette découverte, au lieu de provoquer des larmes de joie, parut avoir un effet calmant. Se sentant apaisée, elle put contempler l'horizon illimité et se poser mentalement cinq questions :

Comment suis-je remontée à la surface? Avec *qui* étais-je? *Qu'était* cette chose au fond? *Pourquoi* suis-je dans ce bateau? *Où* suis-je emmenée?

C'était des questions que s'adressait à lui-même un esprit extrêmement aigu, qui le devenait plus encore. Et qui comprit qu'il ne pouvait y avoir de réponses immédiates. Mais... la caresse du vent vif de l'océan, le mouvement frémissant d'un bateau visiblement coûteux, propulsé par quelque magie, le bleu enchanteur du ciel, la mer immense... tout cela parlait de survie permanente. Et cela ne se passait pas simplement d'instant en instant mais allait continuer d'heure en heure.

On s'occupe de moi. Elle savoura la signification émotionnelle de ce fait. Il avait un goût de vérité. Quelqu'un veillait sur Lady Patricia Hemistan, noyée parce qu'un pirate avait vendu son âme. L'acheteur – l'identification du coupable lui vint tout naturellement – était son infâme scélérat de cousin.

Par le passé, il lui était arrivé d'éprouver des remords à son sujet. Comme si c'était en quelque sorte à elle de le sauver. Elle avait même pensé : pauvre Keith. Que deviendra-t-il quand il aura dépensé tout l'héritage de son père?... ce qu'il faisait rapidement. Mais elle avait néanmoins repoussé sa demande en mariage sous prétexte, d'abord, de consanguinité et, ensuite, par un très nonchalant : « Vous ne m'attirez pas de cette façon, monsieur. »

Nourrissant ces pensées et ces souvenirs, et de

nombreux espoirs, elle but l'eau, l'aliment liquide et alla dormir sur le grand lit.

Et de nouveau le réveil!

Il lui fallut un moment pour comprendre où elle n'était pas. Les frémissements et les vibrations sous elle le lui rappelèrent. Les yeux ouverts, se souvenant nettement que le lit où elle se trouvait était là où il était, Patricia se redressa et se leva. Son mouvement fut lent et paresseux, n'employant qu'une partie de sa force. Dans l'obscurité, elle chercha la porte à tâtons, l'ouvrit en la faisant glisser.

Le jour! Un jour brumeux. En gravissant les marches, elle remarqua une clarté particulière des nuages à un pied seulement au-dessus de l'horizon, devant elle. La clarté suggérait que le soleil venait à peine d'entamer sa journée. Il était donc tôt.

Comme elle était curieuse et nourrissait quelque espoir, elle monta vivement. Et s'étira, allongea le cou pour regarder tout autour d'elle. L'espoir mourut aussitôt. Il n'y avait toujours rien que l'océan désert.

En regardant ainsi, elle avait totalement exposé son corps. Aussitôt, la brise marine posa sur elle ses doigts glacés. Elle poussa un petit cri. Elle battit en retraite et se recoucha sous la courtepointe, laissant la porte ouverte. Pendant quelques minutes douillettes, dix peut-être, elle ne bougea pas. Elle comprenait qu'il avait dû faire bien froid dehors, pendant la nuit. Cependant, elle se souvenait que la température était restée d'une chaleur régulière dans sa chambre... Se pourrait-il qu'un feu brûlât dans quelque soute cachée du bateau?

Une pensée fugace vint mettre fin à ces spéculations : Il faut que je me lève. Ils comptent sur moi, maintenant que le garçon a disparu...

Cette pensée était si totalement dépourvue de signification qu'elle le remarqua. Alors, finalement, elle la transforma pour lui donner une forme rationnelle spéciale : Ils – ses compagnons de voyage à bord de la *Red Princess* – estimaient qu'elle avait échappé à la mort. (Elle ne put faire entrer dans ce raisonnement la pensée du garçon, aussi l'oublia-t-elle en la jugeant superflue.)

La veille elle s'était glissée dans le lit tout habillée. A présent, ayant besoin d'agir, elle se redressa. A la lumière venant de l'escalier, elle se mit à lisser les plis de sa longue robe fripée. Et elle remarqua soudain quelque chose.

Il y avait des lignes dessinées sur ce qui lui avait paru être la surface plate et dure de la paroi intérieure au chevet du lit. Les lignes avaient la forme de tiroirs. Trois. Alors elle se pencha et tâtonna.

Etonnée, elle vit qu'il y avait des fentes. Elle put y glisser les doigts et tirer. Chaque tiroir à tour de rôle s'ouvrit. Ils contenaient une diversité de... quoi donc?

Une pensée singulière lui vint, se rapportant à un objet en forme de baguette dans le tiroir du haut. Comme si la baguette disait « Prends-moi! ».

La jeune fille secoua la tête. Par ce mouvement, elle se reprochait d'avoir de telles lubies. Tout de même, elle souleva le petit objet brillant. Le tint. Le caressa. L'examina sous toutes ses faces. Se demanda à quoi il pouvait bien servir. Et, finalement, le reposa.

A l'instant précis où ses doigts la lâchèrent, la baguette émit un cri aigu.

Patricia recula d'un bond. Ce bond, en hauteur, la mit sur ses pieds. Elle monta précipitamment sur le pont et courut sur toute sa longueur. Derrière elle, le cri persistait.

C'est absolument ridicule! pensa-t-elle.

Le son la suivit jusqu'à l'avant du bateau, jusqu'aux robinets d'eau et d'alimentation. Il continua de glapir pendant les minutes rapides où elle mangea debout. Et ne se tut pas un instant pendant qu'elle retournait lentement pour redescendre vers le tiroir ouvert.

Elle se dit que la baguette ne faisait rien qui pût blesser. Puisqu'un son manifestement mécanique n'est pas alarmant, vraiment, sauf peut-être pour un voleur. Et il n'y avait pas de voleurs dans les parages. Sa troisième idée fut qu'en manipulant l'objet elle avait dû déclencher le bruit.

Alors, d'une main hésitante, elle prit la baguette. Le cri se tut. Soulagée, elle la remit dans le tiroir. Dès qu'elle la lâcha, la baguette hurla. Elle s'en empara vite. Le son cessa.

Au bout de plusieurs expériences, et après avoir passé par des stades où elle la portait continuellement dans l'une ou l'autre main, elle finit par la glisser dans les dentelles de son corsage.

Cet emplacement parut tout à fait satisfaisant au mécanisme délicat, quel qu'il fût, qui produisait le son. Le silence se fit.

Mais la leçon avait servi. Elle referma avec soin les trois tiroirs de sa « chambre » sans toucher à aucun autre objet.

Encore une longue journée.

Une jeune fille seule dans un vaisseau automatique finit par s'asseoir, par s'allonger, et attend. Patricia regarda les nuages courir dans le ciel. De temps en temps, le soleil faisait une apparition et à ces moments elle se redressait et regardait les reflets dansant sur les vagues. Il y avait toujours du vent soufflant à 50 nœuds – bien qu'elle n'y pensa pas ainsi – la même vitesse que le petit bateau.

Dans un sens, pendant les quelques jours qui s'écoulèrent, le voyage solitaire fut un événement plein d'enseignements. L'observation la plus intéressante que fit Patricia, ce fut que l'embarcation gardait le cap sur le nord-est.

Vers l'Europe du Nord? Vers l'Angleterre?

C'était l'Angleterre.

Le sens de l'orientation du bateau était si parfait que, bientôt, il se dirigea vers l'embouchure d'un fleuve; même dans la clarté brumeuse du petit matin, elle reconnut la Tamise.

Son embarcation accomplit un dernier et merveilleux exploit. Elle l'amena très loin en amont près du quartier de Londres où habitait son autre cousin. A ce moment, alors qu'elle remarquait un appontement inoccupé de la bonne hauteur...

Le bateau s'y dirigea. Accosta parallèlement à la jetée de bois. Sur quoi, il s'arrêta.

Elle entendit le bruit de ses flancs frottant la plate-forme de bois tandis qu'il se balançait doucement.

Comme en attente.

Il veut que je débarque.

Patricia trouva cette idée si ridicule qu'elle se gourmanda : « Ma chère demoiselle Hemistan, vous devez cesser ce jeu puéril qui consiste à parler à des bateaux et à de petits bâtons brillants! »

Il y avait en fait de bonnes raisons pour qu'une jeune personne seule ne voulût pas quitter un lieu sûr. Debout sur le pont du bateau qui se balançait doucement, elle releva la tête et considéra les raisons immédiates. Son embarcation était arrêtée contre une courte jetée utilisée par les petits bateaux fluviaux. Juste au-delà de la plate-forme de bois il y avait un débarcadère avec des marches accédant à une route carrossable parallèle au fleuve.

Le problème était : n'importe quelle rue de Londres.

Le problème était qu'aucun homme sans armes, aucune femme à la mise élégante ne pouvait, sans protection, se promener en 1704 dans les rues de Londres, de nuit ni de jour. Tout autre homme à pied était un criminel en puissance... s'il entrevoyait seulement une victime possible.

Au mieux, elle serait simplement agressée tous les cent pas. Ses vêtements de prix lui seraient d'abord arrachés. Quelqu'un les achèterait; quelle que fût la maigreur de la somme, ce serait un trésor pour le genre de vaurien qui gagnait sa misérable vie grâce à de telles rencontres de hasard. Les indignités dont son corps aurait à souffrir dépendraient de la proximité de cachettes temporaires où elle pourrait être traînée ou portée, peut-être aussi du nombre de gentilshommes qui pourraient passer à cheval.

De troublants souvenirs de nombreux avertissements sur le danger des rues de Londres lui passèrent par la tête. Pensant ainsi, elle entrouvrit les lèvres pour murmurer :

– Non, non, cher, merveilleux petit bateau. Je ne te quitte pas. Je préférerais même que...

Le murmure se tut.

– Mon Dieu! s'écria-t-elle d'une voix médusée.

Elle était *sur* la jetée, à plus de douze pieds du bord de l'eau. Et le bateau...

Elle pivota si vivement qu'elle faillit tomber, si rapidement qu'elle eut le vertige. Mais elle le fit à temps pour voir ce qui avait été sa demeure durant de nombreux jours et nuits s'écarter silencieusement. Egarée, elle la vit virer de bord et s'éloigner rapidement.

A proprement parler, elle ne la vit pas disparaître parce que les larmes lui brouillaient la vue. Quand elle les eut essuyées, quand elle tenta de surmonter le terrible sentiment de perte, il n'y avait plus aucune trace du petit bateau parmi les nombreux navires et embarcations qui naviguaient sur le grand fleuve.

Au premier abord, elle fut plus décontenancée qu'effrayée. Parce que... Comment avait-elle débarqué? Elle avait entendu parler d'incidents de ce genre, de personnes qui font des choses sans s'en apercevoir. Mais cela ne lui était encore jamais arrivé.

Un bourdonnement interrompit ses réflexions.

Elle sursauta et regarda autour d'elle, affolée. Mais la jetée et ce qu'elle voyait du débarcadère et du quai étaient toujours aussi déserts.

Elle haletait, bruyamment. Ainsi elle mit un moment à s'apercevoir que le bourdonnement continuait. Tout près. Presque dans son oreille.

Soudain... la certitude.

La baguette!

Tout en fouillant dans les dentelles de son corsage, elle pensait : « Vraiment, qui aurait pu croire qu'elle pouvait émettre des sons? »

D'abord cet affreux glapissement. Maintenant le petit bourdonnement, plus léger mais insistant.

Elle refermait les doigts sur la baguette alors que ces pensées défilaient. Et quand elle souleva le bel objet lisse, long de six pouces, hors de son corsage, le bourdonnement se tut.

Elle comprit qu'il devait en être ainsi. C'était seulement quand elle la tenait dans sa main que l'infernale petite chose se taisait.

Cela, finalement, la rassura : C'est ma seule arme. Je pourrais frapper quelqu'un avec...

Sur ce, elle commença à gravir les marches montant vers le quai et vers...

Son ascension l'amena sur la route. Elle l'amena également en vue d'un vieillard laid comme un épouvantail. Il se trouvait à une cinquantaine de pas et il dut surprendre un mouvement du coin de l'œil car il se retourna et regarda la jeune fille, bouche bée. Puis il poussa un cri de joie épouvantable :

— Arraaagh!

Ayant émis cet affreux raclement de gorge, il se précipita sur elle à une rapidité de vieillard.

Patricia garda son sang-froid et courut en biais sur la route vers une rue. Il y avait des broussailles à l'angle. Et quand elle les eut contournées, elle se trouva nez à nez avec un jeune homme.

Il avait de méchants yeux bleus brillants. Il montrait de mauvaises dents dans un sourire ravi. Et il avançait.

Elle ne pouvait pas reculer. Et il lui barrait la rue. Derrière elle, le vieux faisait un vacarme d'enfer en proférant des mots des bas-fonds destinés à faire comprendre qu'elle lui appartenait.

Le jeune homme aux vêtements grossiers prit le temps de lancer une réplique violente à son vieux rival. Et puis... il se rua vers la jeune fille.

Ce qui se passa ensuite ne fut pas immédiatement compréhensible. Mais, soudain, il s'arrêta net. Une expression d'horreur apparut sur sa figure mangée de barbe. Sa bouche s'ouvrit. Ses yeux bleus se voilèrent. Il fut agité de tremblements. Puis il poussa un long hurlement de douleur et tomba, en se tordant, sur le sol.

Patricia était à cent pieds, au moins, quand un souvenir lui revint. La baguette avait vibré dans sa main durant les derniers instants de l'attaque du jeune homme.

Et elle vibra ainsi pour vingt-sept autres hommes de toutes tailles, vêtus de diverses guenilles masculines. Après le troisième assaut, Patricia cessa de courir. Elle accepta.

... Je suis encore protégée. Cette baguette m'a forcée à l'emporter...

En quittant Patricia, le petit bateau qui l'avait transportée à travers le deuxième plus grand océan de la terre, remonta le fleuve vers une jetée abandonnée. Peu après, il se glissait discrètement dans un vieil appontement délabré.

Le lendemain, il était toujours là. Et le surlendemain. Et une semaine plus tard. Le septième jour, deux gamins de huit ans s'aventurèrent sur le quai. Et ils passèrent un moment à bord du supernavire. Naturellement, ils essayèrent d'ouvrir les portes à l'avant et à l'arrière. Et établirent sans doute par leur immédiate tendance à pénétrer par effraction dans ce qui ne leur appartenait pas, qu'ils ne tarderaient pas eux aussi à débuter dans la carrière de tire-laine. A ce moment, ce qui était dans les parties verrouillées n'était pas pour les petits garçons. Le métal résista à leurs tentatives sporadiques inconsidérées.

Se lassant finalement du néant de la situation, ils s'en allèrent. Mais cette nuit-là, le bateau recula hors de son abri qui n'était plus sûr et repartit en amont. Un peu avant le jour, il découvrit un autre bras d'eau dans l'immense port de Londres. S'y glissa. Et s'arrêta.

12

Il n'est pas facile de trouver une destination spécifique la nuit, dans le port de Londres. L'*Orinda* avait son appontement qui l'attendait. Mais où était-il dans ces ténèbres?

En arrivant à l'embouchure de la Tamise peu après le crépuscule, le capitaine Fletcher s'accordait une longue nuit d'octobre pour glisser, calculer, effectuer des reconnaissances. Le second, Shradd, qui connaissait son port, lui servait de navigateur le plus souvent négatif.

– Non. Pas ici. Allez plus loin. Encore un mille, je crois.

Comment juge-t-on un mille sur un fleuve obscur, la nuit, quand un navire lutte contre le courant, ses voiles prises dans des vents croisés?

Malgré cette difficulté, il vint un moment où, dans la pâle clarté de l'aube, ils aperçurent leur destination. Et ils purent s'y glisser. Le temps n'était pas encore venu où les voraces commerçants d'Angleterre étaient soumis à une stricte surveillance. Ainsi, une fois à terre, et amarrés, ils n'eurent pas de problème, aucun besoin de secret.

Peu après le lever du soleil, les acheteurs vinrent examiner le butin : le tabac, la laine, les briques volées, les bois durs d'Amérique Centrale, certaines fourrures et les objets de métal aux formes bizarres (ferraille, étaient-ils appelés pour la transaction) que le garçon avait apportés à bord.

Il y eut trente-huit enchérisseurs pour le butin. C'était un groupe hétéroclite, un mélange d'Anglais et d'Ecossais, de Londoniens et d'Irlandais, de Hollandais et de Juifs, plusieurs Suédois et trois Chinois. Les langues parlées étaient une diversité de patois, d'anglais bâtard et de ce langage commercial de la longue côte du Nord le bas-allemand.

L'homme qui amena des chariots et emporta les machines de Billy Todd était un individu basané de nationalité indéterminée, probablement un Juif. Mais son chariot portait : Julius MacDonald, négociant.

Fletcher avait trouvé une solution pratique au baragouin. Quand le jargon devenait trop rapide pour lui, il empoignait le jargonneur, montrait du doigt et criait : « Ça? », voulant dire « Achetez-vous ceci? » Et quand il obtenait un signe de tête affirmatif, il ajoutait : « Combien? »

On les soupçonnait probablement d'être des pirates et cela leur valait un certain respect et aussi, cependant, une attitude tu-ferais-bien-de-me-vendre-ça-pas-cher-sinon-tu-le-regretteras.

Tels étaient les courants et ils avaient leur influence. Mais à la fin, les espèces sonnantes et trébuchantes parlaient le seul langage compréhensible.

Quand tout fut terminé, quand de misérables hommes de peine commencèrent à charger les marchandises volées dans des chariots, alors que les jurons devenaient plus sonores et se calmaient, Fletcher se rappela ce que Billy Todd avait dit : qu'il n'y avait pas d'autre place dans l'univers du temps, à présent, que 1704. Une fois que cette idée se fut présentée, pendant les quelques instants où son esprit se déploya pour embrasser l'incroyable univers qu'elle évoquait... quelque chose se passa dans sa tête.

Jusqu'alors, jusqu'à l'apparition de ce concept, il avait toujours estimé que sa propre vie quotidienne, elle, était le seul temps qui existait, seconde par seconde. Soudain, la simple contemplation d'une telle limitation lui causa un choc.

Il regarda les gens qui l'entouraient – les acheteurs ainsi que leurs aides et son propre équipage de mauvais aloi – et songea, atterré : Cette racaille! *dese Schlingels...* le terme bas-allemand n'était que trop approprié... c'était de là que repartirait la race humaine!

Son sentiment : jamais nous ne réussirons une deuxième fois.

Après le départ de tous les revendeurs, Fletcher fut agréablement surpris de découvrir qu'il avait dans sa main plus d'argent qu'il ne l'avait estimé à l'avance. Comme il ne devait y avoir aucun soupçon, il l'avait compté avec l'aide de Shradd et de trois hommes d'équipage qui avaient pu ajouter des sommes considérables.

Ayant accompli cette tâche importante, ils partagèrent équitablement le tout et le distribuèrent. Chaque individu avide traçait sa marque indiquant qu'il avait reçu sa part. Après quoi il s'en allait, ayant droit à deux semaines de congé et heureux de partir. Pour chaque individu, cela signifiait la découverte d'une nouvelle fille, le retour à l'ancienne ou à une famille abandonnée pour vivre avec elle et l'apprécier, si c'est le mot qui convient. C'était le plus souvent un temps d'aigres récriminations de la femme et de demandes d'argent larmoyantes pour qu'elle et « les petits » puissent survivre entre les voyages.

Fletcher s'appliqua à parler à plusieurs des hommes. Ainsi quand, chacun à son tour, les quatre anciennes brutes reçurent leurs parts, il put leur parler comme il l'avait déjà fait à d'autres. Dans leur cas, le dialogue fut singulièrement semblable pour chacun.

Fletcher : Tu te sens bien, maintenant?

Ex-brute : Assez bien, monsieur.

Fletcher : Tu as une femme quelque part par ici?

Ex-brute : Un homme responsable pourrait l'appeler comme ça, monsieur.

Fletcher : Si nous avions besoin de toi en vitesse, quelles sont les chances d'obtenir ton aide rapidement?

Ex-brute : Je sauterai à bord de la première voiture, cap'taine, et j'arriverai au galop.

Ainsi en alla-t-il tandis que Shradd était assis là, la mine sombre.

Shradd et quatre hommes comptaient rester à bord. S'ils s'aventuraient à terre, ce serait deux hommes à la fois et Shradd seul. Mais il y aurait toujours trois ou quatre hommes à bord à tout moment.

Avec la permission de Shradd, le capitaine Fletcher dormirait à bord cette seconde nuit aussi. Il était entendu qu'il partirait définitivement le matin de bonne heure vers une destination non précisée.

Quand la nuit tomba, il invita Shradd à dîner avec lui dans une auberge voisine. Les deux hommes s'installèrent dans une alcôve et soupèrent en regardant deux jolies filles chanter et danser sur une petite estrade. Les filles échangèrent bientôt des regards significatifs avec les hommes et, contre l'offre de quelques pièces d'argent – deux shillings à chacune – elles acceptèrent un rendez-vous plus tard dans la soirée.

On était en 1704, une époque encore impitoyable pour les femmes sans revenus fixes. La contrainte de la pauvreté assurait qu'elles seraient exactes au rendez-vous. Ainsi, Shradd et Fletcher bavardèrent un peu, burent un peu; dans le cas de Fletcher, un peu trop peut-être, car, à un moment donné, il parla assez librement de son passé.

– Mon erreur, dit-il, a été de me laisser séduire par le concept de la libre concurrence et du libéralisme whig. J'ai été traité de renégat et, par des moyens douteux mais néanmoins légaux, dépouillé de mon héritage. A ce moment, j'ai eu le cœur si plein de haine que pour la première fois le meurtre m'a paru possible. Soudain, je pouvais frapper, tailader sans remords, tandis que je cherchais par des moyens détournés et en me justifiant à mes yeux à reprendre la part dont j'avais été privé.

– Vous étiez un tory qui s'est converti aux whigs,

monsieur, si je comprends bien. Mon opinion est donc que vous avez eu de la chance que quelqu'un n'ait pas extorqué contre vous une sentence de pendaison et d'écartèlement, un destin qui est encore réservé aux hommes d'affaires whigs malchanceux, que l'on accuse de vouloir détruire le monde parfait créé par la sagesse et la générosité des tories.

– J'ai effectivement eu de la chance, reconnut vivement Fletcher. Un ami haut placé m'a averti et j'ai pu m'enfuir de chez moi une nuit, juste avant d'être arrêté...

... Plus tard, les filles venues et reparties, seul sur le pont, Fletcher se demanda si sa soirée de camaraderie calculée avec Shradd rapporterait ce qu'il espérait. Simplement, et brutalement, il voulait que l'*Orinda* fût encore là à son retour. Cela, au cas où les choses tourneraient mal ou s'il se passait d'autres incidents déplaisants.

Si cela devenait nécessaire, comment ferait-il pour reprendre son commandement? Il se dit qu'il affronterait ce problème le moment venu... s'il venait.

... Je devrais aller me coucher... C'était une vérité mais il ne bougea pas. Brusquement, une fois de plus, il eut conscience du problème. En tant qu'Anglais il éprouvait, au-dessus de toutes choses, de la loyauté envers l'Angleterre. Et il pensait de nouveau qu'il devait avertir quelqu'un, parler du vaisseau de guerre lantellain.

Avertir qui? Cette simple question fit naître un sourire sur cette figure mince aux yeux bleus résolus. Qui, en effet?

Sur ce, comprenant ce qui le troublait depuis déjà de nombreuses semaines, il sentit se produire en lui un changement. Et, au même instant, il fronça le nez, conscient d'une horrible puanteur. Il songea, affolé, qu'est-ce que... quoi? L'instant de confusion ne dura pas. Il reconnut l'odeur : le parfum séculaire d'un quai de Londres.

Incroyablement, son absorption personnelle avait engourdi ses sens. L'odeur avait été là toute la journée, toute la soirée et depuis des siècles. Il n'y avait jamais réfléchi mais à présent il était curieux. Il releva la tête dans la brise légère venant du fleuve et renifla. Hmmm, intéressant. Le vil relent semblait être fait du bois pourri et mouillé des jetées et d'ordures en putréfaction.

Fletcher grimaça. Et comme il se détournait – commençait à se détourner –, une lointaine lueur dans le ciel attira son regard.

Il s'immobilisa. Puis, lentement, il pivota. Droit devant, en direction de la mer, l'horizon nocturne s'illuminait.

Un incendie?

Sous ses yeux, la chose étincelante se rapprocha, devint plus lumineuse.

Un froncement de sourcils. Quel incendie! Quel fantastique brasier! Il eut l'impression que toute une partie de la ville était en flammes.

Alors même qu'il pensait cela, la chose flamboyante se rapprocha encore; c'était un navire qui remontait la Tamise.

Un vaisseau gigantesque! Le terrible choc le frappait déjà. C'était le bâtiment de guerre lantellain.

Mais... mais comment était-ce possible? Le fleuve n'était pas si profond! Et il y avait tous les ponts!

Secoué d'un frisson, il imagina le pont de Londres, lui-même abattu, écarté par le monstre, le lit du fleuve dragué, la boue et les rochers soulevés pour former de nouvelles berges par la simple puissance des forces prodigieuses qui propulsaient ce colossal navire.

Vaguement, Fletcher s'aperçut qu'il avait reculé de la rambarde. C'était un mouvement purement instinctif, provoqué par une peur atroce. Et des pensées tournaient dans sa tête. Ils nous ont marqués, ils peuvent nous retrouver, ils enverront quelqu'un...

Ses mouvements de fuite se poursuivirent, seconde après seconde. D'abord, à sa cabine, sans bruit pour ne réveiller personne. Deuxièmement, et rapidement maintenant car il était dans un lieu clos et cela ne lui paraissait pas bon, il empoigna son sac de cuir contenant déjà ses affaires. Troisièmement, retour sur le pont et à terre. Son départ n'avait duré que quelques minutes.

Il marcha le long de la jetée, monta sur le quai, s'éloigna de cette flamboyance qui semblait embraser tout le ciel derrière lui. Bientôt, mais trop lentement à son gré, il remonta une rue misérable – homme courageux, mort de peur et horriblement pressé.

13

Gravir un escalier dérobé dans le palais de la reine d'Angleterre et de son prince consort en 1704 ne présente, au mieux, que de forts légers aspects scientifiques. La science la plus probable : la psychologie. Naturellement la loi de gravité est, pour ainsi dire, un facteur scientifique d'une telle action. Certes, depuis le commencement de la vie sur la terre n'importe quel mouvement ascendant exige beaucoup plus de muscle et de dépense organique qu'un mouvement descendant ou à plat. Et bien des créatures, animales autant qu'humaines, ont éprouvé une apathie croissante à mesure que la pente de la colline devient plus forte que la motivation de l'escalade. Chaque créature reçoit ainsi un rappel d'un phénomène naturel de l'univers, par conséquent d'un fait scientifique.

Fletcher éprouvait un peu de cette répugnance en montant par l'escalier « secret ». Et comme il nourrissait mille doutes sur la sagesse de cette visite, et qu'il était déjà fatigué par sa longue marche, il ressentit rapidement une réaction encore plus négative.

Il ralentit puis s'arrêta. Psychologiquement, c'était un moment complexe. Un « quelque chose » de mental l'avait amené jusque-là, de l'appontement du navire pirate à ce lieu dangereux aux trois quarts de la hauteur d'un escalier obscur. Soudain, il eut besoin d'une impulsion mentale additionnelle.

Ce qui l'avait amené jusque-là était une décision sincère. Lui-même reconnaissait à regret qu'il faisait vraiment un bien grand détour afin de dire ce qu'il savait.

La décision avait été inspirée par le sentiment qu'il avait une dette envers ces gens. Ce n'était pas simplement un sentiment à l'égard de l'Angleterre. Il allait enfin régler, en monnaie comparable, ce qu'il devait.

Alors qu'il était immobilisé là, des sons étouffés lui parvinrent de ces étages supérieurs du palais vers lesquels il se dirigeait. Il était bien plus de minuit mais des gens allaient et venaient encore.

Pour un marcheur fatigué, ce fut un heureux signe. Fletcher en déduisit immédiatement que l'arrivée du vaisseau lantellain causait cette activité. Et c'était bien entendu cela qui l'avait fait se détourner de son projet de fuite initial. Son sentiment avait été : ... Je ne dois vraiment pas abandonner mes anciens compagnons de jeu sans leur donner les renseignements que je détiens.

Brusquement, il retrouva toute son énergie. Il se remit à monter, deux marches à la fois maintenant. Il arriva devant une porte. Plongea une main dans sa poche. Et en retira avec précaution l'élégante carte d'invitation écrite bien des années plus tôt, qui lui avait souvent permis de pénétrer sans risque dans ce palais très privé.

Serrant la carte entre ses doigts, il frappa.

Le garde en uniforme qui lui ouvrit parut un peu surpris de voir cet inconnu sur le seuil. Mais il reconnut manifestement le genre de carte que Fletcher lui présentait. L'homme était jeune, certainement nouveau, et n'avait pu connaître le célèbre capitaine pirate. Mais il était évident aussi que l'habit de velours et les manières courtoises du visiteur étaient un passeport acceptable. Car le jeune garde s'effaça et Fletcher entra.

– Voulez-vous informer Son Excellence le prince consort George que ma visite concerne le grand vaisseau ennemi qui est apparu dans le port de Londres.

L'homme recula et sortit en emportant la carte. Fletcher, mince, nerveux, élégant, eut le temps de considérer l'étendue du risque qu'il courait. Le prince consort était à la tête de l'Amirauté, en étroite association avec un autre George... George Churchill, le frère du duc de Marlborough. Churchill commandait la marine royale. Le prince George surveillait ce commandement pour sa femme, la reine. Un brave homme, ce prince danois, jugé bon mais peu intelligent par les brillants Anglais qui approchaient le couple royal. Mais sûrement il se souviendrait de son ancien compagnon de table de jeu, Nathan Fletcher, qui avait échappé au filet tory et qui était devenu pirate. Et sans aucun doute il se méfierait d'un face à face avec un personnage aussi dévoyé, sauf sous une protection militaire.

Cette analyse n'était pas tout à fait exacte mais peu s'en fallait. La grande porte sculptée s'ouvrit à deux battants et des hommes en tenue d'officier arrivèrent au pas accéléré, l'épée dégainée, et prirent position autour de Fletcher.

Le capitaine pirate nota qu'il s'agissait d'un capitaine et de quatre lieutenants. Ce fut le capitaine qui se planta devant lui et lui dit sur un ton officiel :

– Votre épée, monsieur.

Fletcher la retira lentement du fourreau et, la tenant par la pointe, la remit. Il suivit des yeux l'officier qui portait la lame étincelante vers un buffet, à vingt pieds, et l'y déposait à plat. Sur ce, l'homme en uniforme resplendissant retourna vers la porte par laquelle il était entré avec ses lieutenants, la franchit et resta absent une minute environ.

Il revint précédé par un individu bedonnant en bel habit de velours. Fletcher, qui avait bien connu le nouvel arrivant, le reconnut immédiatement et s'inclina très respectueusement. Se redressa. Attendit. Et observa.

La première des choses qu'il ne put s'empêcher de remarquer, ce fut que l'homme avait pris du poids. Voyant cela, il ne put se retenir. Il dit en bas-allemand :

– Yeeat, du muss nich zou fail ayten. Dout wa nich ziyah gout foh die. Voutt saycht Momka Anne? N'vou best du?

(George, tu ne devrais pas manger autant. Ce n'est pas bon pour toi. Qu'en dit Lady Anne? Et comment vas-tu?)

– Nate, répondit le prince en anglais, vous n'auriez pas dû venir ici. J'ai reçu des rapports fâcheux qui m'ont progressivement fait regretter l'aide que je vous ai apportée.

(C'était lui qui avait discrètement fait savoir à Fletcher que les tories le cherchaient, lui permettant ainsi de s'enfuir. Et c'était cette dette que Fletcher venait payer.)

La figure bouffie était plus soucieuse qu'hostile.

– Mon devoir le plus clair, reprit sévèrement le prince, est de vous placer en état d'arrestation. Pouvez-vous me donner une raison de ne pas m'y résoudre?

Fletcher répondit gravement :

– Altesse, cet immense vaisseau qui est là sur la Tamise est manœuvré par d'étranges hommes mécaniques et il est assez grand et puissant pour détruire à lui seul toutes les marines d'Europe. La reine doit se réfugier dans l'intérieur des terres. Le vaisseau ennemi a des difficultés et ceux qui se trouvent à bord sont de toute évidence en nombre limité. Il faut donc les contraindre à sortir de leur invincible vaisseau, après de prudents essais d'attaque avec les plus lourds canons. Le monde entier est en péril.

Il y eut un long silence. Le gros homme richement vêtu ne bougeait pas; ce fut un mauvais moment pour Fletcher qui se demanda soudain si, peut-être, il n'y avait pas effectivement un cerveau faible dans cette assez longue tête mafflue, si faible qu'il ne pouvait comprendre la portée de ce qui venait d'être dit.

Une autre pensée vint, plus personnelle. Singulière. Difficile à communiquer à un esprit lourdaud. Mais la perception devait exister quelque part dans la tête du prince consort, comme dans celle de Fletcher, comme elle devait pénétrer la conscience de tout être vivant de la terre.

Fletcher la formula en bas-allemand sur un ton pressant :

– Nous avons déjà vécu tout cela, George. Et, si j'ai bonne mémoire, tu es mort en 1708 de la toux dont tu as toujours souffert. Si je me rappelle bien ma précédente existence de ces moments, tu as commencé à cracher le sang et après cela tu étais perdu.

Le silence persista. Puis, brusquement, en anglais :

– Attendez ici!

Sur quoi, le prince consort retourna vers la grande porte. La franchit. Et au bout d'une minute, revint avec sa femme.

Les officiers entourant Fletcher saluèrent. Elle leur répondit d'un geste de la main puis les congédia. Elle s'avança vers Fletcher. Il vit qu'elle avait les larmes aux yeux.

– Nate, dit-elle, je pleure depuis le mois d'août. J'ai honte de moi. Je disais toujours que je savais sourire pour cacher mes larmes. Mais ce n'est plus vrai. Comme nous le savons, George souffre des poumons. Et il vient de me répéter ce que vous lui avez dit de sa mort... une chose dont je me suis souvenue aussi, si c'est le mot juste, au mois d'août. Nate, le palais tout entier est affolé par des souvenirs qui ne peuvent être, des souvenirs du futur... Quel jour, Nate, quel mois vous rappelez-vous, pour le trépas de mon cher George?

– J'étais en Italie, Majesté, quand je l'ai appris. Et j'ai vécu jusqu'à soixante-dix-huit ans, à en croire ma mémoire de l'avenir. Mais, naturellement, cela a été un grand choc pour moi quand la nouvelle m'est parvenue. Je ne sais même pas si j'ai jamais connu le jour exact. C'était à l'automne, cela est sûr, vers la fin d'octobre.

– Le 28, dit la reine Anne.

Tandis qu'elle fondait en larmes, le prince George s'avança et lui prit la main.

– Elle a raison, chuchota-t-il à Fletcher. Tout le monde échange ses impressions. Tout le monde se souvient de choses qui ne peuvent pas être. Et cependant vous voilà, avec les mêmes idées. Et quel est ce navire?

Pour Fletcher ce fut encourageant. Car cela lui apportait une perception soudaine. Ce prince balourd avait tenu son épouse et reine à l'écart des murmureurs les plus sournois et lui avait permis, jusqu'à ces derniers temps, de rester équilibrée avec compassion entre les Whigs et les Tories. Il avait soutenu son courage et l'avait rarement mal conseillée.

La comparaison qui s'imposait à lui était le destin lugubre de la reine après la mort du prince. Elle avait sombré dans la confusion – ainsi que Fletcher le voyait – elle était devenue un être dur, une femme égoïste abusée par les comploteurs et, en conséquence, avait trahi ses armées, ses plus fidèles amis, ses alliés, pour mourir finalement (au bout de six ans), âme perdue s'il en fut jamais.

Si elle distinguait tout cela dans sa vision intérieure de l'avenir, il n'était pas surprenant que son chagrin éclatât, que son angoisse ne pût s'apaiser.

– J'ai fui en Italie après ma disgrâce, dit Fletcher. (Le mensonge, puisqu'il avait assez de souvenirs pour prouver qu'il connaissait la vie italienne, vint tout naturellement à ses lèvres.) De là-bas, j'ai guetté les nouvelles d'Angleterre.

Ce propos était destiné à nier, pendant ces quelques minutes, ce qu'ils avaient pu apprendre de sa carrière de pirate. Et, lui semblait-il, il ne faisait pas trop mauvaise impression.

Il vit que la reine avait cessé de pleurer en l'écoutant. Elle le regardait fixement de ses yeux encore voilés de larmes. Sans se retourner, elle dit :

– George, nous savons qu'il ne parlait pas l'italien. Peut-il le parler maintenant? Dans ce cas, cela établirait certainement quelque chose.

Le prince consort posa carrément la question.

– Nate, savez-vous l'italien?

Ces mots avaient pris si rapidement une signification que Fletcher fut pris de court.

– Toutes ces semaines, murmura-t-il d'une voix médusée, cette possibilité ne m'est jamais venue à l'esprit. Mais oui, je le crois... Buena sera, signora e signor. Godo di verderla. Mi ascolta un momento. Ho parechie cose da derle.

(Bonsoir, madame et monsieur. Je suis heureux de vous voir. Ecoutez-moi un moment. J'ai plusieurs choses à vous dire.)

Il s'interrompit un moment et reprit en anglais :

– Cela me paraît tout simple, Majesté. Les mots me viennent aisément. Mais je vous en prie, écoutez-moi. D'après ce que j'ai vu, je déduis que l'avenir peut être changé. Il y a une grande science à notre disposition dans ce navire, et aussi dans un autre, si nous pouvons l'utiliser, qui guérirait les affections aussi ordinaires que celle dont souffre notre cher George. Et, naturellement, votre propre maladie a été provoquée par le chagrin d'avoir perdu votre bien-aimé. Vous voyez cette vérité, n'est-ce pas, dans votre vision de l'avenir?

La réponse de la reine fut une plainte.

La porte de l'escalier, par laquelle Fletcher était entré quelques minutes plus tôt, s'ouvrit alors à la volée.

Plusieurs hommes élégamment vêtus surgirent.

L'apparition des nouveaux venus fut rapide et ils étaient juste assez nombreux pour créer de la confusion. Fletcher ne vit qu'un désordre de visages, de corps, de capes, de cheveux longs, de mouvement. Tous lui semblaient inconnus. Et cela fut, quelques instants plus tard, ahurissant. Durant ces quatre années d'enfer, jamais l'idée ne lui était venue qu'il pourrait ne pas reconnaître immédiatement le comte d'Oxford, son ennemi mortel.

Quelle qu'en soit la raison, Robert Harley le vit le premier. A l'instant même, le puissant chef tory poussa un cri perçant. Puis vinrent les mots :

– Mon Dieu, le pirate! Saisissez-le! Tuez-le!

C'était trop théâtral. De plus, les hommes qui l'accompagnaient ainsi que les officiers de la garde de la reine ne comprirent pas immédiatement quelle personne était ainsi désignée.

Fletcher eut le temps de remarquer que la figure de son ennemi était plus bouffie, bien qu'il fût encore jeune. Et il avait pu voir aussi qu'il s'agissait bien du comte d'Oxford et Mortimer, le grand ministre.

A l'instant de la confrontation, tout le monde avait été suffoqué. Littéralement, ils battirent tous en retraite. Et cette retraite, bien que ralentie, se poursuivait. Ce fut ce recul machinal qui donna sa chance à Fletcher. Dur, calme, à son aise en cet instant de crise, il recula aussi. Jusqu'à la crédence où son épée avait été déposée. Là, il s'arrêta.

– Robert, dit-il, je suis venu avertir Sa Majesté au sujet de l'immense et dangereux navire dans le port et du terrible désastre qui a frappé tout l'univers. Peut-être pourriez-vous nous dire si vous avez aussi le souvenir d'avoir vécu votre vie entière. Et si, par conséquent, vous vous rappelez – si c'est le mot juste – la date de la mort de notre pauvre George que voici... et...

Le second cri perçant de Harley l'interrompit. Cette fois le hurlement comportait des mots.

– Tuez-le!

Criés sur un ton de commandement féroce.

Le meurtre aurait pu sans doute être commis contre un homme moins vigilant, moins agile. Mais les soldats et les officiers, dans cette pièce somptueuse, étaient éloignés de quelques années, au moins, de la dernière occasion qu'ils avaient eue de livrer bataille. Pendant ces instants de réaction lente, Fletcher s'empara de son épée et bondit.

La direction de ce bond l'amena en courant et en s'arrêtant net à côté de Harley. D'une main d'acier, il empoigna le bras gauche magnifiquement vêtu. Et il appuya la fine pointe de sa lame contre le corps à côté du bras.

– Mr Harley, murmura-t-il, vous n'avez pas répondu à ma question.

Un long silence tomba. Fletcher eut le temps de considérer une pensée bien étrange en vérité :

Ce n'est pas un moment véritable dans l'histoire d'Angleterre... Les historiens de la période de la reine Anne chercheraient en vain un incident touchant la reine elle-même, un de ses plus importants ministres et un capitaine pirate, qui tous se trouvaient singulièrement réunis à présent dans une salle très privée du palais royal, où le pirate menaçait de tuer nul autre que le comte d'Oxford et Mortimer.

Ni Fletcher ni les autres personnes présentes n'avaient entendu parler du concept des mondes parallèles. Ainsi, chacun devait affronter la crise soudaine sans bien comprendre que, dans le cours naturel des événements, pareil incident ne s'était jamais produit.

Une confusion? Pas vraiment. Du moins pas assez pour empêcher ce qui eût été normal de se produire à présent. Normalement.

Au cours d'une crise, les hommes courageux n'hésitent pas plus de quelques secondes avant d'agir. Et tous ces hommes devaient, par leurs serments d'allégeance, leur rang et leur état, sinon pour d'autres raisons, être perpétuellement courageux.

Robert Harley ne pouvait se dérober, bien qu'il pût être transpercé. Le capitaine et les quatre lieutenants devaient attaquer. Les compagnons de Harley devaient dégainer et bondir pour le défendre. Jusqu'à la mort, s'il le fallait.

La reine elle-même serait plus tard jugée à la

mesure de son sang-froid dans la crise qui mettait face à face, si brusquement, les personnes présentes dans l'élégant salon. Elle était le pouvoir suprême, l'autorité souveraine. Selon son histoire future, ce qu'elle ferait en ce moment clef ne serait qu'un signe avant-coureur des désastres que tous les hommes imbus de leur virilité l'accuseraient d'avoir fait fondre sur l'Angleterre, quand elle régnerait seule après la mort de son prince consort.

C'était la femme qui détestait tant la guerre et la violence qu'elle finirait tout simplement par ordonner le retour de ses armées d'Europe, abrogeant tous les engagements pris par l'Angleterre à l'égard de ses alliés, qui congédierait le grand général John Churchill – qui guerroyait si habilement – et finirait ses jours dans une Angleterre en paix. Et qui ensuite, au grand soulagement de son entourage d'hommes violents et rageurs, mourrait.

La voix de la reine Anne résonna soudain haut et clair dans le silence qui était tombé après que Fletcher eut parlé.

– Halte! dit-elle.

Personne ne bougea. C'était certainement une forme de halte. Cependant Fletcher avait l'impression que les hommes autour de lui étaient, chacun à sa façon, figés au moment de leur action personnelle.

– Nathan Fletcher, reprit-elle de sa voix aiguë, je vous nomme général en chef des forces armées pour repousser l'ennemi.

A ces mots, il y eut un instant de tension, puis aussitôt vint la détente. Ils étaient, après tout, des hommes d'esprit, intelligents, accoutumés au pouvoir. Quelqu'un rit. Le comte d'Oxford lui-même parut retrouver sa morgue.

– Majesté, dit-il d'une voix sourde, personne n'est au-dessus de la loi anglaise, certainement pas un pirate transformé en général.

Il n'y avait dans ce propos aucune conscience que c'était sa propre action sournoise qui avait poussé un homme au désespoir total, l'avait forcé à prendre les armes contre les navires de son pays et avait provoqué sa disgrâce. Durant tous ces siècles de lutte pour les droits de l'homme, personne encore ne s'était soucié de la motivation humaine. Même en Angleterre, la loi n'acceptait aucune raison et, sur le continent, elle ne favorisait naturellement que la noblesse. Sans qualifications.

Fletcher rengaina son épée.

– Majesté, dit-il posément, je crois que je ne devrais être autorisé à rester général que le temps pour moi de descendre cet escalier. J'ai communiqué mon message au prince consort et à Votre Majesté. Laissez la bravoure et l'intelligence anglaises poursuivre en se fondant sur ce que j'ai dit. Mais vous, madame, devez vous réfugier immédiatement dans l'intérieur des terres. Cette nuit. A l'instant.

Une pause. Puis la reine, qui avait perdu son aspect larmoyant pendant ces brèves minutes, accepta cette solution.

– Merci, Nate. C'était très courageux de votre part de venir ici. Je suis d'accord pour que vous restiez général jusqu'au lever du jour. (Puis, plus sèchement :) Vous entendez, Mr Harley!

Le grand homme s'inclina.

– Majesté, murmura-t-il.

Fletcher ne perdit pas de temps. Il contourna rapidement le groupe d'aristocrates. Ouvrit la porte par laquelle ils s'étaient précipités. La franchit. La referma.

Et, comme il ne se fiait à aucune promesse faite par un tory à un whig, il descendit l'escalier quatre à quatre.

14

Une grande réalité avait déjà été remarquée par les esprits hautement entraînés qui pouvaient la comprendre. Il n'y eut pas de vagues. Ni, pour ainsi dire, d'ondes de choc.

Le colossal effondrement de quarante millions d'années. Et puis – instantanément – la reprise de la progression en avant, régulière. Seconde par seconde, instant par instant, les heures paisibles s'écoulèrent. Un miracle? Il y paraissait presque.

Il y eut, en conséquence, des personnes sur la terre en l'an 1704 – dans le Transiteur et à bord du cuirassé lantellain – qui purent considérer les implications et n'y manquèrent pas.

– Nous pouvons déduire, communiqua un des êtres luminescents, que le temps n'est pas une énergie en soi. Il est plutôt un reflet des transformations de l'énergie. Une particule se déplace d'un point dans l'espace à un autre point et le mouvement qui en résulte est un phénomène silencieux de temps. La signification de « silencieux » dans un tel contexte équivaudrait à la signification de l'ombre par rapport à un rayon lumineux. Un objet interposé projette son ombre. Une transformation d'énergie interposée a son silence, qui est le temps.

– Quelle application pratique, demanda une autre luminescence, vous suggère cette observation?

A bord du vaisseau lantellain, le chef savant-parroulement répondit à une question semblable :

– Une ombre est une réduction de la lumière dans un espace fini. Un silence de temps est une réduction ordonnée du niveau de la charge explosive par un processus de distanciation de la transformation de l'énergie. Apparemment, maintenant que l'état de stabilité est revenu, nous pouvons espacer les transformations d'adaptation qui se produiront. Autrement dit, nous pouvons survivre dans cette ère du temps.

A bord des deux vaisseaux, l'analyse soulagea énormément tout le personnel. La vie, électrique et organique, continuerait pour tous les intrus d'une autre ère et pour les habitants de cette ère.

Comme les êtres humains de cette période de

l'histoire n'étaient pas capables de seulement imaginer que la non-survie aurait pu se produire ils n'avaient jamais eu aucun espoir. Il y avait naturellement des individus – comme Nathan Fletcher – qui avaient déjà eu un léger soupçon de ce qui s'était produit. Mais même pour eux, une connaissance plus approfondie demanderait du temps.

Ce n'était pas le genre de problème qui, en ce matin ensoleillé, faisait fonctionner les rouages cérébraux d'un certain voyageur élégant dans le coche faisant route vers une destination dans le sud de l'Angleterre. Ce voyageur – Fletcher – n'était cependant pas dans un état d'esprit tout à fait normal. Assis en face de deux femmes mafflues d'un certain âge et de leurs maris bedonnants, il eut une nouvelle pensée.

C'était une idée inspirée par son observation des gens du palais, la veille au soir. Une idée si improbable qu'elle lui effleura à peine l'esprit. Mais même cet infime contact laissa une douleur. Comme une abeille qui se pose sur un point sensible de la peau et qui est chassée avant qu'elle puisse faire plus qu'enfoncer son dard. Cependant, le simple fait qu'elle avait été là dans l'intention de piquer produisait un effet de choc.

Aurais-je pu me tromper?... La question impossible. Les véritable hommes du début du XVIIIe siècle ne mettaient jamais – mais *jamais* – en doute leurs dures décisions. Pour eux, le monde était ce qu'il était; ils en étaient à peine venus à comprendre cette réalité et avaient appris à agir en conséquence.

Fletcher devint curieux après sa première réaction de surprise à l'idée nouvelle. S'étant ressaisi, il put examiner le concept dans ses autres dimensions.

La civilisation avait évolué lentement. Au cours de cette évolution, la grande difficulté avait été le maintien de l'ordre parmi des masses d'individus dont chacun avait besoin de manger pour vivre. Comment récolter cette alimentation, comment la distribuer, ce problème, dans ce stade intermédiaire de l'histoire – comme il le considérait à présent, ayant vu des stades plus tardifs – n'avait pas encore été résolu. Personne n'était coupable. La difficulté transcendait toutes les techniques imaginables en cette période intermédiaire. Les gens qui résistaient au système disponible ne faisaient que créer de nouveaux problèmes. La véritable solution était technique, exigeant de nouvelles méthodes que l'on ne possédait pas encore.

La rencontre avec la reine Anne la veille, et avec Robert Harley, avait apporté une perception. L'intense jalousie de Harley, née des rapports étroits et personnels de Fletcher avec la famille royale, avait poussé le comte à conspirer pour la destruction totale de son plus jeune rival. Et il avait réussi, effectivement. Mais...

La vérité, c'est que j'essayais de me pousser dans un néant plus élevé. Et quand j'ai été écarté par un autre pousseur, j'ai été pris d'une rage meurtrière...

Une femme sanglotait. Fletcher fut arraché à ses réflexions et s'aperçut qu'un petit drame s'était produit dans le coche pendant qu'il était ainsi préoccupé. Il lui fallut un moment pour comprendre. Cela exigea un retour en arrière. Sur quoi il découvrit qu'il n'avait enregistré l'affaire que le plus distraitement du monde.

Une dispute avait éclaté entre deux des personnes rustaudes. La femme évoquait un sentiment, sans doute pas pour la première fois, et l'homme – son mari, soudain honteux de l'entendre se répéter en public, la rabrouait vertement.

Vertement était bien le mot car il disait :

– Silence, stupide pécore!

Ce fut alors que les sanglots éclatèrent. Sur quoi le mari, voyant cela, s'indigna :

– Vois donc, tu as dérangé ce beau monsieur! gronda-t-il. (Ajoutant comme pour s'excuser :) Depuis quelques semaines, monsieur, ma femme a quasiment perdu l'esprit. Elle a l'impression d'avoir déjà vécu ce qu'elle vit et elle se rappelle l'avenir, jusqu'à sa mort, dans dix-sept ans! Et elle prévoit pour moi un trépas bien plus proche! Je devrais disparaître dans trois ans.

Le capitaine Nathan Fletcher, pirate extraordinaire qui souffrait d'une semblable affection de mémoire du futur, s'adressa à la grosse dondon.

– Madame, quand avez-vous éprouvé ce sentiment pour la première fois?

Cela demanda du temps. Mais bientôt il fut évident qu'elle réfléchissait et que la question courtoise lui avait fait du bien. Elle cessa de pleurer. Et sa réponse vint enfin, d'une voix songeuse :

– Je m'en souviens comme si c'était tantôt. C'était en août...

Et elle donna une date. Fletcher éprouva un instant de confusion. Août, c'était exact. Et comme, en sa qualité de capitaine, il tenait un livre de bord, il aurait bien dû noter la date. Mais il ne l'avait pas fait. Ou, plutôt, c'était à un moment de crime et de tension. Si bien que le détail était passé inaperçu. En mer, en un sens, les jours étaient hors du temps. Les dates avaient tendance à se confondre.

Intéressant, pensa-t-il. Au palais, les gens responsables étaient assez intelligents pour remarquer et pour s'interroger. Ici, à quelques échelons plus bas sur l'échelle sociale, une personne qui avait remarqué était méchamment rabrouée. Et, naturellement, à bord du vaisseau pirate, les « souvenirs » avaient été mentalement rejetés, dans l'instant. Parce que personne, pas même le redoutable second, Shradd, n'avait manifesté le moindre signe de trouble intérieur.

– Elle a toujours eu beaucoup d'imagination, expliquait cependant le mari. Des idées folles, il en vient à tout le monde. On n'y fait pas attention. Mais, Dieu de Dieu – faites excuse mesdames – on deviendrait fou à lier si on laissait ces choses-là vous trotter par la cervelle!

Il était évident que face à de telles réactions cette conversation ne pouvait avoir d'avenir. Fletcher y renonça donc et considéra une folie d'un autre genre. Vraiment – pensait-il – les manœuvres politiques des hommes fortement égoïstes qui faisaient partie du gouvernement anglais quatre ans plus tôt n'avaient rien eu à voir avec les véritables problèmes de la nation. Pour lui, pour ses desseins d'alors, un seul mot englobait tout : stupidité.

... J'ai été poussé dans une situation où je n'aurais jamais dû me trouver, pour commencer...

C'était une sacrée pensée pour Nathan Fletcher, gentilhomme assassin, pirate, voleur; il était un peu tard – il le reconnaissait amèrement – pour la simple réforme. A ce stade avancé de sa carrière, il n'osait pas apporter un seul changement à ses plans. Comment survivre à son idiotie, tel était son principal souci.

Aussi, après avoir murmuré de courtois adieux à ses compagnons de voyage, descendit-il devant une petite hostellerie de village *(L'auberge du temple)* pour y prendre une chambre et, après un déjeuner tardif, emprunta-t-il d'un pas vif une petite route de campagne menant au domaine de Hemistan, distant d'une demi-lieue.

Il n'y eut pas de difficultés. Le nouveau seigneur régla promptement le solde qu'il devait. Puis il resta sur le perron de feu sa cousine et suivit des yeux en silence le capitaine pirate qui s'éloignait sous le soleil de l'après-midi. L'héritier de Hemistan avait vaguement envisagé de ne pas payer la somme finale. Mais, dans le fond, raisonna-t-il, c'était plus simple ainsi. De cette manière, il ne resterait personne de vivant nourrissant des griefs contre lui. Tout le monde pouvait désirer pour des raisons personnelles le silence et le secret. Quant à la violence, elle exigerait de lui qu'il embauchât plusieurs marauds qui, n'étant pas gentilshommes, ne pouvaient être dignes de confiance. C'était d'autant plus vrai qu'ils devraient être plus d'un.

D'ailleurs, pensa le nouvel héritier avec satisfaction, je suis à peu près sûr que notre pirate aux belles manières va rendre visite à sa mère et à sa sœur demain, à quelque vingt lieues d'ici à peine. Pendant ce temps, je pourrai changer d'avis, si bon me semble...

Il ne lui vint pas à l'esprit, à ce moment, que les événements allaient très vite le contraindre à faire précisément cela.

15

Tôt dans la même soirée, Fletcher prit le coche de nuit pour le village de Cadman. Peu avant 3 heures du matin, il en descendit, devant l'auberge. Après avoir demandé une chambre et s'y être fait accompagner par l'aubergiste à moitié endormi qui se hâta ensuite de regagner ses propres appartements, le nouveau pensionnaire ouvrit sa fenêtre (il avait été installé au rez-de-chaussée à sa demande) et partit pour la dernière étape de son voyage.

La nuit était fraîche et il marcha rapidement. Il se sentait mentalement à l'aise parce qu'il se « souvenait » d'avoir fait ce trajet sans incident dans son « avenir ». Cette fois-là aussi, il était d'abord descendu à l'auberge de Cadman pour une raison fort simple : l'aubergiste était un nouveau venu et ne connaissait pas les gens des villages environnants. Du moins pas de vue.

La route — qui était son chemin pour la première partie de sa longue marche — la nuit sans lune, pas trop de pensées... Il mit naturellement plus d'une heure à couvrir la lieue et demie. Cependant le temps passa vite. Bientôt, ne prenant aucun risque — comme « avant » —, il quitta la route et partit à travers champs, dans le demi-marécage. Ce fut facile pour lui, malgré tout, car il connaissait cette région depuis l'enfance. Ainsi, il n'était pas totalement sur ses gardes au moment de l'attaque.

L'assaillant, quel qu'il fût, avait une meilleure vue nocturne que Fletcher. Car il bondit comme une personne qui peut voir sa victime.

Un léger son! Ce fut tout ce que Fletcher perçut. Un bruissement de branches écartées puis un bruit étouffé de pas sur le sol. Et soudain des bras incroyablement puissants l'enlacèrent. Il eut l'impression d'une forme humaine moins haute que lui mais aussi fortement charpentée qu'un petit cheval, qui se pressait sur lui, contre lui, autour de lui.

Fletcher fut saisi alors qu'il levait le pied pour faire un pas. Ses bras furent emprisonnés par les membres épais de son assaillant. Ce fut une surprise totale. Sa réaction : un choc et de la stupéfaction mais pas de peur. Son propre corps, bien que mince, était solide. Et jamais au cours de sa carrière de pirate, son endurance n'avait atteint ses limites. Infatigables, tel était le mot qui s'appliquait aux muscles du capitaine Nathan Fletcher.

Le combat qui commença alors dans l'obscurité fut un affrontement de masse et de surprise contre de la force nerveuse. Une partie de cette surprise fut pour la victime la lente perception que son adversaire n'était pas armé, ses seules armes étant ses mains puissantes.

Qui? Quoi? Pourquoi?

Il n'eut pas le temps de chercher de réponse. Pas plus de temps que pour commencer à comprendre l'ironie de la situation : un pirate marin attaqué par un pirate terrien.

En tentant de se dégager, en bandant ses forces pour libérer ses bras, Fletcher fit une découverte stupéfiante. L'assaillant était nu.

Le capitaine se débattait maintenant, respirait fort et avait conscience que son adversaire haletait aussi. Mais parce qu'il avait appris à lutter sans merci, parce que ses mains étaient maintenues de force contre ses flancs, sa défense répondit à l'intention impitoyable de la brute. De nouveau, l'inattendu. Une grande bouche ouverte chercha sa gorge et, à cet instant précis, il saisit les organes génitaux de l'homme nu et les tira en tordant de toutes ses forces.

Il souffrit durant cet échange de mauvais procédés d'une sanglante morsure au cou. Mais l'autre, là dans la nuit, poussa un gémissement de douleur hideux. Grogna. Lâcha prise. Et frappa Fletcher avec le tranchant d'une main aussi dure qu'un morceau de bois.

Le capitaine pirate réprima un cri. A son tour il lâcha prise et recula en chancelant. Mais c'était la victoire. Car, étant libéré de ces bras étouffants, il eut le temps de dégainer son épée et de porter un coup de pointe à la hauteur et sur le côté du cœur.

Fletcher comprit, au frémissement de la lame plongeant dans le corps de l'individu, et à la façon dont ce corps se convulsa et s'immobilisa totalement, qu'il l'avait tué...

De la lumière brillait derrière les volets et les rideaux de la chambre qui avait toujours été celle de sa sœur. A cette fenêtre, Fletcher frappa selon un rythme particulier qui, autrefois, avait été entre eux un signal. Adolescent, quand sa mère lui interdisait de sortir, le jeune Nathan venait frapper à la fenêtre de sa sœur aux petites heures du matin, sur quoi elle se glissait sans bruit vers la porte de service, tirait les verrous et le faisait entrer.

Ces matins-là, à l'heure du lever, sa mère le trouvait endormi et le traitait tendrement de paresseux. Si la veuve soupçonnait qu'elle avait sur les bras de la graine de vaurien, elle n'en laissait rien paraître tant elle montrait d'indulgence pour ses grasses matinées.

Il frappa donc, et ce fut le silence. Enfin les rideaux et les volets intérieurs furent ouverts. De l'autre côté de la vitre apparut un visage féminin étonné. Fletcher colla sa figure au carreau. Après un long moment de stupéfaction, la jeune femme brune fit un geste, désignant la porte de la cuisine.

Quelques instants plus tard, elle le fit entrer et s'abandonna avec raideur à l'étreinte fraternelle.

Cette froideur se retrouva dans la conversation qui débuta bientôt derrière la porte close de sa chambre.

– Il se passe des choses bizarres, dit-elle.

Ils étaient tous deux assis, elle en longue chemise blanche, lui encore tout habillé.

– De quoi veux-tu parler? demanda Fletcher.

– Hier, dans le marais, on a trouvé le corps d'un homme à moitié mangé, dit-elle en l'examinant avec méfiance à la lueur vacillante de la chandelle. Quand es-tu arrivé dans la région?

Fletcher décrivit, avec précision, les détails de son voyage. Mais tout en parlant il pensait que, d'après son « souvenir » de l'avenir, il y avait cinquante ans qu'il avait rendu réellement cette dernière visite à sa mère et à sa sœur, avant de partir chercher refuge en Italie.

Dans ce « souvenir », les perspectives de mariage de sa sœur avaient été anéanties par sa disgrâce. Et des larmes avaient été versées par les deux femmes, à cause du terrible ostracisme social dont elles étaient victimes. Ainsi son retour d' « alors », pour des raisons filiales et sentimentales, avait causé des réactions mitigées et des regrets de part et d'autre.

Rien de cela... encore.

Parce que, comme il finissait de parler, elle demanda :

– Alors tu n'as rien à voir avec ce corps à moitié mangé?

– Ma chère sœur, répliqua sèchement Fletcher, malgré mes graves revers de fortune, je n'ai jamais été affamé de chair humaine.

Elle ne parut pas entendre et poursuivit :

– Tout autour du corps, on a trouvé de curieuses empreintes d'animal de près de quatre pieds de long. Quelle créature monstrueuse pourrait avoir de telles pattes?

Fletcher revint aussitôt en pensée à l'homme nu qu'il avait tué. Ses yeux s'arrondirent. Pourrait-il y avoir un rapport? Après un instant de réflexion, il jugea que c'était impossible. La taille de son assaillant avait été impressionnante mais il était fort peu probable qu'il eût eu des pieds aussi longs. Il vit que les yeux de sa sœur, d'un bleu intense, étaient posés sur lui et qu'elle ne souriait pas.

– As-tu pratiqué ta religion, Nathan? demanda la jeune personne en longue robe blanche.

– Ma chère Marion, répondit-il de sa voix la plus amicale, cela reste entre mon Dieu et moi.

– J'ai entendu courir le bruit... à l'insu de notre chère mère, se hâta-t-elle d'ajouter, qu'à Londres ton Dieu était un jeu de cartes, une bouteille de whisky, l'opportunisme d'un sacripant violeur de femmes et les mensonges d'un orateur proférés pour la défense d'hommes vils, et rejetés depuis hors du gouvernement. Quand ils ont été renvoyés, tu as disparu. Il y a quatre ans de cela. Où t'es-tu caché depuis lors?

On avait averti Fletcher qu'il ne serait pas prudent de chercher à revoir sa famille. Toute tentative de ce genre risquait d'être considérée par ses ennemis comme la preuve qu'ils pourraient lui faire du mal en s'attaquant aux deux femmes...

– Justement, dit-il avec une grande aisance, un de mes amis joueur de cartes était un armateur. Aussi, en ces heures de détresse, il m'a proposé d'être capitaine d'un de ses navires marchands et j'ai accepté. J'ai été en mer depuis.

– Je présume, dit sa sœur sur un ton mielleux, que tes talents de navigateur venaient des jours où tu voguais sur une mer d'alcool, d'un tiède corps de femme à un autre.

– J'ai découvert en moi, répliqua Fletcher sans mentir, la faculté d'apprendre rapidement, quand il le fallait, une certaine audace par laquelle je me servais des connaissances des autres et faisais donc bonne impression.

Il s'interrompit, frémissant au souvenir de ses premiers jours comme commandant du navire volé qui avait précédé l'*Orinda.* Il se les remémorait encore quand Marion déclara :

— Je suis sûre que le moment de dormir est venu pour toi. Tu sais où est ta chambre. Dans la matinée, je préparerai notre mère avant ton lever. Et, conclut-elle, nous pourrons alors parler de choses plus agréables.

16

De loin, Keith Hemistan regarda la voiture quitter la route et pénétrer sur les terres du domaine. Des arbustes gênaient sa vue, si bien qu'il n'avait que de brefs aperçus du véhicule noir brillant, avec ses quatre chevaux et son cocher, s'approchant au trot de la vaste demeure.

Il n'attendait pas de visite. Pas maintenant, un jour seulement après que Nathan Fletcher était venu chercher le prix du sang et s'en était allé. Mais la voiture et les chevaux ressemblaient à l'équipage que possédait un de ses parents à Londres.

Aussi, après une brève hésitation, le nouveau seigneur renonça-t-il à son projet d'aller aux écuries et de faire une promenade à cheval. Il descendit la pente entre des arbres, vers le côté de la maison. Et là il tomba sur une scène imprévue.

Une dizaine de serviteurs entouraient un homme et une femme qui venaient manifestement de descendre de la voiture. Keith reconnut d'abord l'homme. C'était bien son cousin londonien. Néanmoins, il s'avança, la mine furieuse. Ces domestiques de Patricia, pensait-il aigrement, en se promettant de parler sévèrement de la place des serviteurs... qui n'étaient certainement pas sur le perron du château quand des visiteurs se présentaient!

Il avait presque atteint le groupe. A ce moment, plusieurs domestiques hommes et femmes l'aperçurent et s'écartèrent.

— Or çà! s'écria Keith Hemistan de sa voix la plus sévère, que diable...

Il se tut.

Il crut qu'une pierre venait de lui tomber au creux de l'estomac. C'était le sang qui s'y précipitait, venu de tout son corps. C'était la terreur.

La visiteuse, qui avait été cachée principalement par les corps imposants du personnel masculin, apparut soudain à sa vue. C'était une jeune fille svelte. Et quand elle tourna la tête au son de cette voix impérieuse, il reconnut une personne impossible : Lady Patricia Hemistan.

Le sang ayant momentanément fui son cerveau, il ne put que rester figé. Et ouvrir des yeux ronds. Et rester engourdi.

Cependant, elle dit d'une voix claire, résolue :

– Mon cousin, je vous connais pour ce que vous êtes et pour ce que vous avez fait. Pour un tel crime, il ne peut y avoir aucun pardon, aucune circonstance atténuante. Jamais.

L'homme trapu, en tenue de chasse grise, apparut, et resta indécis. Son visage lourd, annonciateur de futures bajoues, et le fin réseau de couperose qui deviendrait violacé, s'il vivait aussi longtemps, parurent gonfler en un instant.

– Je veux, déclara Lady Patricia, que vous vous retiriez de cette propriété et que vous demeuriez à jamais hors de ma vue et de ma présence. Prenez vos bagages et partez dans l'heure. Temple, dit-elle au majordome, aidez-le à faire ses paquets.

– Très bien, milady.

La difficulté qui assaillait à ce moment Keith Hemistan n'était pas un manque de phallocratie fondamentale. Comme les autres jeunes Anglais bien nés de son époque, il en avait à revendre. Ce qui le faisait frémir était une peur commune à la noblesse de ces temps, plus grande encore que la peur de la mort : celle de la pauvreté.

Les dix mille guinées qu'il avait remises la veille à peine à Nathan Fletcher, le solde dû sur les quinze mille, représentaient approximativement quatre-vingt-dix pour cent de ce qui lui restait de l'héritage de son père prodigue, mort moins de deux ans auparavant.

Il fut saisi d'un tremblement. C'était un tremblement de haine brûlante, de celle qu'un homme désespérément menacé peut ressentir quand, soudain, il se voit privé de tout ce qu'il possède. Aucun remords. Aucune honte. Aucun sens de cette chose terrible qu'il avait commise, avait tentée de faire à cette mince et ravissante jeune fille en cherchant à la priver de la vie.

Rien que de la haine. Contre Nathan Fletcher.

... Je pourrais peut-être récupérer l'argent. Il est peut-être resté un jour de plus auprès de sa mère. Peut-être...

Il n'y avait pas de temps à perdre. C'était la fin de l'après-midi. Bientôt, les gens rentreraient chez eux et même les activités de la maréchaussée seraient remises au lendemain matin. Il rassembla ses forces, comme savent le faire les hommes virils, et dit à Temple :

– Fais porter mes affaires à l'auberge du village!

Ce ne fut pas Temple qui répondit à cela, mais le cousin de Londres, un homme de trente ans au corps musclé, aux yeux glacés et hostiles.

– Ne vous inquiétez pas, Keith, vos affaires seront envoyées. Contentez-vous de partir rapidement avant que je vous fasse chasser à coups de fouet.

Ces derniers mots claquèrent effectivement comme la mèche d'un fouet. Keith partit, marchant rapidement. A ses narines montaient les odeurs de la fin de septembre, de la campagne anglaise à l'automne, avec sa paix et son silence à peine troublés par le bruit de ses pas lourds, les battements de son cœur, le tonnerre de désastre qui roulait dans sa tête.

Il n'était pas un homme grand, ni petit. Mais il était assez près du sol pour ne pas trébucher, à tout instant en danger de tomber. Et pourtant, ce péril le guettait précisément.

En ce second stade de sa réaction émotionnelle, il se produisait un nouveau grand reflux de sang de ses extrémités, y compris la tête, vers son abdomen. Mais à présent, ce qu'il ressentait était une fausse sensation de vide au creux de l'estomac où, en fait, le sang s'était installé. Ses yeux, eux aussi partiellement drainés de sang, avaient un aspect vitreux. Et sa vision se brouillait.

Cependant, il conservait assez de ruse. Il déduisit qu'aucun contrordre n'avait pu encore être transmis. Il se dirigea donc vers sa destination initiale. Arrivé aux écuries, il affecta suffisamment de calme pour donner les ordres habituels. Par conséquent il put bientôt enfourcher son cheval préféré et galoper vers les autorités, à la ville de Bonnen. Ainsi, un peu plus tard...

Un Anglais rougeaud, debout, s'adressant à un Anglais rougeaud, assis. Deux Anglais de leur temps, l'un de basse aristocratie, l'autre de basse bourgeoisie, chacun prenant son air le plus respectueux des lois.

Plus confiant, plus vindicatif à chaque mot de l'histoire qu'il avait préparée, un tissu de mensonges – fort plausibles – Keith Hemistan continua de parler avec détermination.

– Il paraît qu'elle a reconnu le scélérat. Elle l'avait rencontré plusieurs fois, il y a quelques années, en rendant visite à une cousine. Elle était allée à cheval jusqu'à ce village, Wentworth. Elle a vu Nathan Fletcher. Et, voyez, un heureux hasard a voulu que j'y aille aussi et je l'ai vu moi-même. Je me suis renseigné. Des gens m'ont dit qu'il n'était pas venu depuis des années. Il s'agit donc d'une visite secrète à sa mère et à sa sœur. S'il est encore là, vous pourrez le faire arrêter et l'amener pour que Lady Patricia l'identifie.

– Aha! fit avec satisfaction l'individu corpulent. Je vais prendre le coche de 5 heures et parler aux autorités de là-bas, que je connais bien. Nous pourrons cerner la maison et mettre la main pendant la nuit sur ce capitaine pirate.

– A mon avis, vous avez raison d'agir aussi vite, dit Keith Hemistan. Parce que je suis sûr qu'il ne compte pas rester longtemps. J'attendrai votre rapport à l'auberge.

En quittant cette réunion, le prétendu seigneur de Hemistan ne se demanda pas comment son accusation risquait de se retourner contre sa propre personne. Il eut dans un moment fugace le genre de pensée dont il était capable, à savoir que Lady Patricia en le chassant de sa demeure avait par là même révélé qu'elle n'entendait pas formuler de plainte contre le fils du frère de son père. Il présuma aussi, de cette manière fugace et sans aller au delà de sa vindicte, qu'elle serait néanmoins enchantée d'amener Fletcher à la corde du bourreau.

Pour cela, naturellement, elle affronterait la demande d'identification avant d'avoir pu réfléchir. Et elle ne se compromettrait certainement pas en mentant.

Un seul mystère demeurait : comment avait-elle échappé à son sort? Les rapports des survivants de la *Red Princess* étaient irréfutables : la jeune Lady Patricia avait bel et bien été jetée par-dessus bord sur l'ordre du capitaine pirate. Ces rapports, apportés par une malle rapide, lui avaient été retransmis par l'amirauté anglaise quatre jours pleins avant que Nathan Fletcher passe, la veille, pour toucher son solde.

... Il doit encore avoir l'argent. J'irai là-bas demain après son arrestation. J'exigerai des deux femmes qu'elles me laissent fouiller ses effets. Elles n'oseront pas refuser...

17

Dans la pénombre Fletcher vit, quand il entra, l'homme singulièrement vêtu couché sur un châlit.

Derrière lui, la porte se refermait. Ainsi il n'y eut plus qu'un quart de lumière, même un huitième de lumière filtrant par l'étroite lucarne garnie de barreaux.

Il avait dû courber son long corps pour entrer dans le cachot. Il resta courbé. Et regarda. Et dit finalement :

– Monsieur, vous portez de curieux vêtements.

L'homme répondit. Les mots qu'il prononçait étaient familiers mais changés, formulés d'une manière qui ne fut pas immédiatement claire. Fletcher, après plusieurs instants d'attente pour laisser leur signification pénétrer son esprit, reprit enfin :

– Rade, sprach, sprech, sage, speak, shpak, langsam, lentement...

– Je suis un Américain, annonça l'inconnu en détachant bien ses mots. Où suis-je?

Dans le cerveau de Fletcher, la langue parlée avait trouvé son cadre. Elle devint définitivement reconnaissable comme une variante basse-allemande d'un dialecte bas-hollandais. Aussi répondit-il ironiquement :

– Vous êtes dans un château anglais.

– Un instant, grommela l'homme. Je voletais au-dessus de New York. La seconde suivante, je suis tombé. Je suis tombé par terre. L'aéroporteur a cessé de fonctionner. Ça n'était jamais arrivé, en principe c'est impossible. Heureusement ce n'était qu'une chute de trois mètres environ.

Ayant pu s'expliquer jusque-là, il parut soudain lui venir une autre idée. Il demanda d'une voix perplexe :

– Où sommes-nous? Quelle est cette pièce?

Dans la pénombre, il vit un mouvement vague de la main et du bras, indiquant le sinistre environnement.

– C'est une prison, répondit Fletcher.

L'homme, qui était plus âgé que lui, se redressa et s'assit sur le bord du châlit.

– Une quoi? fit-il, de plus en plus perplexe. (Et il ajouta :) Je suis malade?

Il aurait pu y avoir alors une longue pause. Mais Fletcher était lui-même absorbé. Il croyait toujours à une difficulté de langage.

– C'est une geôle, expliqua-t-il, épelant le mot. C'est un endroit où l'on garde les criminels, pas les malades.

Si cette explication fut comprise, il n'y parut pas. La figure entrevue resta déconcertée. Et d'ailleurs – sembla-t-il soudain à l'Anglais – il y avait là d'autres implications, plus importantes. Son esprit vif avait déjà saisi et considéré l'infime information que l'homme avait fournie. C'était assez stupéfiant. Fletcher hésita puis il demanda :

– En quelle année sommes-nous?

– 2292, bien sûr! Quelle idée!

Quelle idée en effet, pensa Fletcher, saisi d'une crainte respectueuse.

Mais, sur le moment, il n'en dit pas plus. Simplement, toujours voûté, il alla s'asseoir sur un des autres châlits. Et se laissa tomber contre le mur de pierre humide... Vraiment, se disait-il, ce gamin et moi, nous sommes les seuls à comprendre ce qui s'est passé. Et moi-même je ne le comprends pas très bien...

Le processus de l'événement en soi était probablement plus complexe que le récit qu'il soutirait à présent, lentement, à son compagnon de cachot. Mais il avait sa cohérence. Revêtu d'une combinaison aéroporteuse individuelle, entraîné magnétiquement dans les airs au-dessus de New York, cette personne avait été surprise dans un remous de l'effondrement du temps. Littéralement, quelques lambeaux du tissu espace-temps avaient été arrachés à la région, et lui avec. Sa chute de trois mètres, comme il disait, s'était produite simplement là où il était en 1704.

Il s'appelait Abdul Jones. Après une période d'égarement due à la disparition d'une vaste métropole, il avait marché le long d'une route vers une auberge.

Après avoir soupé, il présenta en paiement à l'aubergiste sa Carte de Crédit Universelle.

Le tavernier outré exigea de son client ahuri d'être payé en espèces sonnantes. Ne recevant rien, il appela le constable du village. Abdul Jones fut promptement transporté dans ce trou noir et dûment incarcéré.

Une question se présenta à l'esprit de Fletcher. Combien de personnes avaient plongé dans des océans? Combien étaient tombées de milliers de pieds? Les détails, pour la majeurc partie, étaient perdus à jamais. Et d'ailleurs, ce n'était pas tout à fait ça non plus. Ces nombreux individus avaient, en fait, vécu lcur vie entière. Si bien que chacun avait le souvenir de toute une vie pour le dérouter alors même qu'il tentait vainement de survivre dans une brusque répétition de son existence.

– Ma foi, dit enfin Fletcher quand le récit fut terminé, nous pourrons peut-être sortir d'ici sans trop de difficulté. Durant les quelques heures prochaines, nous essaierons périodiquement d'attirer l'attention de notre geôlier. Quand il viendra, s'il vient, j'offrirai de payer à l'aubergiste deux fois le prix de votre souper. En échange, il retirera sa plainte. Ensuite je vous donnerai de l'argent. Je veux que vous alliez à Londres pour y rechercher quatre hommes dont je vous donnerai les noms. Vous leur direz ce qui m'est arrivé... (Les mots durent contenir de l'espoir. Parce que, lorsqu'ils eurent été prononcés, Mr Abdul Jones eut à retardement une pensée qui ne le concernait plus personnellement. Il dit :)

– Puis-je vous demander quel est votre nom? Et ce que vous faites dans un endroit pareil?

Le retard de la question prouvait indiscutablement quelque chose. Peut-être reflétait-il le choc que l'homme avait subi. Ou bien prouvait une réalité plus subtile sur la nature humaine du XXIIIe siècle. Fletcher ne plongea pas dans les détails. Il répondit :

– J'ai été arrêté dans mon village natal, j'y ai été

jugé et condamné pour piraterie. Et je dois être pendu dans la matinée, dans la ville voisine de Bonnen.

Son interlocuteur comprit-il la signification de ces paroles? Avait-il réellement absorbé par ses oreilles tout ce que Fletcher lui avait dit? L'Anglais vigilant en douta. Cependant un peu de la réalité de sa propre situation, ou peut-être la possibilité de cette réalité, pénétra apparemment la confusion qui, manifestement, troublait cet homme très ordinaire d'une époque extraordinaire.

Parce que soudain, après que Fletcher eut révélé quel sort l'attendait, l'homme ouvrit des yeux ronds.

— M-mais... mais, bredouilla-t-il, ça doit vouloir dire qu'Elora est morte?

Cela exigea un nouvel interrogatoire. Il apparut bientôt qu'Elora était sa femme. Et elle s'était trouvée chez elle, dans leur appartement au 91e étage d'un gratte-ciel en copropriété.

A la pensée de la mort de sa femme, Abdul Jones se ratatina visiblement. Il se roula en boule sur le châlit, la figure tournée contre le mur. Ensuite, s'il y avait une personne vivante dans le cachot, avec Fletcher, aucune preuve n'en fut apportée par des mouvements ou des sons humains.

18

Quelqu'un à la porte.

Le bruit fit à Fletcher l'effet d'une secousse. Car il s'était allongé. Il y eut en lui un petit égarement, qu'il reconnut pour ce qu'il valait... J'ai dû m'assoupir... Et s'il avait effectivement dormi, l'intemporel de cet état *pourrait* signifier que, dehors, le jour se levait.

L'heure du bourreau!

Alors qu'il se redressait et s'asseyait sur son châlit, le froid glacial de cette perspective pénétra même son état émotionnel figé depuis quatre ans. Le choc interne, les ténèbres externes et puis la séquence des bruits d'ouverture de la porte.

Quelqu'un, un soldat portant une lanterne, se tenait sur le seuil. Le blanc d'une robe féminine brillait derrière l'homme en uniforme. Et, fermant la marche, il y avait un individu élégamment vêtu.

Ce fut cette troisième personne qui se glissa devant la femme, devant le soldat. Entrant dans le cachot, l'homme dit... quelque chose; Fletcher n'entendit pas les mots. Il avait reconnu son visiteur.

Robert Harley, comte d'Oxford et Mortimer. Son ennemi puissant et impitoyable.

Fletcher était encore assis. Légèrement penché en avant comme s'il s'apprêtait à se lever. Il ne gardait aucun souvenir de cette intention.

Toujours assis. Toujours égaré. Cependant, certains sentiments automatiques s'agitaient en lui. On était au début du XVIIIe siècle. Et la virilité était la condition première, absolument prééminente, par laquelle réagissait un homme de haute naissance, à l'instant même où son intelligence commençait à se manifester.

Cela vint alors à Fletcher. Avant une pensée concrète, avant le réveil total. Avant le dessein.

– Eh bien, dit-il de sa voix la plus brave, à quoi dois-je le privilège de cette visite?

A peine eut-il parlé que dans son esprit le barrage se rompit. Aussitôt... plusieurs prises de conscience. La plus importante : Et si, d'une façon ou d'une autre, je pouvais prendre l'avantage?

Tout soudain, le commencement d'un dessein. Et un espoir.

Cela devait signifier quelque chose, la présence de Harley. Il était venu pour une raison précise.

Cette grande pensée en tête, Fletcher se leva. Et comme d'autres souvenirs remontaient enfin à la surface, il reprit la parole :

– J'espère, monsieur, que vous avez pris au

sérieux mon avertissement et que vous avez conduit la reine à l'abri.

– Elle est en sécurité. (Sèchement :) Du moins pour le moment. C'est de cela que je suis venu vous parler.

L'espoir monta, plus brillant. Fletcher attendit néanmoins, les yeux plissés, l'esprit bondissant dans une dizaine de directions, y compris celle de la méfiance. Le simple fait que Harley fût venu révélait la tension extrême à laquelle il était soumis. Mais – soyons raisonnables! – c'était quand même le traître comte d'Oxford. Harley était là pour le bien de Harley et, si Harley pouvait l'éviter, il ne donnerait rien en échange.

... C'était donc une partie mortelle...

Sachant cela, suavement, Fletcher lui dit :

– Je vois que derrière vous se tient la dame de ce château. Alors pourquoi elle, vous et moi, et mon compagnon de geôle que voici (indiquant Abdul Jones) n'irions-nous pas dans un milieu plus agréable nous entretenir de ce qui vous amène?

Devant lui, la figure bouffie s'assombrit. Harley s'étonna :

– Pourquoi aussi votre compagnon de cachot?

L'homme du XXIIIe siècle s'était redressé mais il était toujours assis, tassé sur le bord de son châlit. Et naturellement, pour Fletcher, l'objection de Harley ne fit que préciser davantage la réalité de cet incroyable événement.

– Vous le comprendrez quand je vous aurai dit qui il est et d'où il vient.

La lumière vacillante de la lanterne, toute faible qu'elle fût, révéla une expression de résistance sur la figure de Harley. Le comte ouvrit la bouche mais, avant qu'il puisse parler, Fletcher déclara catégoriquement :

– S'il ne vient pas, il n'y aura pas de conversation.

Ils furent interrompus. Derrière Harley, la voix de Lady Patricia résonna, claire et ferme.

– Après tout, messieurs, je suis ici chez moi et ce qui s'y passe dépend de ma juridiction. Alors permettez-moi, je vous prie, de vous inviter tous les trois à vous joindre à moi dans mon salon.

Harley se tourna vers la jeune fille et s'inclina.

– Vos bontés me confondent, Demoiselle Hemistan. Comme cela se produit souvent, il faut une femme pour saisir la logique exacte d'une situation telle que celle-ci. Certes, vous êtes ici chez vous. Et, certes, cette prison, comme le veut la coutume à la campagne depuis bicn des siècles, est située dans vos caves. Votre autorité prévaut à moins que je choisisse d'exercer mon droit de préemption au nom de Sa Majesté; mais je ne le choisis pas. Donc, dit-il en faisant signe à Fletcher et à l'autre prisonnier, après vous, Fletcher, après vous, monsieur l'étranger...

L'« étranger » ainsi interpellé parut hésiter. Mais Fletcher lui empoigna le bras.

– Par ici, lui dit-il.

Sur ce, il fit lever l'homme du châlit et le poussa en direction de la porte. Ayant fait cela, il réprima toute expression de triomphe et suivit.

– Après tout, dit Harley derrière lui, comme nous avons deux compagnies de soldats cernant le château de Hemistan, où que nous ayons notre conversation à l'intérieur des murs importe peu.

Les paroles et la tranquille assurance du comte parurent contenir assez de vérité pour assombrir quelque peu l'espoir de Fletcher que la liberté n'était qu'à quelques minutes, à quelques pas.

19

C'était une nuit d'événements magiques, pour 1704.

Une machine mécanique brillante en forme de

cigare glissait dans les ténèbres au-dessus du sol. Elle suivait une route, tournant avec elle mais sans la toucher. Elle n'avait pas de roues. Aucun support visible.

Une magie qui comprenait les lois de la matière et de l'énergie en relation, pour le contrôle d'objets lourds près des corps planétaires. Comme un explorateur du XIXe siècle en Afrique. Supérieure. Savante. Et il y avait là les villages des autochtones. Et il y avait là une société essentiellement non technique.

Quelqu'un vit-il l'engin en forme de torpille qui luisait doucement? Peu importait. A cette lointaine distance du grand Londres, quel misérable lourdaud de campagne oserait bredouiller, même pour lui-même, le récit d'un tel spectacle?

A l'intérieur du poste de commandes de la machine, Nodo dit à Billy Todd :

– J'ai considéré ce que tu m'as dit, à savoir que ce capitaine pirate pourrait être le personnage clef aboutissant à un dénouement du grand désastre de l'univers. La logique de son rapport continue de m'échapper. Mais, naturellement, nous pouvons le situer par notre méthode, comme tu l'as suggéré, et naturellement nous l'utiliserons pour nos desseins et non les tiens.

Billy regarda la sombre silhouette du robot et fit un geste pour attirer son attention.

– Nodo, il y a quelque chose qui ne va pas chez toi. As-tu fait tes exercices de purification assez longtemps, aujourd'hui?

La « figure » inexpressive se tourna vers lui et les percepteurs visuels impassibles (qui ressemblaient un peu à des yeux) toisèrent le garçon. La voix se fit l'écho de ses paroles.

– Quelque chose ne va pas chez moi?

– Tu répètes continuellement les mêmes phrases. Quand nous sommes montés à bord du cuirassé, tu m'as dit : « J'ai considéré ce que tu m'as dit, à savoir que ce capitaine pirate est le personnage clef... » Et le reste, exactement comme tu l'as prononcé trois fois depuis, et encore à l'instant.

– Mais c'est vrai! protesta Nodo. Je l'ai considéré. La répétition indique simplement qu'il n'y a pas eu de modification dans cette considération.

Billy changea de conversation.

– Sommes-nous près?

– Sept huitièmes d'unités astrales trois quarts.

Billy hocha la tête. Et reconnut qu'en effet, c'était très près.

Au même instant, là-bas au château, Harley demandait :

– ... Les questions qui se posent sont... Que veulent-ils? Pourquoi sont-ils ici? Vont-ils finir par retourner là d'où ils sont venus?

– Monsieur, répondit Fletcher sur le ton le plus courtois du monde, ce sont d'excellentes questions dans des circonstances ordinaires. Mais elles ne sont pas la base du problème. Ces individus mécaniques ont été précipités ici, d'une période différente du temps et, pour une raison que j'ignore, leur machinerie ne fonctionne plus. En conséquence, ils sont à présent soumis aux lois de l'attraction terrestre découvertes par Sir Isaac Newton il y a dix-sept ans. Ils sont donc ici pour y rester. Naturellement, ils projettent de conquérir et de contrôler. Mais, selon mes renseignements, il est probable qu'ils doivent rester à bord de leur vaisseau et ne peuvent s'aventurer très loin. D'où ma suggestion à la reine et au prince consort que nous devons élaborer un plan, par lequel ces intrus pourront être attirés à terre et une attaque lancée contre eux avec des canons.

– Ils ont exigé, annonça Harley d'une voix tendue, que la reine leur soit remise en otage. Nous devons donc envisager un plan de conquête basé sur un système de chefs d'Etat captifs. Par conséquent, il est douteux qu'ils risquent un débarquement tant que leurs buts n'auront pas été atteints.

Il semblait qu'il n'y eût plus rien à dire sur la

question. Toutefois, la discussion avait été singulièrement franche. Il n'y avait aucune solution, c'était vrai. Mais Fletcher fut encouragé par l'ouverture d'esprit de son interlocuteur au point de dire :

– Et maintenant, monsieur, j'aimerais que nous échangions d'égales vérités sur un plan plus personnel. J'ai une question simple à poser et je désire une réponse tout aussi directe.

Si le grand homme assis à l'autre extrémité de ce salon magnifique réagit à ces mots, il n'y parut pas. Son regard était fixé sur le sol. Rien n'indiquait qu'il attendît les paroles supplémentaires que Fletcher allait à présent formuler :

– A-t-il été porté à votre attention, Mr Harley, que je passais en jugement? Et, dans l'affirmative, en avez-vous parlé à la reine?

Harley changea de position et haussa les épaules.

– Il y a tant de rapports qui arrivent sur mon bureau... Et vous vous souvenez certainement que nous sommes, vous et moi, des adversaires politiques. Donc, pour être tout à fait franc, je n'ai pas usé de mes pouvoirs en votre faveur. Et, naturellement, je n'ai rien dit à la reine.

Fletcher eut l'impression que Harley disait qu'il avait été au courant du procès mais s'était appliqué à ne rien savoir.

– Il est évident, reprit Harley sur un ton irrité, que certaines vérités vous sont inconnues, ou que vous les avez oubliées ou encore que vous êtes tout simplement – pardonnez ma franchise – stupide. Mais j'en déduis que vous n'avez pas pris au sérieux votre nomination au grade de général en chef...

Il s'interrompit, examinant Fletcher de ses yeux sombres à l'expression sarcastique et un peu méprisante, comme s'il pensait : « Vraiment, quel imbécile vous êtes. »

– Général pour une nuit, murmura Fletcher, afin que je puisse fuir...

Le comte acheva la pensée, avec cynisme :

– Une telle nomination ne peut être ignorée,

monsieur. Elle doit être enregistrée par le ministère de la Guerre et par le Parlement. Et, bien entendu, quand un homme a été nommé général, il ne peut être jugé par un tribunal ordinaire mais uniquement par ses pairs ou quelque haute cour. Voilà donc où vous en êtes, Mr Fletcher. Je vais en avertir les autorités locales et nous allons, vous et moi, partir immédiatement pour veiller aux affaires urgentes d'un gouvernement vacillant, d'un pays dont la reine envisage sérieusement de se rendre aux monstres installés sur ce vaisseau géant, à propos duquel vous seul semblez détenir des renseignements. Allons, Mr Fletcher, dit-il en se levant. Ce sont des affaires qui ne peuvent attendre.

Ils devaient descendre, mais suivre d'abord un corridor. La distance à couvrir donna le temps à Fletcher d'être conscient de la présence de Lady Patricia, qui marchait derrière Harley et lui. Il s'aperçut, un peu étonné, qu'elle était restée assise sans prononcer un seul mot. Cependant sa propre expérience, qui restait encore à évoquer, faisait d'elle une personne qui n'ignorait pas tout de ces affaires urgentes.

Donc, à mi-chemin dans l'escalier, il s'arrêta et se retourna pour lever les yeux vers la svelte jeune fille. Il s'inclina et dit :

– Mademoiselle, je pense que vous aussi devriez nous accompagner dans cette expédition pour sauver l'Angleterre.

Elle n'eut pas le temps de répondre.

Il se produisit alors une abominable interruption : des coups retentissants et furieux frappés à la grande porte d'entrée. Ce fut un bruit si effrayant qu'aussitôt Fletcher se mit à descendre les marches en courant. Jusqu'au bas de l'escalier et dans le somptueux vestibule. Pour ainsi dire sans réfléchir, il jugeait que dans un tel moment de danger, il devait reprendre le commandement à un simple chef de gouvernement civil comme le comte d'Oxford et Mortimer.

Ainsi ce fut lui qui le premier regarda d'abord par un carreau, puis tira les verrous et ouvrit la lourde porte.

Un militaire en tenue d'officier bondit et se précipita vers Harley.

– Votre Excellence, haleta-t-il, un grand oiseau de métal est... est...

La voix lui manqua. Il se retourna et pointa une main tremblante dans la direction d'où il était venu.

A ce moment, Nathan Fletcher, qui avait déjà vu un oiseau de métal et n'était plus terrifié par ce phénomène, sortit. Du perron, il observa que c'était un oiseau beaucoup plus petit que celui avec lequel les créatures métalliques en forme d'hommes avaient pris l'*Orinda* à l'abordage.

Cet « oiseau » s'était posé sur la terrasse, écrasant une dizaine d'arbustes fleuris et un petit arbre. Et de l'engin – au moment précis où les yeux de Fletcher s'accoutumaient à l'obscurité – sortit Billy Todd.

Quelques instants plus tard, Billy était dans la maison. Et ce fut pour Fletcher un immense soulagement de pouvoir annoncer à Harley et Patricia :

– Le garçon dont je vous parlais, mademoiselle, monsieur... le voici.

20

Dans cette vaste salle du château, des chandelles éclairaient de leur pâle lumière vacillante une scène étonnante. Des dizaines de chandelles grésillaient, chacune avec son unique petite flamme (après le bois résineux la première lumière transportable de l'histoire humaine) qui dans tous les temps à venir servirait d'unité à l'énergie lumineuse. La *candela!* Une source de lumière si primitive, et cependant une bougie était chimiquement complexe et fonctionnait à la température de solidification du platine.

Un groupe entier de minuscules feux alimentés par de la cire, produit du suif animal, brillait sur un lustre magnifique, accroché au grand plafond sculpté. D'autres étaient plantés dans des appliques de cristal également scintillantes, contre les murs. Sur chacun de ces murs, de grands miroirs captaient et renvoyaient la lumière dans la salle.

Splendide! Mais Fletchcr avait, pour la première fois de sa vie, l'impression humiliante que les chandelles (et les lampes à huile, la seule autre forme d'éclairage qu'il connût) étaient une amélioration de la Nature d'un niveau inférieur. Ce sentiment était : Je suis là debout (et debout il l'était, immobile) dans une civilisation désuète et campagnarde.

Comme résidence de la petite noblesse anglaise le château de Hemistan était au sommet de sa situation et de son époque. Mais dans son état de perception accrue, Fletcher sentait ce qui lui manquait et non ce qu'il offrait.

Ce ne fut qu'un aperçu, et par comparaison à une idée. Une vision. Principalement le fantasme qui lui avait été inspiré, si brièvement, par ce qu'Abdul Jones lui avait dit. Mais il y avait aussi des pensées de Billy.

C'était une vision d'une grande beauté.

Une image mentale... ah! Fantastique! Ce que pourrait être un château au XXIIIe siècle. Ou au LCCCIIIe siècle. Ou pendant la période lantellaine.

Tout marcherait au moyen de machines. C'était le premier aspect évident. Les lumières seraient aussi brillantes, en masse, que les minuscules rayons qui, sous un soleil éclatant, avaient littéralement tracé une voie scintillante jusque dans la tête des quatre brutes. Il y aurait de la machinerie pour faire la cuisine, pour nettoyer, pour garder, pour dormir – assez vague, cela –, pour le transport et... et...

L'image mentale se dissipa brusquement. Et il

était toujours là debout, sans bouger. Les autres aussi.

Billy Todd et Fletcher près de la porte. Harley et l'officier à présent silencieux au bas de l'escalier. Patricia plus haut sur les marches avec Abdul Jones derrière elle, discret.

Ce fut elle qui bougea la première. Elle acheva de descendre et s'arrêta devant le comte. Et elle dit à Billy :

– La personne qu'il vous faudra convaincre de la réalité de la situation est Mr Harley, qui est un des chefs du gouvernement.

Le gamin s'inclina aussi calmement qu'un homme, s'avança et dit au comte :

– Je suis venu ici avec un des modules de débarquement lantellains. Je suis accompagné par Nodo, un individu que vous considérez comme un être mécanique. Le vaisseau de débarquement a suffisamment de puissance pour que le capitaine Fletcher retourne à Londres avec lui et moi. De plus, maintenant qu'il s'est aperçu de la présence de la jeune fille, il tient à ce qu'elle vienne aussi. Et cet homme également, ajouta Billy en désignant Abdul Jones, et naturellement vous-même comme intermédiaire possible, si besoin est...

Comme il entendait ces mots, quelque chose d'autre céda dans le corps de Fletcher. Le frémissement qui crispait son estomac depuis sa capture s'était déjà un peu calmé, d'abord, bien sûr, à l'arrivée de Harley. Mais maintenant, soudain, ce n'était plus que l'ombre de ce que cela avait été.

Il lui venait une pensée merveilleuse, stupéfiante. Cette nuit, ce n'était pas un sauveteur mais plusieurs qui venaient à son secours. Brusquement, il fut certain que la mort n'était pas pour lui... pas encore. Au matin, le bourreau officiel de Bonnen attendrait en vain sa victime.

Comme il pensait cela, avec l'immense soulagement que l'on devine, il leva par hasard les yeux et les tourna. Il vit que Lady Patricia l'observait. Elle avait l'expression grave mais avec dans le regard un petit quelque chose de significatif. Elle lui dit alors, sentant qu'il la contemplait :

– Même moi, capitaine, je n'aurais pas laissé faire cela.

Ce n'était pas pour Fletcher un moment de grande intelligence.

– Laissé faire quoi?

Et puis, à retardement, il comprit... Elle savait ce que je pensais!

Son souvenir vers les quatre sacripants. Ces brutes aussi avaient capté les pensées directement dans son cerveau. Il regarda Patricia au fond des yeux.

– Ainsi, vous aussi? dit-il avec simplicité.

La ravissante jeune fille avait une expression lointaine.

– C'est étrange, murmura-t-elle. On dirait qu'il nous est arrivé quelque chose à tous, là-bas. Même vous, vous le comprenez... Capitaine – ou devrais-je dire général? –, vous êtes de toute évidence en état de sursis. Il se pourrait même que vous ne fussiez jamais châtié pour votre carrière de pirate.

Il ne trouva rien à répondre à cela. Parce que ces mots exprimaient à voix haute la pensée qu'il s'était déjà permise.

Lady Patricia parut prendre son silence pour une autorisation à poursuivre et reprit :

– En conséquence, vous avez un grave problème.

Ce propos le dérouta complètement.

– Comment cela?

– Vous devez purifier votre âme. Devenir une personne d'une totale intégrité. Aucun mensonge ni pensée criminelle ne devra jamais vous passer par l'esprit ni motiver vos actions.

Elle avait les yeux brillants et soutenait le regard de Fletcher qui la contemplait avec stupéfaction. Finalement :

– Mademoiselle, dit-il lentement, vous n'avez pas l'air de comprendre ce que la purification signifierait pour un homme comme moi. Présentement, je m'efforce de chasser de mon esprit les images trop nettes des morts et des mourants. Leurs cris pitoyables, leur horreur et leur détresse, les visages exprimant la terreur. Vous me suggérez de faire la paix avec ces souvenirs. C'est impossible. Si je tentais, si peu que ce fût, de composer avec cette partie de mon passé, il se produirait immédiatement dans mon corps une ruée d'émotion désastreuse. Et je tomberais mort à vos pieds, consumé et peut-être même embrasé par les flammes de l'éternel tourment.

Cette description dut évoquer dans l'esprit de Patricia une image... plus vive que ce qu'elle avait prévu. Elle frémit. Puis, sur un ton courageux :

— Peut-être... en vous dévouant au bien, à l'avenir, en laissant, conclut-elle, le passé tranquille.

— Je crois, dit Fletcher en s'inclinant ironiquement, que je devrais vous faire connaître ma sœur Marion. Vous pourrez toutes deux discuter du meilleur moyen de traiter ces affaires. Quant à moi, je n'ose m'en mêler en aucune façon.

— Peut-être pourriez-vous commencer par me présenter ce jeune garçon, qui attend si courtoisement pendant que nous bavardons en vain.

Pour Fletcher, cela ne paraissait pas si vain. Ses propos avaient projeté un peu de lumière dans une sombre caverne de son esprit. Il y avait plongé un bref regard choqué. Il en avait été soulagé.

Aussi put-il, fort simplement, se tourner et dire gaiement :

— Ma foi, Billy, pendant que cette demoiselle et moi évoquions le salut de mon âme, tu nous as dit que nous allions entrer dans un nouvel état inconnu d'emprisonnement, ce qui, pour un homme condamné à être pendu dans cinq ou six heures, fait à vrai dire l'effet d'un sauvetage.

Cette sensation de soulagement persista jusqu'à ce qu'il revoie Nodo en montant à bord. L'impression immédiate de « vie » inhumaine et la conviction qu'il n'y avait aucune miséricorde pour un être humain dans cette chose de métal sombre et luisant le troublaient encore quand il se laissa tomber sur un des cinq sièges à l'arrière de l'engin.

Il vit que les autres étaient déjà assis et puis il ressentit une sensation physique. Et comprit que l'« oiseau » avait quitté le sol.

Quel que fût le sort qui les attendait, il n'était plus question de revenir en arrière, par quelque méthode qu'il connût.

21

Une sorte d'excitation. Un tremblement de tout le corps... Rien à voir avec le bon sens. Ni avec la sécurité.

Une sensation unique : il était plaqué contre son siège. Maintenu. Il aurait fallu un effort considérable pour se pencher en avant.

Une pensée : Mon Dieu, ce doit être l'impression que l'on a en volant.

Fletcher avait à peine conscience de ses quatre compagnons. Que faisaient-ils? Comment réagissaient-ils à l'événement fantastique?

Brusquement, alors, sa perception à la dérive... se braqua.

Sur Nodo.

Nodo était assis dans un fauteuil devant une fenêtre courbe. C'était un drôle d'endroit pour une fenêtre. Fletcher, qui avait dans sa tête un bon équilibre des rapports spatiaux, sans même savoir que cela exigeait des facultés spéciales, ne se souvenait pas d'avoir remarqué une telle vitre sur l'extérieur de l'« oiseau ».

Par la transparence bombée, il apercevait une partie du château de Hemistan et des terres environnantes. Tout le tableau reculait rapidement derrière eux... C'était une bien singulière fenêtre, en vérité, qui permettait de voir derrière soi tout en regardant vers l'avant. Et, aussi, là-dehors – là-derrière – il ne faisait plus noir. Ce qu'il voyait s'éloigner ressemblait à ce qu'il avait contemplé lors d'un voyage dans les Alpes, la vue d'une lointaine vallée par un jour brumeux, du haut d'une montagne.

Du coin de l'œil, Fletcher s'aperçut qu'Abdul Jones – assis en face de Patricia – s'animait. Quelques instants plus tard, l'homme parla et il fut évident qu'une sorte de transmission de pensée avait eu lieu.

– Vous remarquerez, dit-il, que sur ce rétro-écran tout paraît différent de ce que ce serait en plein jour.

Succinctement, il expliqua que le processus était celui de la photographie à infrarouge. Et que le groupe de soldats tout en bas, qui s'éloignait rapidement, semblait avoir les yeux et la bouche extrêmement foncés et la figure pâle, presque translucide. Il fit observer que s'ils étaient minuscules – et devenaient plus petits d'instant en instant –, ils conservaient leur forme avec une parfaite netteté, caractéristique de l'infrarouge. Cependant, tandis que les formes humaines plus réduites encore demeuraient parfaitement précises malgré la distance maintenant considérable, l'Américain du XXIIIe siècle indiqua que cela révélait un maintien par ordinateur de l'image infrarouge.

– J'ai pensé, conclut Abdul, que vous ne deviez pas être au courant de ce genre de choses.

Fletcher ne l'était certes pas. Mais ce que cet observateur attentif de la nature humaine put remarquer, ce fut qu'Abdul Jones, simple citoyen de 2292, commençait à adopter plus ou moins une attitude de chef. Il y avait un changement dans le ton de sa voix qui rappelait à Fletcher le temps où il s'était trouvé proche du siège du pouvoir : les hommes récemment nommés à un poste d'autorité qui commençaient à « prendre la relève ». « Il va falloir que je surveille ce garçon! » pensa-t-il.

Alors qu'il prenait bonne note de ce premier signe avertisseur, l'image changea sur l'écran. Cela devint un long panorama céleste.

— Nous regardons maintenant vers l'avant, enfin, dit Abdul Jones avec une paisible autorité.

Ils se trouvaient dans une petite cabine avec des sièges pour cinq passagers, semblait-il. La raison du nombre exact de places ne sautait pas aux yeux. (Fletcher, qui n'avait aucune connaissance de structures pouvant se replier avec précision et s'encastrer dans une surface plane, le sol par exemple, ne baissa pas les yeux et ne remarqua donc pas les fines rainures indiquant la présence de plusieurs autres sièges possibles.)

Nodo était assis, lui aussi. Son fauteuil se trouvait devant cet écran au-dessous duquel un étalage d'instruments et de cadrans, dans un cadre métallique, descendait jusqu'au sol. Sur cette section inférieure, de nombreuses lumières clignotaient. Dans la position assise, les genoux de métal articulé de Nodo étaient presque aussi hauts que sa noire caricature de tête humaine. Et sa structure arrondie au-dessous des hanches s'encastrait dans un siège concave à quelques pouces à peine du sol. Fletcher jugea la position inconfortable mais elle ne paraissait pas gêner Nodo.

Pendant tout le vol, le robot lantellain ne se retourna pas une fois vers ses passagers. Aux yeux de Fletcher, qui analysait de tels comportements, l'homme métallique paraissait vulnérable. D'autre part, il serait difficile d'organiser une attaque utile à mains nues. En fait, songea-t-il, il faudrait un marteau d'enclume. Il n'y en avait aucun en vue, pas plus qu'un objet lourd équivalent.

La pression qui continuait de le plaquer contre le dossier de son siège attira de nouveau son attention. Il n'avait aucun élément de comparaison pour définir cette sensation d'accélération régulière sinon, vaguement, les sautes de vent soudaines qui s'emparaient des voiles, quand tout le monde se hâtait de se cramponner à quelque chose. Mais cela ne ressemblait pas vraiment à cette force intense, persistante qui le renfonçait dans le ferme rembourrage du dossier.

Il y eut pire, brusquement déroutant, alors qu'il commençait à peine à s'adapter à la pression invisible... un changement. Ce ne fut pas instantané. D'abord, une impression de glissade. Puis... un renversement.

Heureusement, il l'avait senti venir. Senti *quelque chose.* Et il avait pris appui sur ses pieds pour résister à quoi que ce fût. Impulsivement aussi, il tendit un bras musclé vers l'épaule de Patricia et, tandis que l'accélération s'invertissait de cent pour cent, il la maintint fermement, en se retenant lui-même.

Au premier contact, il la sentit se raidir. Presque aussitôt, elle se détendit. Au bout de quelques instants, il fut évident qu'elle se maintenait elle-même. Alors il la lâcha et se laissa retomber contre son dossier. Au même moment Abdul Jones, l'homme de New York du XXIIIe siècle, se pencha à son tour et dit à la jeune Lady Hemistan :

— Avec votre permission, j'utiliserai un matériel scientifique avancé que j'ai sur ma personne pour vous protéger pendant les heures difficiles qui nous attendent.

La jeune fille répondit à ces mots par un léger sourire, presque énigmatique. Puis elle fit la déclaration la plus sensationnelle, certainement, que Fletcher ait entendue depuis longtemps.

— Nous devons tous nous adapter au nouvel état, Mr Jones, dit-elle. Quant à moi je me suis déjà placée, mentalement, sous la protection de Mr Fletcher.

Les yeux gris-bleu d'Abdul s'arrondirent, exprimèrent la surprise. Il grimaça même une moue. Il semblait avoir du mal à avaler. Puis, avec un effort visible, il se ressaisit et répondit :

— Au moment où surviendra la crise, si vous changez d'avis, je serai à votre disposition.

Ce qui frappa Fletcher, dans cet échange de répliques, ce fut tout d'abord, naturellement, la réponse de Lady Patricia. Mais il y eut ensuite – plus forte cette fois – le retour de la précédente observation : Abdul Jones prenait encore une fois une attitude de commandement. Et, ce qui était plus important, il avait fait une tentative nettement masculine pour dominer une personne de l'autre sexe.

Cela, en soi, n'était pas troublant. Il était encore un peu tôt pour faire un choix dans cette situation.

Ce qui était inquiétant, c'était l'implication qu'Abdul disposait d'autre chose que de ses mains nues pour accomplir ce qu'il pouvait avoir en tête. Chacune de ses paroles, tout le comportement de Mr Jones indiquait qu'il possédait une arme cachée. Et qu'il commençait à examiner un âge non scientifique en trouvant qu'il ne valait pas grand-chose.

Alors même qu'il nourrissait ces pensées, Fletcher se pencha de nouveau et tendit le bras, plus loin encore, pour toucher l'épaule du jeune garçon.

– Pourquoi ne nous ont-ils pas tués? lui demanda-t-il.

Billy se retourna, l'air surpris.

– Pourquoi le feraient-ils?

– Parce qu'ils sont en guerre avec les êtres humains, répliqua Fletcher, vaguement irrité. N'est-ce pas?

– Non, monsieur. Ils sont en guerre avec la Fédération tellurienne.

C'était une nuance délicate qui, probablement, reflétait une logique de robot. Néanmoins, au bout d'un moment, Fletcher fronça les sourcils.

– Je me souviens que tu étais terrifié quand tu les as vus pour la première fois.

– Quand je les ai reconnus, je n'ai eu qu'un souvenir immédiat d'une situation très éloignée de mon époque, dans le passé. Ce serait un peu comme si vous vous souveniez que la Rome antique et Carthage étaient ennemies.

Billy s'interrompit. Et Fletcher inclina la tête, comprenant la comparaison. Billy reprit :

– Ce qui m'inquiète, c'est qu'ils sont hors de contact avec leur ordinateur central. Ils sont à présent autoresponsables. A ce moment, c'est strictement logique. Mais bientôt des mécanismes de défense seront déclenchés. Alors ils s'installeront dans un état d'autodéfense permanent, faisant passer leur propre sauvegarde avant celle des autres et à leurs dépens.

– Ah! fit le capitaine.

Il était soulagé. Pendant quatre ans, c'était l'immédiat qui avait compté pour lui. Alors il haussa les épaules et demanda :

– Bon, mais quel est le plan, maintenant?

– Ils veulent la machinerie que j'ai placée à bord de votre navire, expliqua Billy Todd.

Fletcher ouvrit la bouche pour demander quelle machinerie mais Billy ne le laissa pas parler.

– J'ai dû le leur dire. Et le fait qu'ils comptent s'en servir eux-mêmes est une chose sur laquelle il nous faudra prendre une décision, plus tard.

Fletcher se rappelait vaguement son étonnement quand les objets avaient été extraits de la cale. Mais, à la vérité, il n'était pas toujours sur le pont quand les marchandises étaient transférées d'un navire capturé. Cependant, Billy parlait toujours :

– Nodo aura besoin de vous pour retrouver le marchand qui a acheté les machines.

De cela, Fletcher n'avait pas le moindre souvenir. Il maugréa :

– Bon Dieu, pourquoi est-ce que tu ne m'as pas parlé de tes machines avant de quitter notre bord?

– Ils avaient des systèmes d'écoute braqués sur nous. Ils auraient entendu. Alors, sur le moment, je n'ai pas osé dire un mot.

– Ma foi, grogna Fletcher, tout ce que je peux dire c'est que cette information est écrite dans mon livre de bord de l'*Orinda*. Toutefois Shradd avait l'intention de repartir vers les Indes-Occidentales au bout de deux semaines. Alors il y a longtemps qu'il a fait voile.

22

L'aube illuminait le ciel de jaune, à l'est, quand Fletcher mit avec précaution le pied sur le pont de l'*Orinda*. Il ne se retourna pas, bien qu'il craignît confusément que l'« oiseau » prît son vol et l'abandonnât. A vrai dire, cela n'aurait pas été le sort le plus terrible de tous que de se retrouver sur la mer illimitée, loin des événements inquiétants de la distante Angleterre.

Il écouta le clapotis de l'eau, le grincement des haubans; durant ces premières minutes aucun mouvement ne fut visible à bord.

De façon étonnante, il remarquait de menus détails. C'était surprenant parce qu'il s'était dit qu'il aurait besoin d'être extrêmement vigilant aux réactions des crétins de l'équipage; il y avait toujours quelque abruti qui, dans son empressement à impressionner le nouveau capitaine – Shradd – risquait de mettre triomphalement fin à la vie du précédent, sans réfléchir.

... Comment pourrait-il réfléchir? Il n'avait rien qui lui permît de penser...

Les menus détails que Fletcher remarquait malgré lui : le pont paraissait beaucoup plus désordonné qu'il l'avait jamais autorisé. Il avait une méthode pour cela : il avait bien précisé que tous les effets personnels qu'il verrait traîner sur le pont, il les jetterait immédiatement par-dessus bord. Et il n'y avait jamais manqué.

De toute évidence, les vieilles chaussures, les chemises, les culottes, les lambeaux de vieilles voiles, les écuelles sales et Dieu sait quoi encore ne gênaient pas Shradd.

Fletcher n'eut pas le temps de s'appesantir sur cet état de choses déplorable car soudain Shradd en personne surgit d'une porte et s'avança.

– Oui, monsieur? Oui, cap'taine?

Ce ne fut pas un instant de joyeuses retrouvailles entre deux camarades pirates. Fletcher dit tout de go, sans préambule :

– Mr Shradd, j'ai besoin du livre de bord dans lequel j'ai noté toutes les transactions de notre dernière campagne. Il me faut le nom d'un des acheteurs.

Il obtint toute la liste, de sa propre écriture précise. Et il l'obtint rapidement, sans qu'aucun autre mot ne soit prononcé.

Cependant, tout en feignant de vérifier que ce qu'il avait reçu était effectivement ce qu'il voulait, Fletcher parla à voix basse de son dessein personnel :

– Mr Shradd, avez-vous à bord les hommes suivants?

Sur quoi il nomma les quatre anciennes brutes qui avaient été frappées par les rayons lumineux, lors de l'abordage des robots.

– Sont pas revenus, grommela Shradd l'air songeur. Quelque chose de bizarre chez ces individus, monsieur, après qu'ils ont repris connaissance. J'ai envoyé un de nos gaillards les chercher. N'a trouvé qu'Arkion, qui a dit qu'il allait rester avec la femme à qui il a fait des enfants. (Et il conclut avec un haussement d'épaules :) Ce qui leur est arrivé a dû leur flanquer une peur du diable, à lui et aux autres.

– Hum, fit Fletcher.

– Pourquoi vous les voulez? demanda Shradd, pris d'un soudain soupçon. Qu'est-ce qui se passe?

Fletcher réprima un sourire amer. Comment pourrait-il jamais dire à un individu comme Shradd qu'il songeait à faire braquer le rayon lumineux sur sa propre tête?

Il répondit par le mensonge qu'il avait préparé : les êtres métalliques voulaient les autres pour voir les effets des rayons lumineux sur les êtres humains.

A la vérité, c'était Nathan Fletcher qui voulait constater ces effets.

Le rapport sur Arkion promettait. Et la grande idée qui lui était venue à bord du vaisseau aérien restait vraisemblable. Après avoir été frappés par le rayon, ces hommes avaient pu lire dans la pensée des autres. Et ils s'étaient spectaculairement transformés, en bien. Si cela pouvait arriver à quatre participants vicieux, les conséquences sur un homme cultivé pourraient faire une différence. Ses compagnons et lui avaient besoin d'unc idée, d'une possibilité. Pour le moment, tout portait à croire qu'ils étaient pris dans un piège sans espoir.

Il reprit sur un ton pressant :

– Ils m'ont retrouvé, Mr Shradd. Et, à moins d'entreprendre une manœuvre d'esquive, vous serez également retrouvé. Abordez dans une rade sûre – un petit village de pêcheurs sans police ni soldats (il y avait de tels villages dans toutes les plus grandes îles) – et dispersez l'équipage.

A cela un Shradd interloqué répliqua :

– Cap'taine, qu'est-ce qui se passe? Le monde entier est sens dessus dessous.

Fletcher ne répondit pas. Il avait soudain le sentiment qu'il ne serait pas prudent de prolonger cette conversation.

– Au revoir, Mr Shradd, et bonne chance.

Tournant les talons, il retourna rapidement vers l'« oiseau ».

Sur le pont, il découvrit que Billy avait rappelé à Nodo les besoins humains. En conséquence, Patricia, d'abord – guidée et protégée par Fletcher – fut conduite aux commodités du capitaine. Puis Harley et Abdul, ensemble, purent profiter de celles-là et de celles du second. Finalement Fletcher et Billy, silencieusement observés par l'équipage de l'*Orinda,* furtif, sournois et méfiant, procédèrent à leurs ablutions. Et remontèrent sur le pont.

Sur quoi Fletcher serra de nouveau la main de Shradd qui marmonna en fronçant les sourcils :

— La tête de cette fille me dit quelque chose, mais ça ne me revient pas.

— Nous sommes tous prisonniers, lui dit Fletcher. Priez pour nous.

— *Quoi?* s'exclama Shradd.

Mais déjà Fletcher suivait Billy. Il remonta à bord du vaisseau volant, sans se retourner.

Quelques minutes plus tard, quand ils eurent décollé, Nodo se tourna vers Billy et demanda :

— Y a-t-il une raison pour que nous ne détruisions pas, par précaution, le navire pirate?

— Laisse-moi réfléchir, répliqua Billy.

Et il se carra dans son fauteuil. La réponse dut satisfaire Nodo car il reprit sa position face à l'avant. Au bout d'un moment, Billy se renversa en arrière vers Fletcher et lui confia à voix basse :

— Je réfléchis toujours avec grand soin avant de dire quelque chose à Nodo.

Fletcher ne trouva rien à dire d'approprié; il attendit la suite. Billy poursuivit de la même voix étouffée :

— Déjà, le système de roulement des tâches revenant à tour de rôle à chaque individu a cessé, bien qu'ils emploient toujours le langage.

Ce propos n'étant pas clair, Fletcher demanda des explications. Quand elles lui furent données, elles réveillèrent un souvenir.

— Par exemple, je veux bien être damné!

Ce souvenir était celui d'une tribu, sur la côte d'Amérique du Sud, où l'arrivée de son navire pirate, relâchant dans une anse pour se ravitailler en eau douce, avait été la première visite d'hommes blancs.

En descendant à terre, ils s'aperçurent que Fletcher était pris pour l'incarnation vivante d'une formation rocheuse naturelle par laquelle le chef recevait annuellement le « message » lui confirmant qu'il était toujours l'élu. Fletcher, qui avait appris quelques mots de la langue par d'autres Indiens de la côte, joua son rôle et entra dans le jeu du rite, affirmant personnellement au « roi » qu'il était bien l'élu du dieu.

Le fait que les robots avaient une machine à la place d'une formation rocheuse et que cette machine – maintenant absente – avait adjugé le roulement de tous les postes clefs était une idée nouvelle mais, lui semblait-il, obéissait au même principe.

Il émergea de sa brève réminiscence et s'aperçut que Billy, après avoir « réfléchi », rendait son jugement. Le garçon intelligent déclarait :

– Je déconseille la destruction du navire parce que nous risquons plus tard de découvrir autre chose dont nous ayons besoin, soit du capitaine Fletcher, soit un objet se trouvant encore à bord.

– Ah! fit Nodo. Naturellement!

Ce qui inquiéta Fletcher, dans ces propos, ce fut l'impression que le contrôle d'une force élémentaire était maintenu de façon précaire par quelqu'un – Billy – qui lui-même n'avait pas une idée très précise de toutes les répercussions possibles.

23

Pendant le vol de retour vers Londres, le seul des trois autres adultes à bord à manifester une réaction fut Robert Harley. Jusqu'alors il était resté silencieux, attentif peut-être, essayant indiscutablement de comprendre. A présent, en tenant soigneusement compte de l'accélération régulière – ainsi il avait remarqué *ça* –, le comte se tourna vers Fletcher. Et il fit quelque chose d'absolument sensationnel. Il s'adressa à son ennemi par son titre, que Fletcher avait perdu en même temps que ses terres (auxquelles le titre était attaché) quand il en avait été dépouillé.

– Baron, dit Harley, pensez-vous sérieusement à

remettre la machinerie en question à ces monstres de métal?

Ce fut un moment lourd d'implications personnelles. L'emploi du titre perdu était rusé. Il suggérait qu'il pourrait y avoir restitution et réhabilitation. Dans ce cas précis, la personne ainsi interpellée, Nathan Fletcher naguère baron Wentworth – titre appartenant maintenant à quelqu'un d'autre – resta simplement pétrifié. Ce n'était pas à proprement parler une réaction. Il n'attendait même pas d'éclaircissements mais continuait de se raidir contre l'accélération.

– C'est le devoir de tout Anglais loyal de refuser de collaborer avec les ennemis de la reine, poursuivit Harley, l'air sombre.

C'était un argument qui ne permettait qu'une seule réponse. Cependant, après avoir considéré l'absolu apparent de cela par un rapide examen mental, Fletcher se pencha et tendit le bras. Il toucha l'épaule de Billy et, quand il eut obtenu l'attention du gamin :

– Billy, explique au ministre de Sa Majesté tes mobiles, en laissant les robots lantellains prendre la machinerie de ton Transiteur.

Les yeux vifs et intelligents de l'adolescent se tournèrent vers Harley puis Fletcher.

– Monsieur... Messieurs, l'atelier de réparation du cuirassé suffit à nos besoins pour remettre le matériel en état de marche, dit-il. (Il hocha tristement la tête.) Dès que j'ai vu Londres, j'ai compris que rien d'autre, rien, là-bas, ne pourrait nous servir. Il ne nous reste plus qu'à espérer que, par la suite, nous pourrons les persuader qu'il est logique de nous aider.

Adulte éclairé et pas encore amendé, Fletcher se dit alors que Billy était, après tout, un garçon bien confiant. Mais ce serait pour plus tard. A ce moment, le gamin du LCCCIIIe siècle avait dit exactement ce qu'il voulait entendre. Le pirate du début du XVIIIe siècle se tourna alors vers Harley.

— Monsieur, quel est votre jugement?

Harley fronçait les sourcils.

— Ma foi, avoua-t-il, je dois dire que j'ai vu ce garçon dissuader la créature de métal de détruire votre navire pirate. Et il l'a fait avec une logique extrêmement directe; alors cela pourrait marcher, oui. Oui, je suppose que la première et plus importante considération doit être la réparation des machines.

L'admission justifiait ce qu'il faisait. Cependant, ce qui médusait Fletcher, dans le commentaire de Harley, c'était l'image qu'il lui présentait de la personnalité profonde du comte. Le ministre était accoutumé à user de logique persuasive, une chose (Fletcher devait le reconnaître) qu'il avait lui-même négligée durant sa brève vie politique. Son fort, à cette époque, c'était les remarques vives et pénétrantes, mais jamais une tentative de persuasion quelle qu'elle fût.

Cela s'appelait le charme personnel. Et ce charme l'avait élevé dans les milieux de la cour de Londres, jusqu'à ce qu'un des êtres persuasifs le remarque. Dès lors, sans qu'il s'en doutât immédiatement, sa carrière avait été condamnée.

A ce moment de ses réflexions, la jeune fille s'anima. Elle se tourna vers lui et le dévisagea. Aussitôt, Fletcher se pencha et lui parla de la voix la plus basse possible.

— J'ai l'impression d'après ce que vous avez dit tout à l'heure que l'on m'offre un chemin de retour vers le monde des honnêtes gens.

— On vous offre bien plus que cela, répondit Patricia Hemistan sur un ton exprimant presque (mais pas tout à fait) la totalité de son état physique et mental du LCCCIII^{e} siècle. (Le « pas tout à fait » était dû à son ignorance de ce qui lui était arrivé.) Je pense que, du fait de votre expérience particulière, vous êtes peut-être le seul homme de cette période de l'histoire avec qui je puisse m'entendre.

— Me feriez-vous des propositions? demanda Fletcher, stupéfait.

– Seulement si vous changez, répliqua-t-elle.
– Je ne sais pas comment, je vous l'ai dit.
Elle se détournait déjà, face à l'avant. Elle ne le regarda plus.

Il réprima un sourire en reconnaissant dans son mouvement la manière rituelle – maintenant-c'est-à-vous – de la jeune aristocrate impérieuse de 1704. C'était indiscutablement une chose qu'elle avait vu faire par d'autres grandes dames impérieuses. Cela n'indiquait aucune conscience que l'individu de la classe supérieure était, par quelque multiple géométrique, l'ascendant dans un rapport homme-femme. A la cour, jusqu'à sa disgrâce, Fletcher avait été un coureur de jupons sur une échelle qui surprenait même les plus vieux roués. C'était sans aucun doute la seule chose en lui qui avait offensé la reine Anne.

Les femmes de tous âges étaient également, et à leur insu, incapables de lui résister quand il lançait son attaque prudente et compréhensive : les vierges de dix-huit ans débutant à la cour, les élégantes spirituelles de vingt-cinq à trente ans, même les vieilles dames de plus de quarante ans capitulaient.

Contre un tel homme, impuissante était le mot juste pour une fille de vingt ans qui, il est vrai, était mue par de nombreuses impulsions de son corps du LCCCIIIe siècle mais qui, hélas, se sentait encore contrainte par tout le conditionnement féminin des XVIIe et XVIIIe siècles.

L'homme la contempla, alors qu'elle tournait vers lui son profil. Et dans son esprit surgit une pensée non pas outragée mais outrageante. Elle était inspirée par les attitudes automatiques – d'une vie entière – de la supériorité de l'aristocrate mais, naturellement, en rapport avec leur situation actuelle.

Fletcher se pencha derechef et parla de la même voix très basse. Ses paroles furent :
– Demoiselle Patricia, je dois vous demander un très grand service. Je voudrais vous emprunter de

l'argent pour racheter ces machines quand nous serons à terre.

Ces mots pénétrèrent profondément dans la passivité féminine de 1704 de Patricia. Et, bien qu'il y eût une vague résistance de l'être plus puissant qu'elle deviendrait bientôt, à partir de ce moment elle se trouva psychiquement influencée.

– Ma situation, poursuivit Fletcher, est telle que le bureau du shérif détient environ 1200 livres, qui ont été prises sur ma personne au moment de mon arrestation. Et je présume que votre cousin a trouvé l'endroit, dans la maison de ma mère, où j'ai caché les 10000 guinées qu'il m'a payées.

A ce moment, la jeune fille prit d'un geste hésitant sa bourse sur ses genoux. Et Fletcher dit :

– Je suppose que je pourrais rester à l'écart pendant que Nodo reprend de force les machines à la personne qui les a achetées. Mais j'aimerais mieux commencer mon retour vers l'intégrité totale en ne me rendant pas complice d'un tel acte de violence. Et je vous promets de vous rembourser.

A cela, elle lança avec mépris :

– La parole d'un pirate!

(La victime se débattait, un peu.)

– La parole d'un gentilhomme que je vais redevenir. Ils m'ont laissé quelques guinées mais cela ne suffit pas.

Il y eut un long silence. Puis :

– Monsieur, dit-elle sans le regarder, il est plutôt ironique que vous commenciez votre réhabilitation à mes dépens mais... (Impulsivement, elle se tourna à demi et lui tendit la bourse.) Prenez ce qu'il vous faut.

Quand, une minute plus tard, il lui remit la bourse sur les genoux, elle referma sa main dessus. Mais elle ne le dévisagea pas. Ne se tourna pas vers lui. Elle continua de regarder droit devant elle et déclara :

– Je me suis placée sous votre protection, monsieur. Ce qui sera exigé de moi pour cela, je le ferai.

Et le *cela* pénétra profondément dans la virilité

fondamentale de 1704 du capitaine Nathan Fletcher. Cela ramena, avec quelque chose de curieusement irrévocable, la pensée de ce que, entre autres choses, il aurait à assumer en tant que protecteur... en bref, faire tirer le rayon lumineux dans sa tête.

Durant toutes ces minutes, son esprit aigu, avec toute son expérience du combat, avait examiné en vain la puissance des robots et le piège robot pour chercher un moyen d'évasion.

Il n'avait trouvé aucune autre possibilité.

24

Peu avant midi le petit – mais pas si petit – engin lantellain se posa dans une rue misérable près de l'atelier d'un ferrailleur. Presque immédiatement, littéralement une minute après en être descendu, Fletcher eut des raisons de se rappeler un vieil adage : « Rien ne surprend jamais un Londonien. »

Il y avait là un fantastique vaisseau aérien de l'avenir. Plusieurs centaines d'unités illettrées de l'ordure humaine, qui infestaient le quartier le plus répugnant qui avait jamais fait frémir Fletcher, avaient vu descendre l'« oiseau » « impossible ».

Ces êtres avaient-ils peur? Etaient-ils saisis de crainte respectueuse? Alors que Fletcher avançait avec précaution dans la boue de la ruelle, quelques « arraagh » jaillirent d'une dizaine de gosiers éraillés. Lorsque, quelques instants plus tard, Nodo émergea du vaisseau aérien et suivit l'ancien capitaine pirate, il y eut au moins cent voix rauques pour exprimer – pas précisément la stupéfaction, pas de la part d'un Londonien – mais au moins l'aveu que celui-là était un drôle de pistolet.

L'enseigne sur la porte de bois mal équarri de l'atelier proclamait :

JULIUS MACDONALD
Achète et vend

Entre les deux individus se trouvant à l'intérieur, Fletcher reconnut dans le plus basané l'homme qui portait ce nom. Visiblement, il n'était écossais que de nom, justement. Ses yeux étaient d'un noir bleuâtre et son type méditerranéen. Et quand il ouvrit la bouche ce fut pour pousser une exclamation qui aurait pu être en bas-allemand mais avec une certaine inflexion – un accent pourrait-on dire – qui permit à un homme à l'oreille linguistique aussi cultivée que Fletcher d'en déduire que les mots étaient du yiddish.

Les paroles ne furent pas faciles à comprendre pour une autre raison. En levant les yeux et en voyant Fletcher, l'homme n'eut d'abord aucune expression. Et puis ses yeux s'arrondirent en le reconnaissant. Alors...

Il fondit en larmes.

De la sorte, même si aucune autre identification n'avait été possible, il se marquait racialement. En un instant, il avait adopté la meilleure de toutes les actions défensives des Juifs dans le rigide monde chrétien.

... Les Juifs en pleurs du Moyen Age...

Et, tout en sanglotant, il parlait dans un mélange d'anglais et de yiddish.

– J'ai été un mensch on glik (un homme sans chance) quand j'ai acheté votre métal. Maintenant je ne suis qu'un alter trombenik (un vieux misérable)... un nishtikeit (un rien du tout).

Fletcher demanda en bas-allemand :

– Du hast de machinen billig gekuffin. (Tu as les machines bon marché achetées.)

Le vieil homme sanglota de plus belle.

– C'était un smeikel (un vol). La chaleur n'a pas voulu les fondre.

Ainsi, au cours d'un dialogue étonnamment rapide, la triste histoire émergea. Les machines lui avaient été rapportées parce que le matériau ne marchait pas dans les meilleures fournaises que l'acheteur avait à sa disposition, lequel acheteur exigeait un remboursement total. Et, par Got (Dieu), Julius voulait aussi son argent, avec un bénéfice substantiel pour compenser sa torture mentale.

L'immense ironie de la chose ne serait, naturellement, jamais comprise du ferrailleur. Qu'il avait eu en sa possession des moteurs d'engins spatiaux du LCCCIII^{e} siècle qui, une fois réparés, vaudraient probablement mille milliards de livres... même pour Fletcher c'était un concept difficile. Et, particulièrement, sur le moment, ce ne fut qu'une pensée fugace parce qu'il n'y avait pas de temps pour autre chose.

Le mécontentement du vieux ferrailleur, si rapidement exprimé, et la grande amertume qu'il éprouvait, lui avaient fait consacrer toute son attention sur Fletcher. Par conséquent, il ne remarqua pas tout de suite Nodo. De plus, le « corps » de Nodo était en partie caché par Fletcher. Tout cela contribua à retarder sa reconnaissance de cette réalité : ce n'était pas simplement une occasion inattendue pour le bon vieux Julius MacD., dur au travail, de confondre un escroc, vendeur de marchandises sans valeur.

La voix aiguë s'interrompit brusquement au milieu d'un mot. Les yeux bleu noir s'étaient détachés un instant de Fletcher. Immédiatement, ils parurent se figer.

A partir de cet instant, plus rien ne fut dit. Fletcher montra le fond de l'atelier et Julius sortit en chancelant, suivi par Fletcher et Nodo. La séquence d'événements, après cela, fut basée sur une simple réalité. Dans le livre de bord de Fletcher, la somme notée à côté des neuf inestimables objets de métal était de 82 livres anglaises. Fletcher prit sa bourse et compta la somme exacte dans la paume tendue. Puis les deux hommes s'écartèrent et observèrent un phénomène de lévitation produit par une force inconnue.

Les machines se déplacèrent dans les airs par des moyens absolument invisibles et furent projetées dans une ouverture de l'engin volant. Quand les neuf articles furent à l'intérieur, l'ouverture se ferma. Fletcher et Nodo rentrèrent dans le vaisseau aérien. Quelques instants plus tard, il se souleva de la ruelle répugnante, survola les quais et se trouva au-dessus du fleuve sans qu'un murmure de protestation ait échappé à l'entrepreneur qui avait rétrocédé son matériel et n'avait pas exigé de bénéfice sur la transaction.

Il y eut bien quelques bruits et de l'action, à retardement. Alors que le dernier acte du drame touchait à sa fin, les spectateurs du parterre réagirent violemment. Soudain des pierres, des bâtons, des mottes de terre boueuse furent lancés dans les airs. Il est à présumer, par la direction dans laquelle ils étaient jetés, que l'intention de cette racaille de Londres était de toucher l'« oiseau ».

Si tel était bien le propos, il échoua. Le départ de l'engin fut bien trop rapide pour que de telles simplicités produisent un impact au propre comme au figuré.

– Maintenant, dit Nodo à Billy, demande à la femelle où elle a vu pour la dernière fois le bateau qui l'a amenée à Londres.

Fletcher était bien adossé contre son siège. Et il sentait, à l'accélération, ou plutôt à la non-accélération, que le vaisseau aérien se contentait de planer. Il voyait aussi sur l'écran qu'ils planaient au-dessus de la Tamise. Ils volaient si bas qu'il apercevait à tout instant l'une ou l'autre rive sur les bords de l'écran.

Les paroles de Nodo le prirent tellement par surprise qu'il ne réagit pas immédiatement. Et puis, ce qui fut pire, il entendit une voix marmonner :

– Quoi... quoi... ils vont prendre ça aussi?

Honteux, il comprit que c'était sa propre voix. Il s'aperçut ensuite que la conversation entre Billy et Patricia était terminée et que, déjà, Billy avait fait un rapport à Nodo. A tel effet que l'engin vira de bord sèchement.

Après cela, tout se passa sur un autre niveau de perception. Au delà de la réalité d'un Fletcher, d'un Harley ou – sauf d'une manière perplexe, dubitative – d'une Patricia. Les deux supermachines – la chercheuse et la cherchée – furent bientôt assez proches pour avoir conscience l'une de l'autre. Le bateau, à demi caché dans les grands roseaux au bord de l'eau où il attendait depuis des semaines, sentit une présence ennemie... au-dessus. Et, au-dessus, les censeurs du vaisseau aérien *tâtèrent* toute la circulation fluviale, identifiant et rejetant les matériaux simples des embarcations de 1704.

Ce ne fut un problème pour aucun des cerveaux robots. Ils se reconnaissaient comme étant différents. Ils le savaient de loin.

Sans hésiter, le vaisseau lantellain piqua vers sa victime.

Cependant, le petit bateau sensitif reculait dans la Tamise. Il vira de bord en faisant bouillonner l'eau et s'apprêta à combattre.

A ce moment, par l'intermédiaire d'un minuscule cristal, qui avait été placé dans un des placards, vint un message du jeune garçon :

– Je suis à bord du vaisseau aérien. Ne résiste pas. Tu ne réussirais qu'à nous faire du tort, à moi et à mes amis.

Le bouillonnement se calma. Le bateau s'arrêta. Docilement, il manœuvra. Et il se remettait dans sa position contre l'appontement dissimulé quand l'engin aérien se posa sur lui comme un épervier sur sa proie.

A bord de l'engin, il y eut une impression de chute puis une secousse. Fletcher entendit un grincement de métal. Tout l'appareil frémit d'une façon qui le ramena soudain à un moment où l'*Orinda* avait failli s'empaler sur un récif. Un peu du choc de cet incident passé le frappa au creux de l'estomac. Puis...

Ils reprenaient leur vol. Ils montaient de plus en plus haut. L'écran montrait le ciel. Cependant, la sensation de vol, une fois qu'il se fut remis du coup à l'estomac et de quelques effets annexes, était différente.

Du siège devant lui, Billy expliqua :

– Il est trop gros pour pénétrer à l'intérieur. Alors il a été accroché avec des aimants.

Fletcher ouvrit la bouche pour exprimer sa stupeur. Les paroles qui restèrent, heureusement, au fond de sa gorge étaient : « Qu'est-ce qui a été accroché? »

Ce qui lui avait évité de parler, c'était que, finalement, il passait en revue dans sa tête la suite des événements.

Ce fut un mauvais moment... Le bateau avait été capturé! Maintenant ils ont tout, se dit-il. (« Ils » étant naturellement les robots lantellains.)

Ainsi, automatiquement, vint pour lui l'instant de la décision.

Dans la cabine, Abdul était toujours assis juste devant Fletcher. De l'autre côté de la travée étroite, il y avait les trois autres. Billy devant, puis Patricia, en face d'Abdul, et Harley en face de Fletcher.

L'engin prenait encore de l'altitude quand Fletcher, d'une voix posée, expliqua à Billy ce qu'il voulait. Billy haussa la voix et cria :

– Nodo, le capitaine Fletcher a un service à te demander.

La tête se tourna. Les yeux noirs inexpressifs se posèrent sur Fletcher. Les lèvres s'entrouvrirent et à l'intérieur de la bouche la boîte vocale déclara :

– Nous ne rendons pas de services aux êtres humains.

– Peut-être, insista Billy, quand tu auras entendu ce qu'il veut, décideras-tu que c'est logiquement à ton avantage de faire ce qu'il désire.

Les yeux étaient toujours fixés sur Fletcher. La voix dit :

– Très bien, qu'il parle.

Lorsque Fletcher eut expliqué, il y eut un silence. Le mécanisme interne de la pensée considérait évidemment quelque chose pour quoi il n'avait pas de réponse prévue. Finalement :

– Que je comprenne bien. Vous désirez que je tire un rayon-L dans votre tête, dans l'espoir que vous serez rendu inconscient mais pas tué. C'est bien ça?

Fletcher expliqua sur le même ton posé l'effet qu'il avait observé chez les quatre brutes, produit par un même rayon lumineux. En parlant, il sentait que Patricia était troublée et inquiète. Elle se pencha vers lui.

– Vous êtes sûr de devoir faire cela?

– A mon avis, répondit-il, ce rayon a accompli la mission de purification que je ne puis exécuter pour moi.

A vrai dire, cet aspect ne faisait que piquer sa curiosité. Comment un homme avec autant de crimes derrière lui pourrait trouver la paix intérieure, cela serait intéressant à observer. Mais son véritable dessein était d'atteindre un état d'esprit supérieur à son impuissance actuelle et il préférait ne pas le mentionner.

– Mais... mais, reprit Patricia d'une voix affolée, c'est... c'est... peut-être si vous acceptiez de nouveau Dieu dans votre cœur?

Cela amena un amer sourire aux lèvres de Fletcher. Dieu avait une place dans le cœur de la bonne reine Anne et, apparemment, dans celui de la jeune Lady Hemistan Dieu n'était pas mis en doute. Mais quiconque avait touché de près ou de loin à la politique anglaise comprenait que si l'on avait beaucoup servi Dieu en paroles, il n'avait pas joué de rôle détectable dans le gouvernement du pays.

Victime des manipulations d'un gouvernement sans Dieu, Fletcher n'était plus capable – à moins que la lumière lui rende ce service – d'aucune conviction morale.

Alors même que lui venait cette pensée sarcastique il s'aperçut qu'une autre luttait pour atteindre la surface de son esprit. Quelques instants après, elle émergea des ténèbres qui enveloppaient Fletcher depuis le moment où il avait compris que le bateau était capturé.

— Mademoiselle, dit-il, je voudrais savoir quel est ce bateau qui vous a transportée à travers l'Atlantique. Et aussi...

Il s'arrêta. Et regarda derrière elle.

Nodo tournait de nouveau la tête. Cette fois ses yeux se braquèrent sur Billy.

— Ce que cet homme a dit doit être discuté avec notre biophysicien-par-roulement Layed et notre biochimiste-par-roulement Adla. Le concept d'une telle transformation du caractère au moyen du rayon-L nous est inconnu puisque, naturellement, nous n'avons utilisé une méthode de contrôle aussi limitée que parce que nous avions pris la décision logique de ne pas tuer avant de comprendre ce qui était arrivé à notre vaisseau. Cela ne s'applique pas ici. La réponse est donc non.

— Je dois te rappeler, dit Billy, que le rayon-L est bien près d'être de l'énergie de base.

Un silence. Nodo dévisagea Fletcher. Enfin :

— J'ai été en communication avec le biophysicien-par-roulement Layed. Il m'a rappelé que Billy Todd vous considère comme un personnage clef dans ce qui s'est passé. Par conséquent, il ne serait peut-être pas prudent de vous amener à bord dans un état conscient. Il m'a donc donné l'ordre de revenir sur ma réaction négative initiale et d'utiliser le rayon-L comme demandé. Et de lui livrer votre corps inconscient à son laboratoire.

Dans les instants qui suivirent ces mots, Fletcher eut le temps de penser avec remords qu'il avait été réellement soulagé par le premier refus de Nodo.

Ce fut un de ces moments compliqués qui, à leur manière, dépassent les réactions humaines. Tout d'abord, en exprimant sa requête, il avait rassemblé son courage. Puis, au refus de Nodo, il avait en quelque sorte baissé sa garde.

Les complexités du système nerveux autonome...

la baisse du tonus musculaire et de la température... la forte décharge d'adrénaline, tout cela provoquait... le choc.

L'orgueil viril, décuplé par quatre années de piraterie, vint à son aide. Tant d'aventures. Et une observation fondamentale au fil des ans. Le meilleur moyen de combattre la peur : se laisser légèrement distraire, s'y forcer.

La méthode de distraction de Fletcher, en cet horrible moment où la main métallique se leva, fut de dire à Patricia :

– Je tiens à vous assurer que je regrette profondément ce que je vous ai fait. Je vous jure que j'ai été immensément soulagé en découvrant que vous étiez sauvée. Mais je ne puis imaginer comment, avec une chaîne d'ancre au pied, vous avez jamais pu arriver à Londres...

Arriver à Londres... Arriver à Londres... Il entendit sa propre voix buter sur ces mots, entendit au loin leur écho. La main de métal braquait sur lui un des instruments qu'il avait à peine eu le temps d'entrevoir lors de l'abordage de l'*Orinda* par les robots.

Il n'eut plus d'autre impression. Une lumière éblouissante jaillit... là, juste devant lui.

Il eut momentanément conscience, alors, qu'il se penchait sur quelque chose de gris, d'informe, et dans...

Les ténèbres.

25

Un bruit réveilla Fletcher.

Dans la faible lumière du cachot, il vit Abdul Jones s'agiter un peu sur l'autre châlit. Lui aussi, manifestement, avait entendu quelque chose.

Le choc d'un réveil si soudain paralysait encore

Fletcher quand il se redressa. Il s'écoula donc un petit laps de temps pendant lequel il n'eut aucune pensée particulière. Il comprit simplement que quelqu'un tâtonnait derrière la porte. La chose avec laquelle on tâtonnait rendait un son métallique.

Son cœur se serra brusquement. Etait-ce le matin?

Alors même que le sang refluait de ses joues, alors que la peur le glaçait, il se souvint de l'autre moment... quand l'ouverture de la porte avait provoqué la même certitude que c'était l'heure de la pendaison.

Dieu de Dieu! pensa-t-il, écœuré de lui-même, je vais devoir...

La pensée s'arrêta.

Un choc entièrement différent le frappa.

... Le souvenir que, quelques instants plus tôt, il était à bord d'un engin aérien.

Le souvenir était absolument net. Et si totalement réel que pendant de longues secondes la réalité de la prison où il était enfermé se dissipa.

Des forces basales avaient créé l'anomalie. Ainsi la confusion de deux réalités dans l'esprit de Fletcher fut bien proche d'une percée autrement impossible. Absolument fondamentale!... Pendant ces quelques instants, les forces, d'une puissance incroyable, qui maintenaient l'illusion de la vie, en furent réellement affectées.

La nature fut toute proche de voir son secret le plus fondamental pénétré par un esprit humain.

Mais, heureusement, il s'agissait d'un être humain non-scientifique de 1704. Très intelligent et vif, dans son genre. Mais un homme dont la solution à une défaite politique est de devenir pirate a dans la tête des détours qui ne laissent aucune place pour les observations essentielles de la vie et de l'univers.

Le danger de la révélation s'évapora aussi vite qu'il était apparu...

Fletcher comprenait maintenant que le bruit était la manipulation d'une clef dans une serrure rouillée.

Et c'était logique. Il était donc là, nettement là, dans un cachot, attendant d'être pendu.

En même temps, il pensa pour la première fois que l'engin aérien et tout ce qui s'était passé avait dû être un rêve particulièrement réaliste.

Il se peut que le bruit d'une vieille porte de fer que l'on ouvre soit impossible à décrire. Les deux hommes enfermés dans cette prison souterraine d'un autre âge perçurent sûrement chaque grincement, chaque tintement lugubre, le grattement de la clef dans la première serrure, et puis un choc sourd. Le choc, ce fut quand l'ouvreur de porte tira sur la lourde structure tordue et qu'elle se bloqua. Mais, quel que fût l'homme, il était persévérant. Parce qu'après plusieurs autres bruits sourds il y eut un grincement différent. Et la porte commença à s'ouvrir lourdement...

La personne qui se tenait dans le corridor humide au delà du seuil portait une longue robe blanche. Mais sa lanterne ne projetait qu'une faible lueur. Il fallut donc pas mal d'instants pour que Fletcher puisse enfin distinguer le visage au-dessus de la robe.

Il reconnut enfin Lady Patricia Hemistan. Dans cet éclairage diffus, la nature de son émotion se devinait mal. Cependant, il eut presque tout de suite l'impression de voir un visage très tendu.

Elle s'avança sur le seuil et s'arrêta, puis elle parla d'une voix chevrotante :

– Messieurs, il y a une bête géante, là, dehors. Nous avons tous été arrachés à nos lits dans un état de terreur pure.

La robe blanche chatoya un peu à la lueur de la lanterne quand elle se tourna légèrement.

– Capitaine, dit-elle à Fletcher, est-il possible qu'avec votre expérience vous puissiez...

Elle n'en dit pas plus, c'était inutile. Soudain, ceci était vrai. Le reste avait été un rêve. Car il avait devant lui la jeune fille qui en avait indiscutablement partagé chaque instant avec lui. Elle était là, pour une raison sans aucun rapport avec... La signification de ses mots n'avait pas été entièrement enregistrée. Il n'en gardait dans la tête que le fond.

Quelque chose, quelque danger l'avait amenée dans ces profondeurs du château, pour quêter le secours d'un gentilhomme félon qui devait, croyait-elle, avoir assez de violence dans l'âme pour affronter la violence qui menaçait au-dehors.

Dans les secondes qui suivirent cette idée, parce qu'il était vif et acceptait les phénomènes normaux tels que les rêves, toutes les courtoisies et les ruses qui par le passé lui avaient été si naturelles émergèrent des resserres psychiques de son esprit où il les avait enfermées.

Pas de plan encore. Pas de dessein précis. Mais...

Il prononça des mots rassurants. Il se leva. Il fit quelques pas à l'allure correcte, sans rien de menaçant. Avec précautions et douceur, il lui prit la lanterne.

— Montrez-moi le chemin, dit-il. Et puis montrez-moi le danger.

Derrière lui, une sorte de plainte échappa à Abdul Jones. C'était un bêlement perplexe, comme si l'individu comprenait mal les implications de ce nouvel événement.

Fletcher hésita. Puis, bien qu'il éprouvât une immense répugnance à rentrer dans cet étroit cachot pour quelque raison que ce fût, le considérât même comme un augure de malheur... il revint sur ses pas. Le New-Yorkais du lointain avenir se redressait. Mais il dut être soulevé, et tiré, et poussé. Il y eut un moment, alors, où quelque chose pénétra son esprit. Ensuite, l'homme marcha seul...

La créature avait dix pieds de haut au garrot. Elle était de couleur jaune avec, bien qu'il fût difficile de voir dans l'obscurité, de nombreuses taches rouges. Son corps était gonflé du bas et elle semblait avoir une queue. Ses mâchoires avaient trois pieds de long et des dents blanches pointues y luisaient. Elle ne cessait d'ouvrir et de fermer cette immense gueule en produisant un son grinçant.

(Un expert des temps futurs eût identifié le monstre comme un membre de la famille des grands lézards qui avaient hanté la terre quelques millions d'années plus tôt. Cependant, il ne ressemblait à aucune des branches bien connues de ce groupe notoire... Un filament d'énergie temporelle était momentanément tombé dans une lointaine période de l'évolution terrestre et avait projeté ce spécimen inconnu mais redoutable jusque dans le très lointain avenir de l'an 1704.)

Fletcher regarda par un côté de la grande fenêtre, dans un salon au plafond haut. Il se tenait là en s'appliquant à rester hors de vue de la créature, essayant d'éviter tout mouvement susceptible d'attirer son attention. De ce poste d'observation, il contempla dans la nuit, au-delà d'un bosquet d'arbustes d'ornement, l'impossible animal. Il déduisait, en tenant compte de tout ce qui était déjà arrivé, qu'il avait été manifestement victime du même désastre qui avait réuni à cette époque le cuirassé lantellain, Billy Todd et Abdul Jones.

Il se rappelait aussi ce que sa sœur lui avait raconté : les empreintes de quatre pieds de long. Cette créature pouvait-elle avoir des pattes aussi colossales?

Il était impossible, dans cette nuit brumeuse, de déterminer la taille de ces jambes puissantes. La bête semblait assise sur son derrière. Fletcher pensa que, peut-être, c'était ainsi qu'était obtenu cet effet de « pas »; c'était en fait une empreinte d'arrière-train et de pattes.

Fletcher restait figé. Mais il pensait et avait peur. Impossible, naturellement, de passer directement à l'attaque avec autre chose qu'un canon. Et d'ailleurs... une pensée, fugace mais spontanée, et qui demeura assez longtemps dans sa tête pour qu'il ait besoin de la chasser consciemment en la jugeant inapplicable dans le cas présent.

La pensée : cela pouvait être la seule créature de son espèce survivant dans un univers détruit. Par conséquent, elle ne devait pas être tuée.

Comme si elle avait lu dans sa pensée, Lady Hemistan dit à ce moment précis :

– Il me paraît mal de tuer une chose aussi étrange et merveilleuse. Peut-être pourrions-nous la prendre au piège. Et la sauver.

Ayant eu tous deux ce même instinct de conservation de la vie animale – tout bref qu'eût été celui de Fletcher –, un tel propos devint l'objet de ses réflexions.

Naturellement, étant tel qu'il était, il ne tarda pas à retrouver son vieil esprit sarcastique. Il dit poliment :

– Mademoiselle, en ce moment notre problème est de sauver votre propriété et nous-mêmes de tout dommage. De plus, je vous ferai observer que cette bête ne risque rien. Nous n'avons aucun moyen apparent de la détruire, pas plus d'ailleurs que de la sauver.

– J'avais pensé... (Sa voix était hésitante, et comme il ne la regardait pas il supposa qu'elle éprouvait elle-même un grand doute :)... J'avais pensé que nous pourrions la pousser dans l'écurie vide.

– *Qui* pourrait la pousser *où?* s'exclama-t-il, suffoqué.

Presque aussitôt, son humeur ironique revint. Mais la jeune fille avait été piquée au vif, comme il le découvrit aussitôt car elle déclara avec morgue :

– Bien entendu, capitaine, si je me suis trompée sur votre habileté à faire front en ces occasions dangereuses, je vous présente mes excuses. Si vous préférez, vous pouvez regagner votre cachot. Je suis certaine que vous y serez en sécurité.

Pour rien au monde il ne serait retourné dans ce cul-de-basse-fosse sinon à son corps défendant. Mais il trouva momentanément amusant qu'elle pût lui rappeler ainsi sa disgrâce.

Néanmoins, il était piqué à son tour. Ce coup d'estoc avait ranimé en lui son orgueil de mâle de 1704. Face à cette attitude de Patricia, il posa quelques questions incisives : Quelle écurie? Où? Qu'est-ce qui lui faisait croire qu'elle serait assez solide pour contenir un tel monstre? La porte était-elle ouverte, par hasard? Et comment le nourrir si l'on parvenait à l'y faire entrer?...

Tout en parlant, et en écoutant les réponses, il examinait la bête. Et d'instant en instant son cœur se serrait. Car l'immense créature émettait un sourd rugissement qui, à lui seul, était terrifiant par la force puissante qu'il impliquait.

Pis encore. Soudain, comme un chariot de plusieurs tonnes, la créature avança. Quelques instants plus tard, elle disparaissait d'un pas lourd sur le côté de la maison. Silence. Puis un horrible fracas de maçonnerie qui s'écroule. Tout le château en frémit. Ce ne fut pas un bon moment pour cet ancien aristocrate anglais devenu le célèbre pirate Nathan Fletcher. Il s'était en son temps battu en duel à vingt pas et avait délibérément blessé, mais pas tué, son adversaire. En mer, son épée tourbillonnante avait plusieurs fois ouvert un chemin de sang dans des phalanges de matelots rebelles.

Rien de tout cela ne l'avait préparé à la situation actuelle. Il avait à présent la singulière et douloureuse impression que Lady Patricia Hemistan attendait de lui qu'il s'aventurât à découvert dans ses jardins. Attendait de lui qu'il s'approchât de la bête géante. Et, par un moyen qui serait aisé pour un homme violent, comme lui accoutumé aux arts martiaux, qu'il maîtrisât le monstre. De préférence, il devrait accomplir ce miracle en guidant la bête vers et dans la deuxième écurie qui, comme les autres, était solidement construite en pierre, en fer et en mortier et, ce soir-là, se trouvait inoccupée.

Mais il lui faudrait d'abord ouvrir la grande porte, fermée pour la nuit.

Fletcher voyait d'avance toute l'opération. Apparemment, il y avait dans l'écurie numéro trois un vieux cheval fourbu, qui devait être abattu. Par conséquent, si cette pauvre vieille conquête de l'homme, usée et bonne pour la boucherie, pouvait être d'abord conduite dans l'écurie vide et tuée; si l'intrus gigantesque y entrait naïvement dans l'intention de manger... alors, peut-être, les portes de fer pourraient être abaissées dans leurs rainures de fer et de pierre par le système de leviers et de poulies.

En considérant la dangereuse suite d'événements et son rôle (conçu par Lady Patricia), Fletcher connut un instant d'égarement mental inaccoutumé. De la peur? Ce n'était pas une émotion qu'il se fût jamais permise, sauf par instants et comme une chose à être immédiatement chassée et surmontée par la détermination.

Derrière lui, la voix marmonnante d'Abdul Jones dit quelque chose. Preuve du peu d'impact qu'avait produit sur lui l'homme de l'avenir, Fletcher ne se retourna même pas. Peut-être le fait qu'il ne se souciait pas de ce que pouvait dire l'autre était-il aussi une preuve du manque total de compréhension des sentiments d'autrui. Pour lui, le New-Yorkais du futur était quantité négligeable et, comme tous les hommes d'importance depuis les temps immémoriaux de l'histoire humaine, il aurait pu le voir tirer à quatre chevaux ou sur la roue sans éprouver un instant de compassion. Une superstition commune aux classes supérieures voulait que les individus de basse extraction « ne sentent rien ». Seuls les « gens de qualité » ressentaient les choses, sauf certains qui avaient « mal tourné » et qui devenaient ainsi insensibles à la douleur, ayant sans doute été conquis par le diable.

— Je crois, pensa Fletcher à haute voix, que nous ferions bien de voir où la bête est allée. Alors peut-être pourrais-je sortir par l'autre côté du bâtiment et me glisser vers les écuries. Arrivé là, j'ouvrirai la porte de celle qui est vide, j'y conduirai le vieux cheval, je l'abattrai et...

Et quoi? Le reste de l'action imaginée qui supposait, naturellement, d'avoir à « pousser » – comme disait Lady Patricia – le monstre dans l'écurie... le reste restait flou.

Fletcher s'aperçut qu'il espérait simplement que la bête géante flairerait le sang du cheval mort et, attirée par la faim, entrerait d'elle-même dans le piège.

Prenant soudain une décision, il se retourna... au moment où Abdul Jones disait :

– Je crois que je devrais voler jusqu'à l'écurie, ouvrir la porte et y mener ce cheval. Et puis j'emploierai mon (terme incompréhensible) pour faire entrer le monstre.

A peine ces mots étaient-ils prononcés, clairs et bien audibles, que le capitaine pirate et la dame Patricia du château de Hemistan firent face à un homme à la longue figure glabre, âgé d'environ quarante ans. Cette personne, interrogée, expliqua que son « aéroporteur » fonctionnait normalement grâce à l'énergie d'une station solaire placée sur orbite permanente au-dessus de New York. Mais naturellement, il avait un système de secours à batterie permettant une autonomie de vol de quatre heures environ.

– Vous voulez dire, murmura la jeune fille, que vous portez ce... ce dispositif en ce moment?

Elle se tourna vers Fletcher avec une expression médusée, parut vouloir dire quelque chose mais resta muette.

Ce fut Abdul Jones qui rompit enfin le silence en disant, presque comme s'il s'excusait :

– Tout le système est tissé dans mes vêtements. Mais je ferais bien d'y aller. Nous pourrons causer plus tard...

26

Logiquement, il n'y a rien qu'un homme puisse dire à une femme qu'il a noyée. Et qui, en tout état de cause, est de nouveau en vie, sauvée accidentellement sans qu'il y soit pour quoi que ce soit.

Elle aurait dû frémir de haine et de répulsion. Cependant – observait Fletcher – elle ne le semblait pas. Ostensiblement du moins. C'était exactement comme « avant ».

Le sujet du meurtre par noyade devrait sans aucun doute être abordé tôt ou tard. Mais, apparemment, pas tout de suite.

Patricia était assise en haut de la table, devant la nappe d'une blancheur éblouissante, la belle argenterie, les verres de cristal, les assiettes de porcelaine fine teintée de bleu, et souriait à ses deux invités.

– Messieurs, dit-elle d'une voix vibrante d'une assurance qui aurait pu à présent, facilement, répondre par un non souriant et compréhensif, mais ferme, même à un père importun – ce qu'elle n'avait jamais pu faire durant la vie dissolue de celui-ci – tout en lui accordant toujours moins que ce qu'il estimait mériter. Messieurs, notre roi Henry II a entamé un processus de gouvernement légal quand il a dit « Tout homme aura le droit d'être entendu ».

– Ses mobiles, dit Fletcher, n'étaient pas entièrement purs. Il tentait de briser le pouvoir de l'Eglise de son époque qui limitait son autorité royale.

Ayant parlé, il fut aussitôt amusé. C'était le genre de conversation auquel naguère il avait été habitué. Il avait toujours eu, sans trop savoir comment, une compréhension facile des affaires et des mobiles du pouvoir et des gouvernements. Même quand il jouait aux cartes au temps de son influence, il avait parlé avec une prompte sagesse, qui n'était pas perdue pour la reine et comme il avait conscience des penchants de cette grande dame, il avait en conséquence formulé ces perles de sagesse de manière à lui plaire.

– Il semblerait, reprit Lady Patricia avec un sourire singulièrement charmeur dans sa direction, que ce que Henry II a instauré est le moyen d'échapper aux assommantes idées reçues, nées des appétits et des impulsions d'individus autocratiques, plus particulièrement de sexe masculin.

C'était direct. Et significatif. Brusquement, son dessein devenait évident. Elle allait accorder à Fletcher le droit « d'être entendu »... Dieu de Dieu! pensa-t-il, atterré. Un instant, il crut entendre sa propre voix geignarde expliquer comment il avait permis au gouvernement tory de pervertir sa moralité juvénile.

Jamais! décida-t-il, tout comme il l'avait fait à son procès. Jamais on ne lui soutirerait le moindre mot de défense.

Il avait accepté cette invitation à dîner parce que le souvenir très net revenait. Il avait les mains libres pour la première fois depuis son arrestation. Il était sorti du cachot. C'était une folie de perdre ne fût-ce qu'une heure pour profiter d'un repas élégant. D'autant plus qu'il était possible qu'un domestique, ayant été secrètement envoyé chercher des secours, revînt avec un groupe de solides Anglais résolus conduits par la maréchaussée.

Mais l'autre « vérité » était là aussi : le « souvenir » de près de vingt heures qui venaient de s'écouler, en principe. D'autres gens avaient chassé immédiatement des souvenirs similaires. Il était intéressant de constater, stupéfiant même, que la racaille de l'*Orinda,* Shradd lui-même, avait permis à toute la mémoire de plus de cinquante individus d'être reléguée dans le néant. Entre tous les incidents de leur vie future, ils n'en acceptaient pas un comme une réalité.

Pour Fletcher, il ne pouvait y avoir de rejet aussi facile. Son obstination s'y opposait. Sa pensée...

incroyable... était simple et, sur un niveau, impossible. Cette pensée était la suivante : Il n'existe pas de rêve aussi précis et vif que celui que j'ai fait.

Ainsi, quand Nodo avait projeté ce rayon-L, il s'était produit simultanément un autre renversement du temps.

Comment un natif de l'époque de 1704 peut-il trouver verbalement ou même mentalement, son chemin à tâtons, dans un tel concept? Cela supposait un autre monde parallèle. Celui-là, apparemment, n'avait duré qu'un jour. Comment décrire un événement aussi fantastique?

Fletcher, se rappelant sa conversation de dernière minute, à bord de l'engin aérien, avec Lady Hemistan, le tenta. Il dit en hésitant :

– Lady Patricia... Mr Jones... j'aimerais vous présenter une réminiscence personnelle d'une expérience que j'ai déjà vécue avec vous deux...

Sur quoi, il raconta l'arrivée de Robert Harley et de Billy Todd et leur voyage ultérieur à bord d'un engin aérien piloté par un robot du nom de Nodo.

Quand il se tut, l'homme et la jeune femme le regardèrent sans comprendre. Finalement, Patricia dit :

– J'essaye d'appliquer votre récit à ma précédente expérience. Il semblerait donc que je n'aie aucun avenir à me rappeler. Alors que j'étais là sur le pont de votre navire pirate, j'aurais dû sans doute me souvenir d'avoir été jetée par-dessus bord de la même manière, après quoi vous êtes parti vivre pendant cinquante ans en Italie. Mais je ne puis avoir aucun souvenir d'un futur puisque, bien entendu, cette première fois je suis morte à jamais...

Elle s'interrompit, visiblement frappée par l'image qu'elle évoquait. Le sang reflua de ses joues. En la regardant pâlir, Fletcher sentit sa propre figure se défaire.

Il était saisi par sa logique. Parce que, naturellement, ses paroles décrivaient l'exacte vérité. La Patricia Hemistan « originale » n'avait plus été revue, après avoir été noyée. C'était justement à cause de cette vérité qu'il avait par la suite récolté l'argent du crime de son cousin et, en conséquence, avait vécu tout le reste de sa vie en Italie.

Pire, il avait touché l'argent du crime après l'avoir noyée une deuxième fois. Et à cette occasion elle avait survécu à son terrible sort. Et elle était là au bout de la table étincelante, en face du sacripant qui l'avait par deux fois traitée aussi impitoyablement.

Il était tristement évident que ces questions n'avaient pas encore été portées à l'attention de Patricia. Et il comprenait brusquement, le cœur serré, que la vague amitié qu'elle lui avait accordée à bord de l'engin aérien lui était maintenant refusée.

Cependant... l'explication devait être donnée. Sa voix se fit plus pressante.

– Lady Patricia, je devais vous dire tout cela parce que nous sommes dans une situation très grave. En ce moment, j'aimerais que vous vous reportiez tous les deux à ce voyage de rêve dans le ciel. A un moment donné, durant cette précédente période, vous m'avez conseillé de revenir à une vie d'intégrité totale, en rédemption de mes crimes passés...

Il s'interrompit. Quelque chose dans leur expression lui faisait comprendre que ces deux personnes ne se souvenaient de rien. Il les dévisagea avec stupeur.

– Mon Dieu! s'exclama-t-il. Vous n'avez pas eu de rêve parallèle, ni l'un ni l'autre?

La jeune femme le regardait, les yeux brillants.

– Normalement, murmura-t-elle, j'oublie mes rêves. Mais j'ai effectivement rêvé et...

Fletcher l'interrompit, pris d'une idée subite.

– Ecoutez! Juste au moment où le changement s'est produit, je vous demandais comment vous vous étiez échappée.

Il y eut un long silence. Une expression lointaine dans les yeux de la jeune fille.

– Ce que vous me demandiez, dit-elle enfin, c'était comment je suis arrivée à Londres.

La rectification était juste. Et il comprit immédiatement pourquoi il avait modifié son propre souvenir. Parce que la question dans son esprit avait été alors, était encore maintenant, comment, comment, comment s'était-elle sauvée?

– Racontez-nous, supplia-t-il, curieusement haletant, comment vous avez survécu.

Il lui fallut environ vingt minutes. Elle racontait son histoire à au moins un auditeur avide. Ayant achevé son récit, elle attendit. Et comme il ne disait toujours rien, elle conclut :

– Alors, une fois le bateau parti comme je l'ai décrit, après m'avoir déposée sur cette jetée déserte, je suis allée à pied chez mon cousin, à une lieue de là. Et me voici.

Pour expliquer l'incident qui suivit, sans doute convient-il de rappeler que les instincts « civilisés » de Fletcher avaient maintenant été ranimés. Et puis aussi, son attention demeurait encore en partie sur ce qu'elle avait dit, particulièrement ce qui s'était passé à bord du Transiteur. Quoi qu'il en soit, il parla de la manière qui convenait à son temps passé à la cour. Sa réaction fut automatique.

– Curieusement, milady, je suis porté à croire la partie la plus fantastique de votre récit. Mais la partie banale, l'idée d'une femme parcourant seule une lieue à pied à Londres, cela est totalement inacceptable. En fait, je ne puis comprendre ce qui vous a poussée à raconter une telle fable. Mais revenons-en à votre description de cette pièce pleine de filaments lumineux, à bord du vaisseau...

Il ne put aller plus loin. Pendant les derniers mots, Abdul s'était agité, en face de Fletcher. Jusque-là, l'homme avait été silencieux, comme s'il reconnaissait qu'il n'avait aucun rôle légitime à jouer dans un dialogue entre deux personnes appartenant à la même époque de l'histoire. Cependant, soudain, voilà qu'il lui venait une expression sournoise. Trop tard, Fletcher se souvint que dans l'engin aérien, cet individu avait commencé à manifester un intérêt personnel pour Lady Patricia.

– Mr Fletcher, interrompit-il d'une voix forte, traiteriez-vous cette dame de menteuse?

Fletcher eut l'air décontenancé puis il s'aperçut qu'il avait, en effet, outrepassé les bornes de la courtoisie.

– Ma foi, je..., bredouilla-t-il, confus.

– Ce serait difficile, intervint Lady Hemistan, rougissant violemment à présent, pour un être comme le capitaine Fletcher de se départir de la grossièreté fondamentale qui marque ceux de son espèce. Il aurait pu exprimer son scepticisme d'une manière plus aimable. Mais alors il ne serait pas l'âme perdue qu'il est devenu. Cependant, j'avoue que je suis heureuse qu'il ait cédé à sa discourtoisie naturelle. Depuis un moment je vois courir sur sa physionomie des plans d'évasion. J'ai même eu pitié de lui dans son dilemme quant à la meilleure façon de me traiter ainsi que mes domestiques si – comme il l'a soupçonné à demi – nous tentions d'empêcher son départ.

(A la vérité, elle lisait dans ses pensées. Mais elle ne pouvait avoir conscience de cette faculté à ce stade où tout restait si confus.)

– Mais, reprit-elle sur un ton sucré, les yeux pétillants, avant que nous poursuivions le sujet des aspirations compréhensibles d'un condamné, vous seriez sans doute intéressés tous les deux par les détails de ma petite promenade dans les rues de Londres...

Et elle raconta aussi cette histoire.

Elle avait été retenue à Londres parce que son cousin était en voyage pour affaires de famille. C'était seulement à son retour qu'elle avait pu revenir au château de Hemistan.

Dans la magnifique salle à manger de ce château, Lady Patricia plongea une main dans les dentelles de son corsage et en ramena un petit instrument en forme de baguette.

– Et maintenant, messieurs, il est temps de regagner votre cachot, dit-elle.

En la suivant vers la cave, l'ancien capitaine pirate réfléchissait profondément. A la suite de ces réflexions, il déclara :

– Je suppose que nous reverrons Mr Harley, mais pas Nodo ni Billy Todd.

– Ah? (Brève surprise de la jeune fille.) Pourquoi pas ces derniers?

– Ils savent maintenant où sont ces machines. Ils n'ont pas besoin de moi.

Patricia ne répondit pas. Puis :

– D'après ce que vous m'avez dit des gens du palais royal qui avaient conscience aussi de leur vie future, peut-être Mr Harley n'a-t-il plus besoin de vous non plus.

– Ah! s'exclama Fletcher, qui n'y avait pas pensé. Ils étaient maintenant arrivés dans l'étroit corridor souterrain et devant la porte ouverte du cachot. Ce fut un mauvais moment parce que Fletcher s'apercevait qu'il avait beaucoup compté sur Harley pour le sauver de ce cauchemar répété.

Dérouté, refusant de croire que son unique discourtoisie lui avait totalement aliéné la jeune fille, il s'arrêta et se retourna.

– Milady, dit-il, à 6 heures du matin le bourreau arrivera de Bonnen. Je tiens à vous dire que, quel que soit mon sort ultime, j'ai vu beaucoup des étranges désastres qui ont récemment frappé notre planète. Je les comprends sans doute mieux qu'aucune autre personne de notre époque. En conséquence, ma sentence de mort devrait être retardée afin qu'un bon usage puisse être fait des connaissances que je possède.

– Vous êtes un criminel, un homme sans merci et sans compassion, répliqua-t-elle froidement, en secouant la tête. Je ne sais pour quelle raison, je semblais ignorer la vérité, comme s'il pouvait encore y avoir en quelque sorte une possibilité humaine pour vous.

Il ne pouvait laisser la discussion se terminer sur cette pensée et fit un nouvel effort désespéré :

— Dans le souvenir de votre rêve, rappelez-vous, j'ai demandé à Nodo d'utiliser son arme d'énergie pour me rendre inconscient dans l'espoir que cela m'amenderait.

Patricia haussa les épaules en faisant un geste impatient avec sa baguette.

— Cela ne paraît vous avoir fait aucun bien. Nous discuterons de votre situation demain avec les autorités. Entrez, capitaine. Entrez, Mr Jones.

Brusquement, il retrouva son sang-froid. Toute sa froideur. Il sourit ironiquement. Ses yeux pétillants se posèrent sur la baguette.

— Etes-vous certaine que cet objet fonctionne encore?

— Voulez-vous le mettre à l'épreuve? rétorqua-t-elle calmement.

— Pourquoi ne l'avez-vous pas utilisé contre le gigantesque animal maintenant enfermé dans votre écurie?

— J'ai essayé, avoua la jolie fille. Il n'a pas réagi.

Abdul Jones dit alors, comme si la chose allait de soi :

— Il ne doit être programmé que pour les êtres humains.

Patricia le regarda, étonnée.

— La signification de ce propos m'échappe, murmura-t-elle après un temps. Mais je crois pouvoir déduire que ses effets seraient limités aux hommes seulement.

Curieusement, Nathan Fletcher en était venu à la même conclusion. Alors, comme il hésitait et songeait vaguement à mettre à l'épreuve le petit instrument, Abdul Jones gronda derrière lui :

— Capitaine, n'allez pas avoir des idées mauvaises, hein! Je protégerai miss Hemistan, si besoin est.

Sans un mot, Fletcher tourna les talons et entra dans le cachot.

27

De nouveau allongé sur son châlit, Fletcher prit ironiquement une décision : Je suppose que c'est un moment comme un autre pour commencer à pratiquer l'intégrité et la pureté de pensée...

Des pensées d'une autre espèce continuèrent cependant de s'insinuer pendant les longues minutes qui s'écoulèrent, provoquant une amère déception. Si le rayon-L avait bien été utilisé sur lui, alors il avait lamentablement échoué. Mais le sentiment le plus odieux était l'irritation contre lui-même, pour sa réflexion stupide. Et puis aussi il accusait cette fille d'inconséquence... Quelle idée avait-elle eue, dans l'engin, de dire à Abdul Jones qu'elle se plaçait sous ma protection? Pour me renvoyer ensuite à ce cul-de-basse-fosse et à la corde du bourreau!

Cette humeur elle-même finit par se dissiper. Il songea à ce cachot obscur, toujours le même, lui sur un châlit sordide, le New-Yorkais du futur sur l'autre... A ce moment précis, Abdul Jones se redressa.

– Si vous acceptez de me laisser avoir la fille, je vous ferai sortir d'ici, capitaine.

– Hein?

– Je peux modifier mon grostik (ce fut ce que Fletcher crut entendre) pour brûler les serrures simples, entre ce trou et l'extérieur. Où vous irez ensuite ne regarde que vous.

L'esprit de Fletcher avait déjà détecté la faille dans ce raisonnement.

– Ce serait assez difficile que je vous laisse avoir la fille, comme vous dites. Et d'abord parce qu'elle n'est pas à moi...

– Ce que je veux dire, c'est que vous et moi nous nous entendions pour que vous restiez à l'écart et ne fassiez rien pour entraver la méthode – quelle qu'elle soit – que j'emploierai pour la persuader. Je puis vous assurer qu'il ne lui sera fait aucun mal physique. (Il avait maintenant posé les pieds sur le sol.) Le mieux serait que vous vous tiriez, pour ainsi dire, que vous disparaissiez avant le jour.

Ce fut un très mauvais moment pour l'intégrité et la pureté de pensée. Parce que, comme ça, tout simplement, se disait Fletcher, l'homme de New York était capable de le faire évader!

Mais il y avait en lui un violent contre-courant de pensées : J'ai tenté par deux fois de noyer cette jeune fille. Pourrais-je vraiment la noyer encore une fois?

Choqué, saisi, il resta allongé et contempla le plafond suintant, à quelques pouces à peine de sa tête. Ce fut à vrai dire un moment très complexe. Fletcher n'avait jamais entendu dire qu'une personne en proie à un grave conflit mental pût évoquer en elle-même une forme spéciale d'épuisement.

D'ailleurs, il était déjà épuisé. Aussi l'épuisement supplémentaire qui l'accabla soudain ne fut-il pas différent de celui qu'il ressentait déjà. Le passage subséquent d'un état de semi-veille à un sommeil profond survint en un instant.

Au bout d'un moment, percevant un léger ronflement, un Abdul Jones incrédule se leva de sa position assise sur l'étroit châlit. Il fit un seul pas; cela fut suffisant. Se pencha. A la faible lueur filtrant par la petite grille de la porte, il contempla l'homme épuisé.

Aucun doute, machin-chose – Fletcher – dormait profondément.

L'homme à la longue figure fut surpris de cette manifestation mais ne s'y attarda pas particulièrement. Il se jugea simplement automatiquement supérieur à toute personne de cette ère. Toute l'information glanée en grandissant dans une société technologique aux réseaux de communication intercontinentaux et interplanétaires avait pénétré son système nerveux depuis l'enfance.

Il manquait du culture, en tant que telle. La culture est un subtil ensemble de considérations entremêlées avec complexité à des facteurs génétiques de base. Les gens qui la possèdent attirent souvent ceux qui en sont privés. C'était ainsi qu'Abdul Jones avait été attiré par Lady Patricia Hemistan. (Il n'était pas qualifié pour remarquer les implications d'un tel attrait.)

Il était donc là sans impulsions criminelles sérieuses. A la vérité, il avait été toute sa vie respectueux des lois. Les femmes, bien sûr, étaient différentes et n'étaient pas gouvernées par certaines lois. Ce que l'on devait faire pour obtenir une femme était une chose qui faisait parfois hocher la tête aux hommes (mais pas souvent). C'était la manière dont les femmes étaient faites qui le rendait nécessaire, sur ce plan Abdul n'avait aucun scrupule.

Il n'avait pas été surpris – pas plus que Fletcher d'ailleurs – que Lady Patricia fût attirée par le capitaine pirate qui l'avait assassinée. Les femmes étaient comme ça... incroyablement, elles faisaient des choses comme ça. Tout le monde (les hommes) avait remarqué de telles contradictions dans le comportement féminin : une insondable faculté de pardon... Probablement un reliquat des innombrables millénaires d'évolution où les hommes impitoyables dominaient sans scrupules *toutes* les femmes qu'ils pouvaient arracher aux autres individus de leur espèce. Et les femmes, ainsi possédées, se sentaient protégées dans cet environnement sauvage et violent de la nuit des temps.

Résolument, l'homme de New York tira d'une poche spéciale de sa veste collante un petit instrument étincelant. Il était légèrement courbe, formé comme un long manche de couteau d'argent (mais sans lame). Et il avait plusieurs minuscules cadrans ainsi que des boutons de réglage encore plus petits qui pouvaient être verrouillés en position.

L'instrument s'appelait un GROSTECI, ce qui était le sigle de : Guide à Rayon d'Orientation Sur Territoire Etendu à Conversion Illimitée.

Principalement, il fonctionnait sur deux niveaux. Relié à la combinaison de vol par son système de chauffage, il pouvait projeter une chaleur intense, et faire bouillir ainsi l'eau dans un récipient ou repousser de gros poissons dans l'océan.

En cas de danger, il pouvait aussi diffuser des signaux d'appel au secours. Mais cet usage-là n'aurait eu aucune utilité dans l'Angleterre de 1704.

A son niveau minimum (le second), l'instrument était l'équivalent de l'instinct du pigeon voyageur. Mais, avec cette programmation, il pouvait être inversé de manière que la partie du cerveau normalement stimulée par l'instinct fût activée par un courant opposé.

C'était cet aspect d'inversion qu'il avait employé pour guider l'espèce de dinosaure dans l'écurie.

Abdul régla l'indicateur de chaleur. Et braqua le GROSTECI sur la porte du cachot. Une flamme blanche jaillit contre le mécanisme de la serrure. Il poussa la porte jusqu'à ce qu'elle cède brusquement.

Il se tourna vers l'homme endormi. Régla l'inversion de courant sur l'instinct-pigeon-voyageur. Braqua l'objet sur la tête de Fletcher. Pressa ce bouton-là.

C'était une transmission de pensée mécanique d'un cerveau (celui d'Abdul) vers le centre hypnotique d'un autre cerveau. Fletcher se leva, toujours profondément endormi. Puis, guidé par l'instrument, il sortit du cachot, monta l'escalier de la cave, longea des corridors déserts et se retrouva finalement dehors, dans la nuit.

Le New-Yorkais marcha avec lui pendant dix minutes puis, mentalement et au moyen du courant dirigé sur lui, lui ordonna de continuer de suivre la route dans la campagne. Abdul retourna vers le château sans un autre regard pour Fletcher. Il était très content de lui... S'il est malin, pensa-t-il (de Fletcher), quand il reviendra à lui, il pourra s'échapper.

Il lui fallut un moment mais il finit par trouver la porte de la chambre de Patricia. Hardiment, il poussa la porte et entra. Et, à ce moment, se heurta à une difficulté. Son intention de mâle était de se servir de l'instrument sur la fille pendant qu'elle dormait. Malheureusement, Patricia s'agita. Et se réveilla.

La jeune Lady Hemistan était couchée dans un lit de près de quatorze pieds de haut, toutes ses superstructures somptueuses étant incluses dans ces mesures. Elle-même, cependant, était plongée tout au fond du meuble superbe, entourée de coussins moelleux et de couvertures et d'édredons plus moelleux encore. Les coussins étaient si nombreux que, une partie de son corps reposant évidemment sur eux, elle avait l'air posée en biais. Au moment où elle se réveilla, elle paraissait à demi assise.

Ce fut elle qui, de cette position grandiose, parla la première.

– Quand le capitaine Fletcher se réveillera-t-il? demanda-t-elle.

Un temps... pendant qu'un individu ordinaire du XXIIIe siècle, légèrement sur le retour, essayait de comprendre comment elle savait ce qui s'était passé. La jeune femme au corps biologiquement modifié du LCCCIIIe siècle, lequel transmettait constamment et souvent à son insu des informations à ses centres nerveux, cette jeune femme fut surprise, elle aussi, par sa propre question, après l'avoir posée.

Mais elle remarqua tout de même qu'elle n'avait pas peur de cet intrus. Et, simultanément, d'une façon singulière, elle sentit que la seule menace était l'opinion insondablement négative qu'il avait des femmes. Pour lui, la différence psychologique entre les hommes et les femmes rendait ces dernières « inférieures ». Apparemment, l'idée ne lui était jamais venue que les femmes, après une première période de confiance (presque toujours trahie) avaient observé à quel point les hommes étaient « inférieurs ». Sur quoi, après un temps de trouble, chacune à son tour avait fini par faire sa paix avec la sombre réalité : à savoir que ce « cochon » ou

« chien » ou « renard » ou « ours » d'homme était tout ce qu'il y avait.

Là dans la chambre, encore près de la porte, Abdul pensait que sa connaissance des femmes était correcte (sans y penser consciemment). Et il ne remarqua pas que l'attrait qu'elle avait pour lui était une qualité venant de son éducation aristocratique. Elle était une Lady. Même s'il y avait songé, il n'aurait pas pu expliquer pourquoi un mâtin comme lui aspirait à la féminité de la classe supérieure anglaise.

Mais il était un mâtin relativement honnête. Aussi dit-il :

– Madame, nous vivons une période de désastres où un homme ne peut pas perdre de temps en politesses. Qui sait ce qui se passera d'ici une heure?

Il se croyait profondément philosophe. Patricia sourit.

– Mangez, buvez et amusez-vous, dit-elle, car demain vous mourrez... C'est une citation. C'est cela que vous voulez-dire?

C'était une réplique légère, pour sa constitution du LCCCIII^e siècle. Et le grand idiot debout à côté des chandelles vacillantes, la porte derrière lui, se crut encouragé. Avidement, il fit plusieurs pas dans la chambre et s'arrêta près du lit.

– Madame, je suis celui qui peut vous protéger comme personne d'autre, dans cette catastrophe. Regardez ce que j'ai fait à la grosse bête. Et voyez ce que j'ai fait pour ce type, Fletcher, je lui ai sauvé la vie après que vous vous étiez fâchée contre lui; ce que je ne vous reproche pas, attention, ajouta-t-il précipitamment, mais vous devez admettre, quand les choses se passent comme en ce moment, que ce n'est pas très indiqué de pendre tout bêtement un homme comme lui.

– Ma foi, répondit Lady Patricia, permettez-moi de vous dire que j'ai sonné mes gens quand vous êtes entré. Et j'ai cette baguette avec moi...

Elle sortit sa main de sous ses couettes et l'instrument scintilla. Elle considéra l'homme accablé.

– Je crois que ce que nous allons faire pour vous, c'est vous installer dans une des chambres d'amis du rez-de-chaussée et s'il y a des ennuis quelconques avec la maréchaussée, je réglerai votre amende en monnaie anglaise. Je suis sûre que vous auriez dû être mieux traité. Et je suis certaine que vous serez utile au gouvernement.

Ce fut un moment où une autre réalité s'imposa à ce malheureux Abdul. Marié, il avait l'habitude de faire ce qu'une femme lui disait. Aussi, après l'arrivée des domestiques, se laissa-t-il conduire en bas. Pousser dans une chambre assez plaisante. Et là, finalement, il s'endormit en pensant : Il faut que je trouve un moyen de lui prendre cette sacrée petite baguette...

28

Le choc!

A bord du cuirassé lantellain, tous les premiers-par-roulement qui étaient cette fois premiers depuis plus longtemps qu'on ne se souvenait, tous exprimèrent une grave inquiétude.

Qu'avait-il pu se passer?

Un renversement du temps de dix-huit heures, vingt-neuf minutes et onze secondes, selon le système de calcul du temps de 1704. Un monde parallèle entier devrait passer par la même séquence. Tout ce qui avait été fait pendant cette période avait disparu.

C'était une autre disparition de l'univers. Infime, bien entendu, à côté des plus de quarante millions d'années qui s'étaient effondrées lors de la première phase. Mais...

Les moteurs du Transiteur étaient de retour dans l'atelier du ferrailleur Julius MacDonald. Le bateau qui avait transporté Lady Patricia Hemistan était de nouveau à son appontement parmi les roseaux au bord de la Tamise.

(Le bateau n'était pas qualifié pour se souvenir qu'il avait été capturé pendant une période de temps parallèle. Donc il resta où il était.)

Le physicien-par-roulement Layed diffusa un bulletin à toutes les unités : Ignorez les souvenirs de 28.32.06.34 à 28.50.35.35. Tout le personnel sauf les premiers-par-roulement, qui doivent résoudre les problèmes en cause, purifiez la période de temps indiquée. Tout le personnel au-dessous de la promotion-par-roulement, effacez toutes les dix-huit heures vingt-neuf minutes et onze secondes.

Il n'y avait dans ces instructions aucune allusion au fait que le signal qui arrivait normalement de l'Esprit Universel, déclenchant le premier-par-roulement suivant... ce signal n'avait pas été donné depuis maintenant dix-sept cycles de temps de signal.

Le capitaine-par-roulement Darkel ordonna à Nodo :

– En qualité de commandant en chef-par-roulement de toutes les missions extérieures des vaisseaux aériens, vous vous rendrez au site des moteurs du Transiteur et en prendrez possession. De là, dirigez-vous vers le site du petit vaisseau lancé de ce même Transiteur et capturez-le comme vous l'avez fait pendant la séquence de temps perdue. A moins que vous ayez une raison logique de le faire, il ne sera pas nécessaire d'emmener le garçon ni les personnes qui vous ont guidé pendant la période perdue.

Nodo, qui n'avait aucune connaissance des ordres mentaux donnés par Billy au petit vaisseau, répondit :

– Instructions reçues. Cependant, j'ai découvert que dans ces étranges circonstances le garçon offre des conseils logiques et objectifs; donc, avec votre permission, je vais de nouveau l'emmener. Je vais partir immédiatement.

L'esprit humain dans un état appelé sommeil.

Seulement une apparence.

Un nombre fabuleux de processus continuent de fonctionner durant chaque instant de cet état ombreux appelé le temps.

Certaines régions du cerveau veillent, naturellement, aux fonctions automatiques du corps : battements de cœur, respiration, digestion, fonctions des reins et ainsi de suite... des milliers de minuscules opérations, glandulaires, neurales, organiques.

Pendant le sommeil, la pensée progresse à des sous-niveaux. Une réalité établie, un fait avéré : depuis des temps immémoriaux, des gens s'endorment troublés par des problèmes non résolus. Quand ils se réveillent, le problème est résolu.

Le problème sur lequel Nathan Fletcher s'était endormi était : quatre ans de meurtres et de rapines légitimes avaient soudain perdu leur justification. Et maintenant il était suspendu au-dessus de l'enfer.

Dans le lointain commencement des choses, la vie existait le jour et mourait la nuit. L'aube amenait la renaissance. Un corps neuf.

Puis vinrent d'innombrables millénaires d'ombres où la vie du corps baissait simplement pendant les heures de la nuit. Mais alors, ah, quelle complexité! Le prix de la survie pendant la longue nuit, savoir fondamentalement comment renaître, cela s'était perdu. Remplacé par la mémoire des événements. Et par la responsabilité pour toutes les mémoires.

... Un homme qui marche en dormant peut voir. Il ne tâtonne pas comme un aveugle. Le somnambulisme est un phénomène de l'esprit parent de l'hypnose. La personne ainsi affligée peut même avoir les yeux ouverts et marcher avec tous ses systèmes de perception en éveil. Son problème est que lorsqu'elle se « réveille », la période de transition est perdue pour son esprit conscient.

Le somnambule peut se souvenir de s'être couché dans un endroit et se retrouver soudain ailleurs. Il ne risque absolument rien. Mais en général cela produit un choc grave.

Il était bien tard pour voyager, pour une reine. Mais Anne avait insisté pour partir et maintenant il était plus de minuit. Elle était à demi assoupie contre des coussins et Robert Harley légèrement moins endormi sur d'autres coussins, à côté d'elle.

Tout autour d'eux tonnait un martèlement de sabots, car les gardes de la reine chevauchaient devant le carrosse royal, derrière et sur les côtés.

Ce fut cet imposant cortège au clair de lune qu'un Nathan Fletcher somnambule vit venir vers lui, à son niveau de perception, sur la route de campagne. Et, comme un automate, il s'écarta sur le bas-côté et attendit que passent au galop les chevaux somptueusement harnachés et le carrosse.

Pas si facile. Un officier vigilant l'aperçut. Immédiatement soupçonneux de toute personne cheminant si tard dans la nuit, l'homme sur son cheval arriva au pas de charge. Suivit un interrogatoire sévère...

Qui, normalement, aurait réveillé en sursaut un somnambule.

Mais cet état-là n'était pas normal. L'instrument employé par Abdul avait imposé ses commandements avec une force peu commune sur les centres cérébraux clefs.

Fletcher resta dans son état somnambulique et répondit aux questions sans mentir, comme s'il savait ce qu'il faisait; exactement comme un sujet hypnotisé en profond état de transe dit la vérité.

Son regard parut examiner l'officier monté qui le dominait. Puis ses yeux se retournèrent vers le long déploiement de gardes à cheval. Le clair de lune l'aida à voir, tout comme s'il avait été éveillé. Ainsi, il reconnut la livrée. A cet instant précis, le carrosse arriva à sa hauteur et commença à passer.

Pour lui, qui avait été si proche de la royauté, cela provoqua la reconnaissance immédiate, encore une fois comme s'il avait été éveillé.

Naturellement, un certain temps dut s'écouler. Et, bien entendu, Harley descendit pour le regarder. Mais finalement, les préliminaires tirèrent à leur fin. Et Fletcher se retrouva dans le véhicule royal assis en face du comte et de la reine.

Il était assis tout à fait à son aise. Il poursuivit une conversation qui comprenait les souvenirs de ce renversement du temps de dix-huit heures. Et il proposa un plan convenant aux circonstances.

– Si nous pouvions, dit-il, arriver à Londres, ou avertir Londres par des signaux de faire procéder à des recherches rapides par la marine, ils pourraient haler le bateau en lieu sûr. (Il ajouta, raisonnablement :) Qu'ils gardent les machines. Elles ont besoin d'être réparées. Et nous pourrons espérer que le jeune garçon parviendra à les reprendre plus tard aux Lantellains.

Alors qu'il parlait de cette façon sensée, Harley l'examinait avec perplexité. Enfin :

– Ce que je ne comprends pas, baron, c'est ce que vous faites si tard sur cette route.

– Je me suis évadé avec l'aide d'Abdul Jones, répondit Fletcher, continuant de dire la vérité.

Ils roulèrent jusqu'au château de Hemistan. Là, des changements se produisirent. Une autre voiture fut préparée. Patricia s'habilla pour un long voyage. Abdul fut réveillé. Finalement, Patricia, Fletcher et un officier montèrent dans la deuxième voiture, Abdul dans le carrosse avec la reine et Harley.

C'était cette partie du plan qui soulevait les objections du ministre, l'intention exprimée par la reine de les accompagner.

– Majesté, protesta-t-il, nous devons vous laisser en lieu sûr!

– Robert, répliqua cette femme qui fut sans doute la reine la plus remarquable d'Angleterre, c'est une situation follement passionnante. Vous pourrez me reconduire ici dans la matinée. Je veux d'abord voir ce merveilleux bateau.

Ce fut elle aussi – une fois le message transmis à

son mari, le prince George à Londres, et bien reçu – qui insista pour qu'Abdul prenne place dans le carrosse royal.

– J'ai tant de questions à lui poser sur l'avenir, dit-elle.

Chez Abdul Jones, ces mots stimulèrent l'orgueil. Ce qui se passait lui paraissait juste... J'appartiens à une période plus tardive de l'histoire; je suis supérieur. Les plus importants personnages de cette époque devraient... (Un temps, parce que ce qu'ils devraient faire n'était pas très clair... quelque chose de respectueux.)

Anne alla droit au but. Il ne lui avait fallu qu'un regard et quelques mots pour comprendre qu'elle avait devant elle un individu du commun, de la basse bourgeoisie. Mais elle s'était déjà adressée à ce genre de personnes.

Aussi interrogea-t-elle celle-ci sur le XXIIIe siècle, sans se soucier de ses origines plébéiennes.

Dans l'autre voiture, Patricia considérait avec perplexité Fletcher, assis en face d'elle. Le phénomène de somnambulisme dépassait à ce stade sa perception avancée. Cependant, le voyant éveillé, elle était troublée. Elle sentait que quelque chose n'était pas normal.

– Capitaine, dit-elle enfin, vous sentez-vous bien?

L'état du somnambule se détériorait. Trop d'événements se succédaient. L'absence du véritable centre de conscience pour assimiler un si grand nombre d'incidents provoquait des réactions du subconscient.

Le remords latent lui suintait par tous les pores. Intérieurement Fletcher était ouvert. Si ouvert! La percée de souvenirs réprimés était absolument totale. Il faisait une belle nuit d'octobre mais le fond de l'air avait une fraîcheur automnale; pourtant la sueur luisait sur son visage, chaude et poisseuse.

Car le criminel était en proie à l'auto-condamnation absolue. Pour ceux-là, la hache frappe et frappe encore mais jamais assez.

Ainsi, le sommeil lui-même n'était plus miséricordieux. Et, comme le corps a ses propres défenses, il sombra bientôt dans l'inconscience. Heureusement, il était adossé. Ainsi, quand il s'effondra, il eut simplement l'air de s'endormir.

Dans l'univers normal, on était cent cinquante-deux ans de la naissance de Sigmund Freud. Toutes ces minutes et ces heures avaient à s'écouler avant que la *première* idée fondamentale du moi commence à germer dans l'esprit de quelques personnes. Pas beaucoup; très peu, même. Cette idée particulière ne fut pas si clairement perçue, même par les plus ardents admirateurs du grand fondateur de la psychanalyse.

La grande pensée, la remarquable observation était la suivante : un enfant nouveau-né forme le « moi » de la vie entière de l'individu au cours de sa première année d'existence. Il en résulte que le bébé construit, au moyen d'une banque de mémoire du moi-image, son identité. Durant toutes les années suivantes de croissance corporelle, aucune méthode n'a jamais été trouvée pour briser et extirper la personnalité globale de cette identité infantile. Le cerveau grandit. La personne se développe de la maturité à la vieillesse. Mais il faut toutes les forces de la loi et du conditionnement de la société pour freiner les éternelles pulsions enfantines de l'individu ainsi freiné.

L'adulte, si capable et mobile, d'une énergie si intense – tous les multimilliards d'individus sans exception – est soumis à un incessant tourment interne de « Je veux, je veux, je veux... Je suis en colère, effrayé, furieux, dépité. Je m'en moque... Je hais, je hais... Je souhaite ta mort... » et ainsi de suite.

Et là, maintenant, se trouvait un ex-gentilhomme anglais, devenu pirate, qui luttait et ployait sous le fardeau du remords pour avoir cédé à toutes ces impulsions enfantines. Remords qui, à son époque, ne pouvait être apaisé – croyait-on – que par Dieu lui-même.

Cette difficulté n'était pas résolue. L'instant du réveil se rapprochait inexorablement.

Et le rayon-L avait encore à jouer son rôle.

29

Fletcher ouvrit les yeux et remarqua distraitement que Nodo était assis devant le tableau de commandes de l'engin aérien. Le robot lui tournait le dos. Et cela non plus ne provoqua aucune réaction durant ces premiers moments.

Une pensée était tout de même venue : J'ai dû dormir... Ce qui était regrettable parce qu'il y avait plusieurs choses dont il devait discuter avec Billy avant d'arriver au cuirassé lantellain.

Sur ce, il se tourna à demi, se pencha dans la travée et il tendait même la main vers le siège de Billy quand... il s'étonna.

La reine Anne était assise à la place de Billy.

L'émotion est une réaction essentiellement viscérale. Le corps réagit physiquement. La personne *sent* suivant la physiologie du viscère qui a été éveillé. Ce qui fut éveillé en Fletcher en voyant cette femme qui était la reine d'Angleterre, manifestement capturée pendant qu'il dormait, fut une réaction automatique du système nerveux. Dans ce système, le groupe sympathique fut extrêmement excité. L'adrénaline se déversa dans son sang. De grandes quantités de sucre sanguin furent libérées par le foie.

Mais naturellement, chez un homme aussi rapide et maître de lui, le groupe crânial-sacral entama immédiatement sa contre-réaction. Sa tâche – tranquilliser le corps – fut accomplie à la vitesse d'un homme accoutumé au danger et à la tension et qui était, de plus, un aristocrate viril, entraîné à ne jamais manifester d'authentique consternation.

Il vit donc la reine. Presque aussitôt (cela parut aussi rapide), il tourna la tête et le corps, en partie. Et constata qu'il y avait deux sièges supplémentaires. Et que tout le monde avait changé de place. Mais il n'y avait pas trace de Billy.

... Il vit que l'autre nouveau prisonnier était un officier de haut rang des gardes de la Reine.

Cela provoqua un long moment de ténèbres internes. Qui se termina quand il prit conscience vaguement, pour la première fois depuis son réveil, de l'accélération. Fletcher se raidit et resta impassible. Et puis, soudain, il s'aperçut qu'il se raidissait contre la *dé*célération.

A ce moment précis, alors qu'il sentait que l'engin piquait légèrement vers le sol, un souvenir le frappa. C'était une image mentale du dernier endroit où il s'était trouvé : dans le cachot du château de Hemistan.

Trouble intense!

(Naturellement, il n'avait aucun souvenir conscient de tout ce qui avait pu se passer pendant sa période de somnambulisme.)

Le grand trouble est souvent un phénomène résultant de trop de choses se passant trop vite. Et c'est parfois un phénomène d'incompréhension. La confusion mentale de Nathan Fletcher résulta brièvement de ces deux états.

Parce que, consciemment, il savait faire la différence entre le fantasme et le souvenir, le temps qui s'écoulait maintenant lui parut extrêmement court. Sa première pensée, en essayant d'accepter la situation, fut : Un autre renversement du temps! C'était stupéfiant parce que... mon Dieu! Où cela allait-il s'arrêter?

Au bout d'un moment, il rectifia. Certains faits ne concordaient pas. La reine Anne ne concordait pas. Il eut beau tordre et trier les faits dans son esprit, la présence de la reine n'entrait dans aucune séquence logique de son souvenir.

Précipitamment, il repoussa cela. Parce que...

A part elle et l'officier de la garde, ce voyage semblait être celui-là même qu'il avait fait précédemment. Avec, à part Billy, les mêmes personnes. Le même ravisseur. Le même engin aérien.

A sa manière, Fletcher était un être humain parfaitement organisé et comme il était courageux et résolu, il surmonta son trouble en prenant une décision. Ce n'était pas le moment – décida-t-il – de résoudre tous les problèmes contradictoires.

Il déduisit son action suivante de ce qu'il avait vu lors de son premier examen. L'emplacement des autres. Qui occupait quelle place. La déduction : Billy Todd était devant lui, invisible parce que le haut dossier ne laissait dépasser que la tête des adultes. Et aucune tête n'était visible devant lui.

Fletcher se leva. Se pencha sur le dossier.

– Billy, dit-il, à un moment donné de l'histoire future, le problème des robots lantellains a été apparemment résolu. Quand? Et, ce qui est plus important, comment?

Un silence. Penché sur la tête de l'adolescent, Fletcher dut reconnaître que sa question avait été brutale. Cependant, au bout de quelques instants et sans relever la tête, sans manifester de surprise, Billy répondit :

– A votre époque, vous connaissez les grands événements et les grandes dates de l'histoire. Ainsi, puisque vous êtes un homme cultivé, vous avez appris l'histoire de l'Empire romain et de la civilisation grecque. De même j'ai appris la révolte des robots lantellains et leur guerre contre la Fédération. Mes parents connaissent sans doute davantage de détails et, d'ailleurs, l'information peut se trouver dans la bibliothèque de mon Transiteur. Mais pas là-dedans, je regrette, ajouta-t-il en montrant sa tête.

La déception céda devant le bon sens. Particulièrement parce que Fletcher avait levé les yeux. Et là sur l'écran, par-dessus l'« épaule » de Nodo, il voyait la mer devant et au-dessous. Et dans le lointain la silhouette d'un vaisseau.

Le vaisseau! Le gigantesque vaisseau lantellain! Encore très loin à l'avant mais à la vitesse à laquelle ils voyageaient Fletcher devina qu'il n'était qu'à quelques minutes... Pas le loisir d'une pensée concertée. Il posa donc sa question suivante comme si c'était une vérité et pas simplement une expression du trouble qui l'envahissait.

— Billy, le rayon-L ne semble avoir rien fait pour moi. Pourquoi?

— Eh bien, ce n'est pas encore arrivé, répondit Billy.

— Que veux-du dire?

— Nous avons tous été ramenés dans le temps d'un peu plus de dix-huit heures. Quand ce temps se sera de nouveau écoulé, le rayon-L fera immédiatement son effet.

— Mais... mais...

Pourtant, au fond de lui-même, il nota que la réponse confirmait son souvenir de cet événement. Cette partie de son trouble s'arrêta là.

Une pause. Dans la conscience de Fletcher quelques autres contradictions effectuèrent un passage kaléidoscopique. Depuis des semaines il se battait avec le concept des mondes parallèles : la moitié d'une existence en Italie, revécue ici comme si l'épisode italien n'avait jamais eu lieu. Et un recul de dix-huit heures... ce temps-là aussi... annulé... dix-huit heures! Il s'entendit protester :

— M-mais... Et les...

Il exprima les pensées déroutantes.

Enfin le jeune garçon tourna la tête. La releva. Et ce fut d'une voix grave qu'il expliqua :

— Capitaine, le rayon-L est un phénomène complexe du temps et de l'espace. Il a sans doute existé naturellement pendant des fractions de seconde quand l'univers s'est créé. Mais maintenant il doit être recréé.

— Mais il a été tiré sur moi dans ce monde parallèle! s'exclama Fletcher. Alors il est — euh — là-bas.

Le « euh » lui avait échappé quand il s'était aperçu

que la reine Anne tendait l'oreille pour écouter leur conversation. Ou du moins se penchait-elle vers eux.

– Majesté, dit Fletcher en se penchant à son tour, je vous conjure de me pardonner. J'essayais d'obtenir des renseignements avant que nous arrivions au vaisseau de nos ravisseurs.

Le jeune garçon aussi s'inclina vers la reine.

– Navré, Majesté. Navré, monsieur. Pour le rayon-L, il n'y a pas de mondes parallèles. Le rayon franchit toutes les barrières. Maintenant, je dois vous dire à tous deux que le bateau, qui a été capturé une deuxième fois, contient à son bord, dans ces tiroirs que Lady Patricia a fouillés, plusieurs cristaux spéciaux qui sont assez près de moi pour que je les utilise avec mon esprit. Un de ces cristaux est un système de lecture de la pensée. Ainsi, grâce à lui, capitaine, je détecte vos tristes réflexions. Et je dois vous rappeler que vous avez demandé que le rayon-L soit utilisé sur vous pour raison morale. D'après ce que je lis dans votre esprit, grâce au cristal, vous n'avez toujours pas d'autre moyen de vous purger du souvenir des crimes que vous avez commis.

Billy s'interrompit et s'exclama aussitôt :

– Capitaine, asseyez-vous et cramponnez-vous! Vous aussi, Majesté!

En se rasseyant vivement Fletcher vit sur l'écran que l'engin approchait d'un grand trou noir dans le flanc du monstrueux vaisseau. Malgré lui, il retint sa respiration.

Quand il souffla enfin, ils étaient à l'intérieur du trou.

Et il ignorait toujours complètement comment ils s'étaient tous retrouvés entre les mains de Nodo. Pour certains d'entre eux, c'était la seconde fois.

L'impression de Fletcher fut que, bientôt et après une immobilisation pendant laquelle il perçut un bruit grinçant (et pensa : « Est-ce qu'ils nous détachent du petit bateau? »), ils se remettaient en mouvement sur des rouleaux. Pendant ce déplacement, l'intérieur de l'engin resta éclairé mais devant Nodo l'écran ne montra qu'une obscurité totale. Un tunnel? se demanda Fletcher.

Tout avait été si nouveau, si fantastique, que maintenant, à retardement, il ouvrit la bouche pour poser d'autres questions à Billy. Cette intention fut comme un signal. Il y eut un nouveau bruit de grincement, sur quoi le mouvement en avant cessa.

Nodo se redressa et se leva.

– Tous les autres, restez à vos places. Capitaine Fletcher, venez avec moi!

30

Fletcher se leva.

Il percevait une menace infinie dans ce qui allait se passer. Mais il était au mieux de sa vigueur. Le corps fort mais détendu. Un léger sourire aux lèvres. Il retourna en pensée vers la précédente période de dix-huit heures, à ce que le physicien robot avait dit, d'après Nodo. Ce qui arrivait avait un rapport avec cela... telle était l'impression de Fletcher. Il fit un pas dans la travée et se pencha vers Patricia.

– Bonne chance, murmura-t-il.

Le ravissant visage était au bord des larmes. La jeune Lady Hemistan ne paraissait pas se rendre compte alors de l'ironie qu'il y avait à pleurer pour un homme qui l'avait noyée deux fois pour la plus odieuse et la moins défendable des raisons : l'argent. Fletcher y pensa vaguement, alors il se détourna précipitamment et se pencha sur Billy.

Il lui donna une petite tape dans le dos.

– Je dois te tirer mon chapeau, mon gars. Tu es persévérant. Espérons que plus tard tu pourras les persuader.

Billy leva vers lui ses yeux bleus brillants.

– Capitaine Fletcher, s'ils ont raison, vous ne

pouvez pas être tué. S'ils se trompent, ils ne vous tueront pas. Alors nous vous reverrons.

Fletcher se redressait quand ces mots le frappèrent. Il sursauta.

– Qu'est-ce que tu racontes, Billy?

Le garçon s'était retourné sur son siège et regardait vers le fond de l'engin, face aux êtres humains. D'une certaine façon alors, ses yeux allant de l'un à l'autre, il s'adressa à tout le monde.

– Capitaine, ces robots lantellains et leur ordinateur central, quand ils ont été créés, ont jeté pour ainsi dire un coup d'œil sur l'univers et ont voulu savoir d'où venait cet univers.

– Mais, dit Patricia, cela n'est pas un problème. Dieu l'a créé.

– Leur réponse à cela fut une autre question, reprit Billy. Ils ont voulu savoir d'où venait Dieu.

– Ah! fit la jeune fille, et elle se tut.

– Par la suite, poursuivit Billy, ils ont appelé l'univers l'Enigme. Et jamais ils n'ont accepté qu'il était ce qu'il paraissait.

Cette conversation ne paraissait pas valoir la peine d'être continuée. Fletcher demanda vivement :

– Ce que je voudrais savoir, moi, c'est si, en cas de crise, il est possible pour un être humain sans armes de s'attaquer à un Lantellain.

Billy secoua la tête.

– Pas à moins d'avoir l'occasion de le pousser dans un précipice.

– Y a-t-il des précipices dans le laboratoire de Layed?

Le nom du physicien vint si facilement à la bouche de Fletcher qu'il lui fallut un moment pour comprendre qu'il se le rappelait automatiquement... d'avant.

– J'en doute, répondit Billy.

– Merci, murmura ironiquement Fletcher.

Il acheva de se redresser et, ce faisant, croisa par hasard le regard de Harley, qui dit alors :

– Bonne chance, baron.

Fletcher se détourna. L'heure, ni même la minute, n'était encore venue pour lui de reconnaître la moindre bonne volonté de la part de Robert Harley, comte d'Oxford et Mortimer. Et, naturellement, Abdul s'était engagé dans la voie ennemie, alors il l'ignora aussi. L'officier de la garde n'eut droit qu'à un signe de tête. Mais Fletcher alla se pencher vers la reine.

– Majesté, il n'y a aucun risque que je ne courrais pour vous arracher saine et sauve à cette situation. Vous pouvez compter sur moi.

– Merci, Nate, répondit-elle très calmement. Tout cela est vraiment très intéressant.

Fletcher s'inclina et, enfin, marcha vers la porte qui s'était ouverte et par laquelle Nodo le précéda. Si bien que lorsque Fletcher la franchit, il trouva Nodo et deux autres robots qui l'attendaient dans une vaste salle au plafond bas.

Du moins ce fut sa première impression. En voyant les trois êtres mécaniques, il pensa automatiquement – un moment – que le plus proche était Nodo. Puis il les examina. Et s'aperçut qu'il ne savait pas du tout lequel était l'individu qui avait été leur guide et leur mentor pendant ces dernières heures, au cours des deux renversements de temps.

Comme des soldats de plomb, mais d'un modèle supérieur, les trois robots étaient absolument identiques. Sans doute avaient-ils des moyens de se reconnaître entre eux. Toutefois, alors que Fletcher descendait prudemment de l'intérieur métallique de l'engin aérien sur le sol de métal, qui était précisément au niveau du bas de la porte, ce fut le plus proche des trois qui s'avança. Et dit :

– Capitaine Fletcher, Layed et Adla vont vous conduire maintenant au laboratoire pour des examens.

Ayant parlé, le robot qui avait été, autant que possible, identifié comme Nodo, passa devant Fletcher et rentra dans le petit vaisseau aérien.

Fletcher s'était retourné pour le suivre des yeux. Ce fut donc derrière lui qu'une voix mécanique ordonna poliment :

– Voulez-vous me suivre, s'il vous plaît, capitaine Fletcher?

Il ne se retourna pas tout de suite. Hésita. Il sentait qu'il devait obéir instantanément. Et cependant, il se força à rester où il était.

Il vit que l'engin reposait sur des rouleaux, exactement comme il l'avait supposé. Sous ses yeux, le vaisseau avança. Son avant ovale se dirigeait droit vers un mur qui paraissait solide mais qui, lorsque l'engin ne fut plus qu'à quelques pieds, s'ouvrit en se repliant. C'était en réalité une double porte qui s'écartait et qui, une fois le vaisseau passé, se referma. Mais pendant les quelques instants d'ouverture Fletcher avait pu entrevoir une autre salle. Il eut l'impression qu'une cargaison y était entassée.

Le mur redevint une surface unie, lisse, presque miroitante...

Maintenant qu'il avait vu, il lui semblait que c'était le plus petit aperçu qu'il était possible d'avoir d'une autre partie de ce vaisseau gigantesque. Valant à peine le risque d'offenser le chef physicien-par-roulement Layed et son collègue chimiste.

Comme il était trop tard pour revenir sur son refus initial, Fletcher se retourna. Il vit que les deux robots n'avaient pas bougé. Il en fut soulagé.

– A votre service, Layed, dit-il. A votre service, Adla.

L'être mécanique près de lui leva un mince bras de métal.

– Allez par là.

Le chemin indiqué menait à un corridor adroitement dissimulé. L'adresse résidait dans l'apparence trompeuse de deux murs qui semblaient n'en faire qu'un.

Ce fut seulement quand il fut à une toise qu'il remarqua que le mur le plus près de lui et l'autre, tous deux de la même couleur, ménageaient en réalité un espace qui se révéla, quand il s'approcha, être le corridor.

Il longea ce couloir, conscient de la présence des deux robots cliquetant métalliquement derrière lui. Puis la même voix mécanique parla :

– Il y a un tournant à droite juste devant vous, capitaine.

Il y avait, effectivement, un tournant. Et de fait, quand Fletcher tourna, il entra dans une salle faiblement éclairée, pleine de matériel. Le laboratoire? Cela en avait l'aspect.

La voix le confirma :

– Traversez la salle en diagonale, capitaine, et allongez-vous sur la couchette, sous la lumière.

Il n'y avait qu'une « couchette » illuminée par un plafonnier. Fletcher fit, en diagonale, de son mieux. Arrivé à la couchette il s'arrêta. Regarda autour de lui pour chercher un précipice. N'en voyant point, il soupira. Sur quoi, à contrecœur, il s'assit sur une surface élastique. C'était assez confortable pour être un lit. Donc, sans plus hésiter, il s'y allongea.

Et attendit.

31

Les robots lantellains se tenaient en divers endroits autour de Fletcher. Si bien qu'il ne pouvait jamais tout à fait les embrasser tous dans son champ de vision. Et n'était jamais tout à fait certain de leur nombre.

Il y avait une porte sur sa gauche et il sentait – sans pouvoir la voir – qu'il y en avait une autre derrière lui. Une impression supplémentaire : durant tout le temps qu'il passa sur la couchette, des êtres de métal sortirent par ces portes en glissant sur les équivalents de pieds mi-caoutchoutés mi-métalliques. Et d'autres entrèrent.

Cela semblait être le commencement de quelque chose. Et, comme tant d'individus y étaient mêlés, ce « quelque chose » avait un caractère menaçant. Seul homme dans cette salle étrange et peu éclairée, il banda ses forces contre cette menace alors que, brusquement, commençait l'interrogatoire. Devant lui Layed – qui d'autre cela pouvait-il être? – dit à l'intérieur de sa bouche difficile à distinguer :

– Capitaine Fletcher, avez-vous jamais été frappé par la foudre?

– Dieu de Dieu! s'exclama Fletcher en se souvenant.

Il avait commis la funestre erreur, comme cela lui avait été répété à l'époque en invoquant la sagesse des nations, de s'abriter sous un arbre pendant un orage. La foudre était tombée sur l'arbre et une boule de feu d'une forme bizarre avait rebondi contre sa jambe gauche. Il en conservait, là où il avait été brûlé, sa seule cicatrice permanente.

Il ouvrit la bouche pour parler, dans l'intention de répondre à la question improbable et de reconnaître les faits mais il fut interrompu par la même voix :

– Les instruments disent que vous avez été frappé une fois, légèrement. Alors, question suivante : Capitaine, avez-vous jamais été pris dans un éboulement de terrain?

Fletcher était couché là sous les lumières, muet de stupeur. A l'époque, il avait quinze ans. Et, ensuite, on avait dit qu'il avait de la chance qu'il n'y eût en Angleterre que de petites collines : l'éboulement ne l'avait enseveli que jusqu'à la taille. Et il avait réussi à se dégager tout seul pour rentrer chez lui secoué mais sain et sauf.

Une fois encore, aucune réponse ne fut exigée de lui. Les « instruments », quels qu'ils fussent, rapportaient fidèlement et avec précision qu'il avait été effectivement la victime d'un aussi singulier accident.

Ensuite, les mêmes instruments détectèrent, à leur manière, qu'un arbre lui était tombé dessus, une fois, mais il l'avait entendu, l'avait vu et avait couru. Si bien que seules les branches de la cime l'avaient touché. L'interrogatoire révéla encore qu'une pierre était un jour tombée d'un bâtiment. Mais quelqu'un avait crié « Attention! » et il s'était écarté d'un bond. Et la pierre s'était écrasée sur les pavés au lieu de lui tomber sur la tête.

Ce n'était pas tout, bien sûr. Il y avait plus. Bien plus. Comme il n'avait jamais compté pour sa propre gouverne ces divers incidents, leur nombre total n'avait en conséquence jamais été porté à son attention. Il se souvint que, tout enfant, il avait entendu un jour sa mère dire à une voisine, de sa voix perpétuellement affligée : « Tout ce qui arrive à Nate, vous ne pouvez pas imaginer! C'est miracle qu'il n'ait pas été tué dix fois. »

Il n'y avait aucun moyen de contester cette déclaration. Aucun moyen de prouver combien il était devenu prudent à la suite d'aussi nombreuses « échappées-belles ». Mais, naturellement, harcelé par les faits et par les critiques, il avait fini par réagir : « Qu'elles aillent au diable et eux avec! » Après quoi, naturellement, il s'était transformé en un homme à l'orgueil viril qui ne reculait devant rien.

(Indiscutablement, le futur pirate existait désormais en puissance dans cet endurcissement et cette transformation.)

Mais comment ces robots avaient-ils déduit un tel état de choses? La question l'irrita.

– Hé là, dit-il, est-ce que tout ceci est en rapport avec cette idée que je suis une sorte de personnage clef dans tout ce qui est arrivé?

La réponse fut une autre question.

– Capitaine Fletcher, dit l'homme de métal qui lui faisait face dans l'ombre juste au-delà de ses pieds dépassant de la couchette, vous sentez-vous personnellement un personnage clef dans l'implosion de l'univers?

Fletcher cligna des yeux. Lui vint sa première pensée défensive : s'il pouvait maintenir ces êtres sur cette voie de l'interrogatoire, il parviendrait à gagner du temps... mais pour quoi, ce n'était pas très clair. Cependant, un homme menacé ne s'arrête pas à ces détails. L'important était de rester vigilant et de sauter sur une occasion dès qu'elle se présenterait.

Aussi, gagnant du temps, il demanda ce que signifiait le mot « implosion ». Quand cela lui eut été expliqué comme étant un phénomène d'effondrement, il put – parce que le temps écoulé lui avait permis de réfléchir – répondre d'une façon évasive, propre à lui faire gagner encore plus de temps. Il dit :

– Je ne suis pas qualifié pour savoir exactement comment un tel sentiment se manifesterait. Il s'est passé bien des choses. Mes idées sont confuses. Peut-être pourriez-vous m'aider à les trier.

Cela provoqua très nettement un délai. De divers coins de la salle, des hommes de métal s'avancèrent. S'ils étaient maintenant en consultation, aucun mot n'était audible. Une nouvelle pensée vint à Fletcher : ils s'étaient tous rapprochés pour regarder l'« instrument ». La raison, si c'était bien cela, en était obscure. Pourquoi n'accepteraient-ils pas tout simplement la vérification – quel était le mot qu'Abdul avait employé? – la vérification « électronique », telle qu'elle était rapportée par une de leurs unités? Tout portait à croire que l'individu qui faisait le rapport n'était autre que Layed, le physicien-par-roulement inamovible. Pourquoi n'avaient-ils pas confiance en lui? Pourquoi avaient-ils besoin de venir voir par eux-mêmes?

Au bout de trois minutes environ, les robots qui s'étaient avancés reculèrent. Et son interrogateur demanda :

– Pour un événement aussi colossal que l'effondrement de l'univers, même les robots logiques comme nous ont besoin de tenir conseil et de se mettre d'accord sur le fait que les indicateurs de l'instrument expriment, effectivement, une réplique significative. Alors, à présent, la deuxième question générale : si vous êtes bien devenu un personnage clef dans le phénomène d'effondrement que nous avons tous vécu, pourriez-vous deviner avec précision quand l'événement s'est braqué sur vous?

La question avait une dimension à soi. Mais il n'y avait rien à faire d'autre que d'essayer encore de gagner du temps.

– Tout ceci est nouveau pour moi. Je dois voir si je suis capable de me rappeler tout ce qui s'est passé depuis le début de cette seconde vie.

Comme il était intelligent et parce que les deux questions avaient ouvert de singulières perspectives philosophiques, il ajouta une remarque pleine d'espoir :

– L'indice peut être tout près de la surface de ma mémoire.

– Encore une question, dit la boîte vocale invisible dans la bouche de métal ouverte. Si nous devions vous tuer, est-ce que cela modifierait d'une quelconque façon votre influence en tant que point central des énergies de l'univers?

Ma foi, pensa cyniquement Fletcher, autant pour l'esquive. Ou peut-être, plus justement, continue à faire le malin pour gagner du temps et, si tu t'avances trop, quelqu'un finira bien par te couper obligeamment la tête.

Infailliblement cependant, une menace, même implicite, renforçait le courage de Nathan Fletcher, pirate extraordinaire. Il était allongé, les dents serrées, avec un faible sourire ironique. Soudain toute l'affaire lui paraissait irréelle. Il se dit que c'était sûrement l'interrogatoire le plus vain auquel un homme ait été jamais soumis.

Tout haut il déclara avec l'impatience de l'homme sans peur menacé :

– Franchement, je ne sais pas du tout de quoi vous parlez. Mon seul rapport avec cette catastrophe, c'est que j'ai averti quelques personnes en haut lieu. Et je suis une des personnes de cette ère qui comprend, vaguement, ce qui s'est passé. Rien d'autre. Rien de plus. Aucune autre possibilité. (C'était la vérité, émise avec une soudaine indifférence. Toute ruse abandonnée. Il reprit :) Je crois comprendre que vous avez des instruments qui peuvent détecter le mensonge. Alors vous devez savoir que ce que je viens de dire est la vérité.

Une fois de plus, le rabat métallique de la bouche du robot s'ouvrit.

– Capitaine, dit la voix sans timbre, selon nos instruments, la réponse à la première question est oui, la réponse à la seconde question est que l'effondrement de l'univers a commencé au moment où vous avez été conçu par vos parents. La réunion des molécules particulières dans le sperme et l'ovule qui se sont assemblés là a créé une interaction de l'énergie qui a été pour ainsi dire reconnue par tous les coups de foudre, tous les éboulements, toutes les chutes d'arbres et d'autres objets matériels que vous avez attirés. La raison en est, naturellement, que les atomes et les plus petites particules de ces molécules occupaient une position clef au deuxième stade de formation de l'univers. Tous les atomes se rapportant à cette position savent à tout moment où les autres se trouvent, quel que soit le nombre de millions d'années-lumière qui les ont séparés dans l'espace. Quand ils ont reçu le signal, ils ont dû instantanément se précipiter dans votre direction. Cet « instantanément », en termes de distance universelle, de vitesse trans-lumière et des milliards d'interactions entre ceux qui étaient affectés, a duré environ trente-quatre ans.

– J'ai trente-trois ans, reconnut Fletcher.

L'homme métallique ne parut pas entendre.

– La réponse à la troisième question, dit-il, est que peu importe que vous soyez morf ou vif : l'effet général restera le même.

Fletcher se souvint que Billy avait dit que les robots allaient fort probablement le garder en vie;

et il pensa dès lors que leur logique n'exigerait pas la mort, si cette mort ne changeait rien.

– En conséquence, reprit Layed, puisqu'un homme peut contrôler la direction par ses actions ou mouvements – ce qui risque de nous affecter –, nous avons décidé de vous tuer au nom de notre seigneur, l'Esprit Universel.

En entendant ces mots fatidiques, un commencement de pensée ironique traversa l'esprit de Fletcher : « C'est bon, Billy, autant pour le raisonnement d'un gamin du LCCCIII^e siècle. Alors je ne serai pas tué, hein? Alors... »

La pensée s'immobilisa dans cet univers interne où les images naissent et meurent. A ce moment précis de cette pensée précise, son esprit vif, toujours aiguisé par les pressions et les stimulants, entrevit le contour d'un « précipice ».

Layed parlait encore :

– L'instant de la mort viendra une minute avant que frappe, la prochaine fois, le rayon-L, dit-il. (Sa voix s'éleva d'un ton :) Lantellains, l'Enigme continuera jusqu'à ce que son mystère nous soit révélé par notre seigneur, l'Esprit Universel.

Fletcher entendit les mots mais son attention était bien loin. Il revoyait dans son souvenir un mince Indien nu, sur cette côte distante de l'Amérique du Sud, qui croyait au pouvoir divin d'une formation rocheuse.

Serait-ce – se demanda-t-il – un autre cas où deux... parties... séparées depuis longtemps de cet immémorial commencement de l'univers (une dans le corps de l'homme, l'autre dans le rocher) se sentent et se retrouvent?

Il ne semblait guère possible qu'il y eût d'autre comparaison entre cet être primitif de la jungle tropicale et cet homme de métal dans l'environnement mécanique d'un super-vaisseau-spatial.

Mais la pensée était venue. Et il n'y avait aucun autre espoir, pas de précipice physique réel dans lequel il pourrait pousser ces robots. Il prononça donc les paroles ridicules qui se présentaient automatiquement – ou presque – à son esprit rapide :

– Layed, au nom de l'Esprit Universel, je déclare que toi, Adla, Nodo et les autres chefs-par-roulement n'avez pas passé l'épreuve. Laissés à vous-mêmes, vous n'avez pas su remettre le commandement au moment prescrit quand le chef-par-roulement suivant aurait dû vous remplacer. En conséquence, j'ordonne à la troupe commandée par les prochains chefs de vous renverser. Il sera décidé de votre sort quand vous aurez remis vos pouvoirs illégaux. Quant à cet être humain, par la bouche de qui je donne en ce moment ces commandements, ses amis et lui doivent être libérés immédiatement et à l'avenir tous mes commandements seront relayés par lui...

Fletcher s'arrêta là. D'autres mots de type rituel attendaient dans son esprit fertile. Mais il avait le sentiment que trop c'était trop. Assez suffirait.

Alors il se tut. Et attendit.

Il y eut, nettement, une hésitation. Puis la tête de Layed – sans doute – tourna de 180° sur son cou rotatif. La voix familière dit :

– Il n'y avait aucune indication sur les instruments d'une énergie particulière frappant notre prisonnier tandis qu'il parlait. De plus, nous pouvons logiquement déduire que notre seigneur ne se servirait jamais d'un ennemi comme intermédiaire de communication. Par conséquent je vous ordonne, Lurta, qui serez le prochain chef-physicien quand nous aurons reçu le signal correct de roulement, d'escorter cet être humain rusé – nous avons beaucoup appris de la ruse des êtres humains par notre seigneur – jusqu'au moment précis de l'exécution.

– Vu sa tentative sournoise de dresser les Lantellains contre les Lantellains, intervint une autre voix, pourquoi ne l'exécutons-nous pas tout de suite?

– Non, Adla, chef biochimiste-par-roulement. Nous ne devons pas laisser la présomption de cet être humain rusé modifier les préceptes de logique par lesquels nous, seuls dans tout l'univers, ordonnons notre vie et nos activités. Lurta, emmenez-le!

Alors qu'il était conduit vers ce qui ressemblait à un ascenseur, et descendait, Fletcher avait sa propre pensée particulière : Bon, j'ai essayé. Je n'ai pas simplement cédé sous la menace. J'avoue que c'était un assez triste équivalent de précipice. Et pourtant...

La vaine tentative semblait avoir satisfait son profond orgueil masculin.

32

– Mais où sont-ils? chuchota la reine Anne. Je ne vois personne.

Tout était vide. D'immenses corridors déserts. Les salles où ils risquèrent un œil, semblaient avoir été prévues pour contenir des marchandises ou de la machinerie. Et toutes étaient pleines, jusqu'au plafond. Pas d'espace, même, pour des visiteurs curieux. Où étaient les 30000 robots?

– Ces robots lantellains sont logiques, dit le jeune garçon. Ils n'ont pas de régions du cerveau qui restent stimulées, comme nos centres moteurs. Les centres moteurs du cerveau humain sont stimulés par la vue, les sons et autres perceptions et par des pensées vagabondes. Un être humain peut être couché et soudain il se lève, va et vient simplement pour faire quelque chose. Les robots ne sont pas comme ça. Entre leurs actions, ils se glissent dans leurs Capsules de Sécurité spéciales et ils restent couchés jusqu'à ce qu'une alerte retentisse.

– Tu veux dire qu'ils dorment? demanda la reine.

– Non, ils attendent simplement.

– Où?

Billy montra le plafond.

– Dans les niveaux moyens. Si quelque chose

tournait mal, ils seraient les derniers à être atteints. Ils sont dans de longues rangées de Capsules, chacun dans la sienne.

L'aspect inhumain des images qu'évoquait cette description parut réduire au silence la souveraine à l'infatigable curiosité. Pendant un moment, ils continuèrent de marcher, sans un mot, le long d'un nouveau corridor interminable de métal bruni.

Fletcher, qui avait été conduit en bas, là où étaient les autres êtres humains, une sorte de hall de grand hôtel élégant (d'où les couloirs menaient à de nombreuses chambres de style humain), sentit naître en lui un nouvel et vague espoir.

Il avait connu son premier bon moment quand Billy avait suggéré qu'ils quittent en groupe ce vestibule pour chercher le petit bateau. La proposition avait cela de bon qu'ils feraient quelque chose. Bien sûr, il se demandait s'ils auraient vraiment le droit d'aller où ils voulaient. C'était un risque qu'il était personnellement – tenant compte de sa sentence de mort – prêt à courir. A mesure que les minutes passèrent sans aucune réaction, le sentiment de surexcitation et d'espoir grandit.

Il n'avait parlé à personne de sa condamnation. Il avait simplement soutiré à Billy l'information que le moment du rayon-L surviendrait d'ici quarante à cinquante minutes.

Manifestement, pour le capitaine Fletcher, n'importe quelle action valait mieux que de ne rien faire. Et il lui semblait que la destination révélée par Billy – le bateau qui avait amené Patricia en Angleterre – présentait des possibilités. Les précédentes réflexions du garçon (précédentes signifiant les dix-huit heures perdues) avaient laissé entendre que ce petit bateau aurait été capable de se battre contre l'engin volant. A bord de ce gigantesque vaisseau, c'était la seule arme pouvant être utilisée par des prisonniers pris au piège. Du moins c'était l'opinion du capitaine Fletcher qui avait de bonnes raisons de songer à ces choses-là.

Tout en marchant, il avait conscience que la jeune fille, à côté de lui et un peu à l'écart, l'observait du coin de l'œil. Ce qui lui rappela qu'elle avait eu un sursaut d'étonnement quand il les avait rejoints.

Soudain sarcastique, il dit :

– Vous pouvez me parler si vous le désirez, milady.

Il ne reçut pas de réponse immédiate. Elle avait capté en lui, et continuait de capter la pensée de son exécution imminente. Et cela avait provoqué un trouble qui maintenant, ayant entendu les mots de Fletcher – rompant sa méditation – la poussa à courir jusqu'à la reine Anne.

– Majesté, dit-elle, je sens dans le capitaine Fletcher une peur persistante et devine que l'ordre d'exécution rendu contre lui le bouleverse encore. Sûrement, Majesté, dans toutes ces étranges circonstances... où il est devenu un personnage clef... une telle sentence pourrait être abrogée...

La reine avait tourné la tête et ralenti le pas. Elle s'arrêta, et tous l'imitèrent. Elle s'adressa à son ministre :

– Mr Harley, avez-vous eu le temps de transmettre la grâce que j'ai signée pour Nate?

L'homme à la longue figure s'inclina.

– Majesté, un courrier a été envoyé aux autorités du comté et l'ordre est sans aucun doute entre leurs mains à présent.

La reine Anne s'approcha de Fletcher. Son teint habituellement haut en couleur évoqua plutôt une sombre patine quand elle lui posa amicalement une main sur le bras.

– Vous voyez, mon cher ami, tout est fini, là-bas. Il ne nous reste qu'à affronter ce qu'il y a ici.

Ce ne fut pas un bon moment pour ce mâle orgueilleux du XVIIIe siècle, Nathan Fletcher. Tout d'abord il fut honteux à la pensée que, peut-être, une peur s'était révélée dans son comportement, assez vive pour que Patricia la remarquât. Ensuite, le fait qu'elle fût mal interprétée et attribuée à son autre sentence de mort – une affaire qui lui avait à peine effleuré l'esprit depuis qu'il s'était réveillé à bord de l'engin volant –, le rendait incapable de la réfuter.

Mais il fut, comme à son ordinaire, rapide. Il s'inclina et répondit :

– Du fond de mon cœur, je remercie Votre Majesté de sa mansuétude. Cependant, je dois dire que la peur que Lady Hemistan a détectée en moi est celle que j'éprouve pour votre sécurité dans la situation présente.

Une minute plus tard, alors qu'ils s'étaient remis en marche, ce fut au tour de Patricia d'être troublée. Naturellement, elle ne considérait pas sa télépathie comme les stimulations internes d'une femme biologiquement réadaptée. Elle était maintenant physiquement structurée pour avoir sa place dans une ère où les garçons et les filles à peine pubères étaient aussi intelligents et capables que les adultes mûrs des temps historiques et accomplissaient, en fait, des tâches d'adultes. De sorte que Billy Todd était le commandant du Transiteur et avait pour équipage une demi-douzaine de jeunes garçons et filles.

De minuscules aperçus de tout cela perçaient à travers la perfection physiologique sous-jacente. Mais naturellement le concept de ce que les hommes et les femmes du LCCCIIIe siècle pourraient être, ou ce qu'ils *faisaient,* ne pouvait pénétrer le brouillard mental qui cachait des réalités fondamentales à *toutes* les personnes du début du XVIIIe siècle, plus particulièrement aux femmes.

Néanmoins, alors qu'ils marchaient, ce fut elle qui posa soudain la question :

– Capitaine , nous avons tous respecté votre silence au sujet de ce qui vous est arrivé quand ils vous ont fait sortir de l'engin aérien. Mais il me semble que, dans notre dangereuse situation, vous devriez nous tenir informés de tous les développements et partager tous vos renseignements.

Fletcher ne discuta pas. Il rejoignit Billy et lui demanda :

– Billy, quel était le second stade de l'origine de l'univers?

– Après le Grand Boum, répondit l'enfant, la quantité colossale d'énergie et de matière qui jaillit trouva une stabilité temporaire sous la forme d'un unique soleil géant. Ce soleil, de cent soixante mille millions de kilomètres de diamètre, estime-t-on, ayant atteint cette dimension, est resté stable pendant un milliard d'années environ. A l'intérieur, les atomes en sont venus à se connaître et cela a été le problème depuis.

Il y avait au moins deux mots, dans cette explication, que Fletcher ne comprenait pas. L'un d'eux était « atomes ». Mais c'était sur l'autre que se portait son attention.

– Qu'est-ce que le Grand Boum? demanda-t-il.

Ainsi le petit groupe apprit-il le concept de l'univers émergeant d'un « trou » dans le néant en une seule explosion. Ce n'était pas une idée facile à digérer mentalement. Mais tout le monde connaissait les explosions. Fletcher en vint donc bientôt aux « atomes ». Et quand la chose eut été décrite, il demanda, médusé :

– Comment! Tu veux dire que des petites choses comme ça ont fait connaissance?

Il vit que le garçon souriait d'un air amusé.

– Capitaine, depuis que vous avez été désigné comme personnage clef, je suis sûr que vous pouvez nous raconter des histoires à donner la chair de poule sur tous les accidents auxquels vous avez échappé de peu, des pierres qui tombent, de la terre qui vous frappe à la figure ou au corps...

– Le corps, marmonna Fletcher.

Le garçon lui jeta un regard aigu.

– Vous comprenez vite, monsieur. C'est cela que les robots vous ont demandé?

Ainsi, Fletcher se voyait tendre une perche pour révéler ce qui s'était passé dans la salle d'interrogatoire. Mais il ne mentionna toujours pas la condamnation à mort.

Quand il eut fini, Billy se tourna vers Patricia :

– Est-ce qu'il nous a tout dit, Lady Hemistan?

Les yeux verts comme la mer croisèrent les yeux d'acier bleu de Fletcher. Ce fut lui qui les baissa. Alors elle secoua tristement la tête. Soudain, l'implication de la question du jeune garçon la frappa.

– Billy, pourquoi me le demandes-tu, à moi?

– Parce que vous pouvez lire directement dans les esprits. Comme je suis un enfant, j'ai encore besoin de certains types de cristaux, jusqu'à ce que cette partie de mon cerveau soit pleinement développée.

Dans ce long corridor, elle regarda les autres à tour de rôle, elle écouta avec une expression troublée Billy qui expliquait les transformations qu'elle avait subies dans le Transiteur. Elle comprit soudain. Alors cessa le trouble qui l'avait tourmentée durant tous ces jours alors que constamment – semblait-il – elle attribuait des mobiles, des négations, des projets et d'autres considérations plus ou moins déplorables aux autres gens. Parfois, il lui avait semblé que les pensées affluaient si nettement dans son cerveau qu'elle s'était retournée comme si on lui avait parlé.

Brusquement, tout était expliqué. Alors elle annonça aussitôt :

– Il a été condamné à mort. Et j'ai l'impression que c'est pour bientôt.

– Une minute avant que frappe le rayon-L, reconnut Fletcher, tandis que tout le monde se tournait vers lui.

– Quand ils viendront – ou s'ils nous attendent là-haut – j'essaierai de les raisonner, dit Billy. J'expliquerai pourquoi ce n'est pas une bonne idée de tuer le capitaine Fletcher. Le tuer créerait une situation automatique. Il vaut mieux bien réfléchir et lui faire faire ce qui semble le mieux dans les moments de crise.

L'idée ne vint pas à Fletcher de demander à quel genre de crise pensait Billy.

33

Les deux constables, un de Cadman et l'autre de Wentworth, accompagnés par deux solides assistants blonds, conduisirent Nathan Fletcher en voiture au château de Hemistan.

En voyant Patricia, quand elle sortit pour l'examiner, Fletcher fut immensément soulagé. Ainsi, elle s'était échappée aussi. Ou, plutôt, elle avait survécu à ce quatrième recul du temps.

Se souviendrait-elle? Ou encore une fois tout ne serait-il pour elle qu'un lointain rêve brumeux?

Sa propre réaction, quand il s'était « réveillé » dans le véhicule entre les deux constables avait été... il s'était détendu. Le renversement du temps, déduisit-il, le ramenait cette fois avant le procès. Des heures – comme il se les rappelait – purement personnelles. L'Angleterre rurale. Tout ce qui s'y passait était loin des terribles événements de Londres et d'ailleurs.

Même l'effondrement de l'univers faisait l'effet d'un incident lointain, perdu quelque part dans les lointains humides et venteux de l'Angleterre en automne. Plusieurs semaines s'écouleraient maintenant avant que le juge imbécile (parce qu'il n'avait rien remarqué de ces colossales conjonctures) rende son verdict et qu'il soit lui-même conduit au cachot dans le château de Hemistan.

Assis là dans la voiture découverte, frissonnant un peu dans le vent frais, Fletcher prenait distraitement note des cottages devant lesquels ils passaient, des landes et des arbres agités de mille mouvements. Pour lui, c'était une période d'attente. Il aurait le temps de réfléchir, de prendre des décisions.

Au bout d'un moment, il s'adossa et ferma les yeux. En essayant de se rappeler exactement ce qui s'était passé durant ces derniers moments avant que le troisième univers successif cesse d'exister.

Le souvenir qui lui vint à l'esprit fut immédiatement électrisant.

Ses paupières battirent et s'ouvrirent. Le choc!

Ce qui était arrivé était un unique éclair d'énergie mortelle.

Il lui fallut alors un petit moment. Mais après ce petit moment, il comprit qu'un être humain ne meurt pas instantanément. Ou plutôt que, dans ces instants d'avant la mort, les gens voient. Donc... une image. Le corridor dans le vaisseau lantellain. Le petit groupe d'êtres humains qui le suivaient. Soudain, pour Fletcher, un aperçu fugace de quelque chose dans le plafond. Un reflet de lumière qui se déplaçait bizarrement. Il levait les yeux. Vite. En alerte. Vigilant.

Quelqu'un d'autre avait-il vu le reflet changeant alors que le plafond s'ouvrait? Non, estima-t-il tout de suite. En ce pénultième instant, Patricia détecta sa pensée. Mais au lieu de regarder en l'air, elle se tourna vers lui, l'air interrogateur.

C'était le moment de la mort. Pour tout le monde. Personne n'était épargné. Pas le garçon. *Pas la reine.*

Dieu de Dieu! pensa Fletcher dans la voiture.

La compréhension vint, en un de ces éclairs mentaux et déductifs dont il était capable : *Layed a fait ça...* C'était pourquoi il avait rejeté la demande d'exécution immédiate d'Adla. Les deux robots avaient eu la même impulsion : assassiner l'homme qui menaçait leur situation continue de chef. Mais le chef physicien avait une perception plus aiguë.

Tuer *tous* les humains du bord! Ne laisser ni homme ni femme en vie pour tenter la même feinte que Fletcher... Peut-être le physicien croyait-il même que la tentative de prise de pouvoir avait été révélée aux autres à l'avance. Et qu'automatiquement ils feraient de même à la première occasion.

Ne prendre aucun risque... tel était le niveau auquel Layed avait sombré.

Le massacre total.

Pour Fletcher ce fut la fin de la détente. Soudain, il voyait la réalité de sa situation actuelle.

A la vérité, il n'avait pas le temps de réfléchir, pas de temps du tout. Etant tombés dans ce quatrième univers au même moment, ils étaient déjà probablement en route. Ils le traqueraient à la vitesse de leurs engins volants.

... Debout sous le soleil de l'après-midi – qui avait fini par percer les nuages poussés par le vent – Fletcher, le cœur serré, écouta Patricia répéter ses paroles originales :

– Capitaine, il semble que notre situation soit inversée. C'est moi maintenant qui ne puis avoir aucune miséricorde, non parce que je n'ai pas de pitié dans mon cœur mais parce que d'honnêtes représentants de la loi me demandent une simple vérité et je ne suis pas une personne qui ment. Oui, messieurs, ajouta-t-elle, se tournant vers les quatre hommes, c'est bien le commandant du navire pirate. C'est l'homme qui a ordonné qu'on me jette par-dessus bord avec une chaîne d'ancre au pied. Il y a peut-être une longue histoire sous une action aussi méprisable mais en ce moment il serait difficile d'établir une autre vérité que son identité. Capitaine, que Dieu ait pitié de vous comme il a eu pitié de moi. Je vous recommanderai à lui.

Il fit alors un effort. Il demanda :

– Madame, gardez-vous un souvenir de ce qui s'est passé ensuite?

Le constable de Cadman tira sur la chaîne fixée aux fers encerclant les poignets de Fletcher.

– Allez, allez, grogna-t-il d'une voix bourrue, n'embêtons pas la dame avec des questions.

– Laissez, constable, dit Patricia. Oui, je me souviens de tout.

Fletcher espéra sans se faire d'illusions qu'elle comprenait ce qu'il voulait dire. Il insista vivement :

– Milady, ils savent où est votre château, ils vont

venir ici vous chercher. Partez sans retard! Allez au poste militaire le plus proche.

– J'ai déjà fait porter un message à Mr Harley, répondit la jeune fille.

– Ouf! murmura Fletcher dans un soupir de soulagement.

Le constable de Wentworth s'inclina bien bas.

– Merci, Lady Hemistan. Pourrons-nous faire appel à vous pour témoigner au procès?

Le constable de Cadman tira plus résolument sur la chaîne.

– Allons, partons. Notre affaire ici est terminée.

Alors que les quatre personnages officiels repartaient avec leur prisonnier, le constable de Wentworth dit avec irritation :

– Je jurerais que j'ai déjà amené ici ce scélérat. Je fais de drôles de cauchemars, depuis quelque temps.

– Moi aussi, avoua le constable de Cadman.

– Quelque chose dans l'air de l'automne, peut-être, intervint ironiquement Fletcher. L'Angleterre est tout à fait nocive en cette saison.

Un des deux assistants, un jeune homme de vingt-cinq ans, marmonna :

– C'était une drôle de conversation entre ce gaillard et la châtelaine.

– J'ai pas fait attention, dit le constable de Cadman. Ce qui compte, c'est qu'elle l'a bien reconnu et l'a dit, pas?

Fletcher les considérait comme des Anglais butés et sans imagination. Clairement, d'après leurs réflexions, ils devaient lutter contre leurs souvenirs. Comment un homme intelligent pourrait-il vivre plusieurs fois le même laps de temps et ne pas le remarquer? Mais ils étaient là, ces hommes qui avaient fait, et faisaient, précisément cela : des Anglais à la mentalité si stable qu'ils pouvaient écarter ce qui devait leur sembler de la folie pure et parvenaient à se dissimuler les cicatrices du conflit interne.

De nouveau assis dans le véhicule, regardant avec quelque ironie la croupe des quatre chevaux, Fletcher pensait tristement : puisque les robots ont un moyen de savoir où je suis – grâce à ce petit je ne sais quoi qu'ils ont tiré dans mon épaule –, un engin volant devrait arriver d'une minute à l'autre.

– Hé dites! Regardez! cria l'assistant assis en face de Fletcher, tourné vers l'arrière. Un gros oiseau. (Comme il levait la main, ses yeux bleu-gris s'arrondirent.) Ça doit être un aigle. J'ai encore jamais point vu d'aigles. Doivent être encore plus gros que ce que je pensais...

Fletcher commençait déjà à se retourner. Cependant, son impulsion n'était pas de regarder mais de fuir. Il fit même un mouvement de côté.

Ce fut la dernière chose dont il se souvint.

... L'engin lantellain, avec Nodo aux commandes, survola le véhicule en flammes et tenta cette fois de transformer toute la matière en énergie irradiante. L'espoir des chefs, c'était que tous les atomes du corps de Nathan Fletcher s'attachent aux rayons d'énergie irradiante et quittent la terre. Qu'ils – tel était le dessein – arrivent dans une région lointaine du système solaire avant que se produise le prochain effet de rayon-L.

34

L'énigme.

On ne connaît que l'après-commencement. Et cela présente des aspects de fantasmagorie pure.

Le Grand Boum! Qui peut croire une chose pareille? Mais c'est arrivé.

Plus incroyable encore : au second stade de l'existence de l'univers, il y avait un seul atome qui maintenait le soleil gigantesque dans sa stase d'un milliard d'années. Le maintenait, mais pas littéralement. Le tenait en étant simplement là où il était, tout au fond de cette masse d'énergie surchauffée. Du fait de son emplacement, tout le reste s'y rapportait.

Ah! il y avait un mouvement infini autour de l'atome clef : des explosions couvrant des milliards et des milliards de kilomètres cubes. Des holocaustes nucléaires qui balayaient le soleil colossal en ce second stade d'existence de l'univers. Cependant, perpétuellement, il y avait cet unique atome, absolument stable. Il y avait le complexe d'autres atomes qui se rapportaient immédiatement à lui. Et plus loin c'était le plus grand complexe d'énergie qui réagissait réciproquement avec ces milliards de milliards de particules voisines. Certaines de ces particules étaient libres. Et certaines étaient réunies par les gradations infinies de la structure atomique.

Comme l'atome clef était là où il était, il fournissait à tout ce monde immédiat et, en conséquence, aux innombrables particules plus lointaines... un point d'orientation.

... Nous sommes ici parce qu'*il* est là...

C'était le commencement de la matière. Du rassemblement. De la possession d'une forme et d'une impulsion énergétique stable.

C'était une « pensée ».

La pensée de cet atome clef pendant longtemps, longtemps, fut : J'appartiens à cet emplacement.

Après un milliard d'années, comme les atomes sont simples et ne changent pas d'idée rapidement, une deuxième pensée se forma : Je me demande comment c'est... là-bas.

Etait-ce vraiment une pensée? Ou bien l'atome fut-il simplement, finalement, secoué hors de sa stase accidentelle par le mouvement des énergies autour de lui?

Quoi qu'il en soit... il se mit à bouger.

Naturellement, tous ses voisins affectueux le suivirent.

Ainsi, brusquement...

Ce simple super-super-super-soleil unique explosa.
Ce fut, en fait, un deuxième Grand Boum.

Curiosité. Comment c'est... là-bas? Aucune hâte, rien que de l'intérêt. Cela fut une pensée presque intemporelle. Parce que ce *là-bas* ne cessait de changer.

Appelons ce changement l'effet d'univers en expansion. Mais l'atome clef n'y « pensait » pas de la sorte. Simplement, à mesure que les sites changeaient, sa « curiosité » était satisfaite pendant quelques minutes, ou années, ou millénaires.

Mais la curiosité atteignait toujours de nouvelles distances. Alors aucune troisième pensée ne fut jamais nécessaire jusqu'à ce que...

Une coïncidence.

Naturellement, il y avait d'autres pensées dans l'atome. Toutes ces particules composantes avaient chacune leurs propres « raisons ». Ainsi il s'était produit une évolution de la matière, invisible. Progressivement, l'atome avait fini par faire partie de complexes de matière constamment plus sophistiqués : anorganique, puis organique et finalement humaine.

L'atome clef était devenu une particule d'Edward Fletcher. Il avait, parce que ces autres composants avaient leurs « pensées », trouvé son chemin dans son corps pour faire partie du sperme disponible par une certaine nuit de l'an 1670. Cela selon la méthode de calcul du temps de la planète terre dans un système solaire situé à 36000 années-lumière du centre du noyau d'une des innombrables galaxies formées par les débris du Grand Boum du deuxième stade.

Cette même nuit, la jeune fille qu'Edward avait épousée possédait dans son corps un atome qui, au commencement des temps et pendant longtemps, avait fait partie d'un complexe d'énergie tournant tout autour de l'atome clef.

(Les deux personnes, le jeune Edward et sa future femme, étaient tombées amoureux dès le premier regard. Ils savaient qu'ils étaient faits l'un pour l'autre... Quand vint cette nuit de noces, l'atome de la jeune femme avait fait son chemin, lui, jusque dans son ovule du moment.)

A l'instant précis et électrisant où le sperme et l'ovule se réunirent, quand Nathan Fletcher fut conçu, le premier atome eut sa troisième pensée.

Soudain, il comprit combien tous ses vieux compagnons lui manquaient.

Instantanément, dans les plus lointains confins de l'univers, les compagnons d'antémillénaires répondirent. Désormais, tout le monde voulait se retrouver, rentrer à la maison.

La curiosité a sa propre vitesse prudente. Rien ne pressait. Mais le besoin de rentrer à la maison était un phénomène « maintenant ».

Soudain, l'impulsion. Après cela, la pensée ne s'en va jamais vraiment. Elle a un pouvoir particulier, une énergie, plus vite, vite, vite...

Il fallut vingt milliards d'années à la curiosité pour dilater l'univers et trente-quatre ans pour que le désir de retrouvailles générales fasse s'effondrer ces portions qui étaient le plus passionnément affectées. Le reste suivit plus lentement.

Quand le feu du robot lantellain transforma le corps de Fletcher en énergie radioactive, ils espéraient que l'atome quitterait la terre à jamais.

Mais, naturellement, il n'en fit rien.

Les autres atomes, par décimilliards, voulaient rentrer chez eux. Pour eux, la « maison », c'était auprès de l'atome unique.

Et, bien entendu, l'atome clef le comprenait parfaitement... Là où je suis, c'est la maison.

Les maisons ne bougent pas. Donc il s'installa là, sur le sol. Et il était encore là quelques semaines plus tard au moment du rayon-L. Il ne pouvait être question de ce qu'il ferait *alors.* Parce que, après tout, il faisait partie d'un complexe d'énergie-matière sophistiqué – le plus sophistiqué : un être humain.

Mais tous les atomes comprirent que c'était l'univers successif final.

35

Quand Fletcher descendit de voiture, l'aube d'octobre pâlissait à l'est. Tout autour de lui, entre les arbres et les broussailles bordant le fleuve, il entrevoyait un peu de Londres.

Il attendit que l'officier, qui l'avait accompagné ainsi que Lady Hemistan, mette pied à terre à son tour puis les deux hommes aidèrent Patricia à descendre sur la route au bord de l'eau. Fletcher sentit qu'elle l'observait avec perplexité. Elle fronça les sourcils.

– Capitaine, dit-elle, j'ai la curieuse impression que cette fois c'est vous qui avez perdu la mémoire.

– Que voulez-vous dire? s'étonna Fletcher. La mémoire de quoi?

La jeune fille parut troublée.

– Pendant tout le trajet, depuis le château de Hemistan, vous avez été bizarre, pas du tout comme l'homme décidé et compréhensif d'hier soir.

Tandis qu'elle prononçait ces mots dépourvus de signification, il regarda par hasard derrière elle. Il vit que Harley était descendu de l'autre voiture.

– Excusez-moi, murmura-t-il précipitamment à Patricia.

Il courut donner la main à la reine Anne pour l'aider à mettre pied à terre. Harley lui indiqua l'intérieur du carrosse royal.

– Vous feriez bien de faire sortir de là votre ami, dit-il sèchement.

Fletcher regarda à l'intérieur. Il vit Abdul Jones profondément endormi, affalé sur la banquette de l'autre côté. Il s'excusa auprès de la reine.

Ayant contourné le carrosse, il ouvrit l'autre portière. Puis, sans l'avoir prémédité, avec une colère consciente, il empoigna simplement le bras de l'homme. Et tira d'un coup sec. Le corps endormi vint s'écraser sur la route.

Fletcher n'attendit pas d'observer la réaction de Mr New York Abdul Jones. Il retourna d'un pas vif du côté opposé du carrosse. Arrivé là, il découvrit que Patricia et l'officier avaient rejoint la reine et Harley. Et aussi que plusieurs autres officiers apparaissaient, remontant des berges de la Tamise.

Il s'ensuivit, d'après leur rapport, que le petit bateau avait été trouvé. Mais il avait déjà refusé deux fois d'être retiré de l'eau. Les militaires chargés de cette tâche ne voyaient pas la chose ainsi. Simplement, leurs chaînes se rompaient constamment.

– Ce sacré bateau doit être plus lourd qu'il n'en a l'air, dit un officier découragé à Harley.

Robert Harley, un homme raisonnablement logique, ne fit aucune réponse péremptoire, se contentant d'une suggestion :

– La marine devrait peut-être le haler plus en amont.

Anne eut une pensée beaucoup plus personnelle. Elle avait, pour ainsi dire, docilement tenu compte de l'anxiété que causait aux hommes sa présence dans une zone dangereuse. Aussi, avec Patricia et Fletcher, était-elle restée au-delà de la route. Mais à présent, apprenant les deux échecs, elle déclara :

– J'aimerais inspecter cet étrange vaisseau avant que l'on tente autre chose.

– Mais, Majesté, protesta Patricia, vous l'avez déjà inspecté. C'est le cinquième changement de temps. Ne vous souvenez-vous pas? Vous et moi, ainsi que Mr Harley, le capitaine Fletcher, cet homme d'Amérique et cet officier sommes montés à bord de ce petit bateau. Et nous avons tous été capturés par l'engin volant et transportés à bord du cuirassé lantellain. Vous vous rappelez?

A la stupéfaction de la jeune fille, la reine secoua la tête.

– Je crois que nous sommes tous soumis à une grande tension et pendant le voyage en carrosse, vers Londres, nous avons tous dormi. J'ai certainement fait des rêves étranges, y compris celui où j'étais morte... Ma chère enfant, nous ne devons pas nous laisser abuser par la faculté naturelle humaine de rêver en dormant.

Patricia se tourna vers le ministre.

– Mr Harley, quel est votre souvenir?

Il y eut un long silence. Puis, lentement, résolument, il répondit :

– Lady Hemistan, je constate que cette affaire – ce souvenir de revivre des périodes de temps similaires – a été en cette occasion troublée par une regrettable coïncidence. Pendant le trajet, venant de votre château, nous avons tous dormi plusieurs heures. Apparemment, s'il s'est produit un changement de temps, il a commencé à l'instant précis où nous nous sommes tous réveillés. Puisque cette fois nous n'avons aucune confirmation de votre récit par le baron Wentworth, ajouta-t-il en se tournant vers Fletcher, qui a été notre meilleure mémoire jusqu'à présent, je dois en conclure que votre rêve a été aussi net que le mien. Mais je reconnais le mien pour ce qu'il est et pas vous.

– Je pense que nous ne devrions pas tarder, dit la reine Anne.

– Ah, Majesté! gémit Patricia.

La souveraine fit un geste impérieux et s'avança. Pour la jeune fille, c'était de la folie pure. Etant jeune et innocente, elle ne savait pas ce que c'était que d'avoir dû apprendre à penser en reine. Dans sa jeunesse, Anne avait été écrasée par les magnifiques combattants de son entourage. Mais elle était devenue, finalement, une femme résolue qui suivait son propre raisonnement même quand elle avait tort.

Fletcher s'efforça de ne pas remarquer le regard implorant que lui adressait Patricia. Il s'était

« réveillé » dans son état de somnambule et se souvenait uniquement d'avoir été à bord de l'engin volant; il ne se rappelait *aucun* contact direct avec le petit bateau.

Comme il hésitait, il se produisit une diversion. Abdul apparut, contournant le carrosse en chancelant. La jeune fille l'aperçut et se précipita immédiatement vers lui.

– Mr Jones, vous qui avez des connaissances scientifiques, je vous en prie, conseillez à Sa Majesté de ne pas monter à bord du petit bateau... Rappelez-vous, nous y sommes déjà montés pendant un précédent recul du temps.

Abdul la toisa avec une indulgente compassion.

– Ma petite dame, vous avez fait quelques-uns des cauchemars de Mr Fletcher. Allons, faut rester raisonnable dans ce monde cinglé. Gardez la tête froide. Ne vous laissez pas impressionner par des hallucinations.

Ainsi parla l'individu ordinaire d'un lointain New York futur.

Il était trop tard pour discuter davantage. La reine avait traversé la route et s'apprêtait à descendre sur la berge. Dans un instant, elle disparaîtrait à la vue. Il n'y avait rien d'autre à faire que de se précipiter à sa suite.

Quelques minutes plus tard... Ils étaient tous, dans le jour naissant, montés sur le pont du merveilleux petit vaisseau. Fletcher fermait la marche. Et puisque, comme toujours, il regardait dans toutes les directions, ce fut lui qui vit voler vers eux l'« oiseau » lantellain.

Immédiatement il s'élança dans l'intention de saisir la reine et de sauter à terre. Mais à cet instant précis le bateau bougea.

Le mouvement était un glissement. Silencieux comme une balle sur du verre, le bateau quitta sans heurt son appontement et sortit au milieu du fleuve. Comme Fletcher était un homme qui dans les moments de crise ne perdait jamais tout à fait la tête, il se souvint que Lady Hemistan lui avait parlé de l'endroit où elle avait dormi au cours des longues nuits de sa traversée solitaire. On descendait des marches – avait-elle dit – à l'une des extrémités et l'on passait dans une petite cabine où il y avait un lit.

– Patricia, dit-il sur un ton pressant, faites descendre Sa Majesté!

Elle le regarda d'un air surpris et courut en avant tandis que Fletcher s'arrêtait près de la reine.

– Par ici, Majesté, murmura-t-il en lui effleurant discrètement le bras et en indiquant le chemin.

Avec douceur mais fermeté, il guida Anne. La tenant par le coude. Quand ils arrivèrent, Patricia avait déjà ouvert le panneau. L'escalier était bien là, et une porte donnant sur l'endroit – déduisit-il – où elle avait dormi.

– En bas, Majesté...

La reine avait vu l'engin volant et elle passa devant lui docilement. Mais elle murmura en bas-allemand :

– Vout wauw yu menschen douna? (Qu'est-ce que vous, hommes, ferez?)

– Dépêchez-vous, je vous en prie!

Elle dut comprendre que ce n'était pas le moment de discuter. L'engin était à moins de cinquante toises. Elle sauta dans la « cabine », suivie par Patricia que Fletcher avait poussée. D'en bas, la voix de la reine monta vers lui, résonnant dans l'espace restreint.

– Il y a de la place pour une autre personne, ici.

Fletcher ne put réprimer un sourire. De la place, peut-être. Pour son mari, oui. Pour une dame d'honneur, sans doute. Mais la reine d'Angleterre, même dans un moment de grave danger, ne partageait pas un lit avec un ancien capitaine pirate. Ni un officier de la garde. Ou un homme du New York de l'avenir. Ou même un ministre.

Pendant qu'il pensait ainsi rapidement, il avait claqué le panneau et maintenant il tâtonnait fébrilement sur le matériau dur qui composait le reste de la structure à cette extrémité du bateau. Une autre pensée lui était venue. Patricia, s'il se souvenait bien, avait découvert plusieurs petits tiroirs. Dans l'un d'eux, elle avait trouvé sa petite arme mais d'après ses dires il y avait d'autres minuscules objets dans ces tiroirs. Et sa mémoire revint en arrière, au premier affrontement entre le bateau et l'engin volant, quand Billy avait ordonné au petit bateau de ne pas combattre.

Dans la faible lumière du matin, il perdit de précieuses minutes. Mais soudain ils étaient là, s'ouvrant sous ses doigts : tous les tiroirs.

Pas le temps de choisir. Pas le temps de chercher lequel de tous ces articles était celui grâce auquel Billy, même maintenant, pourrait encore brider le petit vaisseau.

Il prit tout. Il jeta tout par-dessus bord dans la Tamise.

Juste à temps. Car, levant les yeux, il constata que, pendant ces instants rapides, les événements s'étaient précipités à la vitesse d'une machine.

De deux machines. Le bateau et l'engin volant.

Fletcher était maintenant impuissant. Il présuma que le petit bateau avait détecté l'appareil aérien avec son matériel sensitif. Supposa qu'il cherchait encore à gagner des eaux plus dégagées où il pourrait... quoi? Fletcher n'en avait pas la moindre idée.

Quelques secondes à peine avant la crise. L'engin aérien piqua, dans l'intention apparente de répéter sa prise sans opposition, comme dans le précédent monde parallèle. (Fletcher, naturellement, ne connaissait qu'une seule capture; la deuxième s'était produite pendant qu'il était somnambule, lors de son troisième changement de temps.)

Il pensa que la science du LCCCIII^e siècle, sans être réprimée par Billy Todd, vaincrait en un instant le XXVe. Mais il avait aussi l'idée que des êtres humains imprudents pourraient être gravement blessés au cours de l'action réciproque.

Cette pensée était manifestement venue à Harley

et à Abdul. Car, en se retournant, il vit qu'ils étaient déjà couchés dans le fond du bateau. L'officier de la garde, cependant, restait droit. Fletcher fit plusieurs pas et empoigna l'homme sans ménagements.

— Couchez-vous! ordonna-t-il.

Lui-même tomba à genoux, en tirant le militaire. L'homme résista.

— Et la reine? voulut-il savoir.

Fletcher ne répondit pas. Son message avait été transmis. Il lâcha l'officier et s'aplatit à son tour sur le pont découvert.

Ce qui se passa ensuite, le capitaine Nathan Fletcher n'était pas qualifié pour le comprendre. Alors que l'engin volant piquait sur le petit bateau, ce dernier braqua un rayon nadir vers le système de propulsion du vaisseau aérien.

Le nom de l'instrument indiquait son action. Ce n'était pas une arme. Entre autres choses, il annulait les armes. Au LCCCIIIe siècle, la découverte de la nature de la Nature avait rendu possibles... des simplicités.

Il n'y avait pas d'état de chaleur. Pas de radiations. Pas d'ondes de lumière. Celles-là ne sont que des phénomènes de l'effort fondamental de l'espace pour se maintenir. Partout où l'espace est en difficulté, il se produit une turbulence appelée énergie.

(Les atomes ne se rendent pas compte qu'ils n'ont pas d'existence proprement dite. Qu'ils ne sont qu'un rapport à.)

L'état nadir étira l'espace pur dans les zones à sa portée.

Alors que cet état entourait l'engin volant, la machine échappa à tout contrôle.

L'appareil frappa l'eau en biais et rebondit plusieurs fois. Puis, comme il était étanche, il se balança à la surface. Et bientôt il ne fut plus qu'une épave de plus qui normalement serait entraînée vers la mer.

36

Tout cela avait représenté beaucoup d'action et de décisions pour un somnambule... Ce n'était pas un état favorable pour un être humain. Une telle coupure interne du moi fondamental ne se produit « normalement » qu'à la suite d'une fatigue persistante.

Abdul avait stimulé le même centre cérébral avec des pulsations d'énergie. Mais il avait été aidé par l'état d'épuisement de Fletcher. Le procès et la sentence de mort, puis la tension mentale de ses expériences dans plusieurs mondes temporels successifs avaient joué leur rôle. Ils étaient des équivalents de la fatigue.

Mais, heureusement pour Fletcher, l'individu ordinaire du New York de l'avenir eut, à cet instant clef, une pensée. Pendant toutes ces minutes, Abdul s'était remis de sa chute. Et il n'avait cessé de se souvenir sombrement que quelqu'un l'avait arraché au carrosse de la reine et jeté par terre.

Un vague souvenir visuel du moment où il était tombé et un raisonnement simple et direct lui disaient qui était ce quelqu'un... Ce salaud sait que je veux sa fille. Alors, dans son état somnambulique, sa colère *à ce sujet* s'est manifestée.

La pensée, dans la tête d'Abdul, n'était pas aussi élégamment formulée. Mais le sens y était, ainsi qu'un dessein sournois immédiat.

... Je vais le réveiller, et il ne se rappellera rien de ce qui est arrivé...

Pour une chose aussi personnelle, l'homme bedonnant du New York futur était rapide. Quand le bref combat entre le bateau et l'engin volant fut terminé, Abdul se releva le premier. Il se glissa le long d'un plat-bord jusqu'à Fletcher, qui se redressait prudemment sur ses genoux. Debout derrière lui, Abdul braqua furtivement son grosteci et tira une seule décharge de puissance vibratoire.

Cela ne provoqua pas la confusion mentale souhaitée. Le réveil fut un problème pour Fletcher. Mais il le considéra comme un nouveau résultat du rayon-L. Et, naturellement, il croyait savoir comment le dernier des mondes successifs s'était terminé : par la destruction aérienne des deux constables, de leurs assistants, de lui-même et des chevaux.

Aussi, quand aux premières lueurs du jour il vit l'engin volant dans l'eau, à la dérive, lui fallut-il un petit moment pour comprendre, oui.

Mais pendant ce temps, des bâtiments de la marine anglaise avaient entouré la machine noyée. Des matelots anglais déployaient un filet sur sa surface lisse, des plongeurs se jetaient hardiment à l'eau pour accrocher des ancres au filet, par-dessous.

Les ancres furent attachées à de solides cordages. Un cabestan, actionné par une dizaine de paires de bras musclés, tendit les cordes. Sur quoi, les deux bâtiments de la marine hissèrent l'engin volant sur une jetée de bois.

Comme cette tâche s'achevait, le sas de l'appareil s'ouvrit. Billy et un robot en émergèrent.

Cependant, le petit bateau du LCCCIIIe siècle avait regagné son appontement. En quelques minutes, la reine et Patricia remontèrent de la cabine et descendirent à terre. Les hommes les suivirent plus lentement mais sans tarder.

Billy et le robot furent amenés sous bonne garde. Et ce fut le jeune garçon qui fit alors des révélations sur l'ampleur de la victoire.

L'équipage lantellain s'était mutiné contre ses chefs traîtres. Le robot accompagnant Billy n'était donc pas Nodo mais son successeur, Narat. Tous les anciens chefs-par-roulement étaient maintenus prisonniers en attendant que des instructions à leur sujet soient données par nul autre que Nathan Fletcher.

La signification de ces derniers mots ne s'imposa

pas immédiatement à l'esprit de Fletcher. Son attention était distraite. Il s'apercevait avec une certaine stupéfaction qu'apparemment peu importait à ces automates lequel d'entre eux était chef-par-roulement. Cependant, l'idée lui vint au bout d'un moment que, compte tenu d'un niveau d'éducation raisonnable, peu importait aussi aux êtres humains qui gouvernait ou était gouverné. Ces derniers finissaient toujours par être des dupes et les premiers des comploteurs. Il y avait juste assez de vérité dans cette observation pour que cet individu perceptif, Nathan Fletcher, secouât la tête et se demandât si, après tout, les robots et les humains n'étaient pas aussi interchangeables.

A ce moment, l'implication des derniers mots de Billy le frappa. Et il envisageait cela avec un sentiment de bon-Dieu-ça-a-marché quand l'adolescent poursuivit :

– Pour le moment, notre principal problème est le prochain moment du rayon-L, qui n'est qu'à quelques minutes. Alors...

– Hein! fit Fletcher.

La chute du pouvoir absolu de l'équivalent d'un dieu-rocher indien d'Amérique du Sud au choc sourd du désastre imminent, fut aussi rapide que cela.

Ce fut une seconde distraction. Brusquement, tout parut lointain. Les voix, les gens semblèrent s'éloigner. Et le mince ex-pirate songea, à sa manière ironique, combien il s'était trompé. Sur le moment, réclamer le rayon-L était apparu comme une décision. Initialement, il voulait la faculté de lire dans les pensées mais il consentait aussi à ce que le reste se produisît.

Au lieu des bonnes choses, il avait obtenu un cauchemar à répétition. Un univers succédant à un autre. Généralement au mauvais moment. Souvent au plus dangereux. Et cela devenait de plus en plus lassant.

Résigné, une fois de plus il banda ses forces...

Après tout, je vais arriver dans un endroit où j'ai déjà été...

L'effort produisit son résultat habituel. Il le ramena sur terre mentalement aussi bien que physiquement. Et il se rendit compte soudain que pendant sa minute de distraction Billy avait expliqué pourquoi, à ce moment de rayon-L, il n'y aurait pas de renversement du temps, pas de nouvel univers.

Il l'avait expliqué et Fletcher n'avait rien entendu.

– Donc, lui disait maintenant Billy, il est important que nous vous transportions ainsi que ce bateau au Transiteur, dès que vous aurez ordonné aux robots lantellains de nous rendre les moteurs... C'est important pour eux comme pour nous tous.

Fletcher avait dans une certaine mesure secoué son humeur songeuse. Mais cette nouvelle information – la nouvelle *menace* que cette fois il obtiendrait ce qu'il avait réclamé au premier abord – l'y replongea. Il ne resta de sa récupération que le sarcasme quand il répliqua :

– Si je comprends bien, Billy, ce prochain moment de rayon-L sera celui de l'endoctrinement moral. J'en sortirai pur et lavé de tous mes péchés.

Cela paraissait incroyable, aussi sa pensée s'y attarda-t-elle. Et, brusquement, le jeune garçon s'aperçut qu'il avait devant lui un homme gravement troublé. Il hésita puis se ressaisit et dit :

– Monsieur, ce ne sera pas tout à fait comme ça.

Fletcher se rappelait autre chose.

– Ces gaillards, ceux qui ont été frappés quand les Lantellains ont pris l'*Orinda* à l'abordage, ont fait des déclarations critiquant notre niveau actuel de civilisation. Si je les ai bien compris, c'est très bien d'être pirate quand la vie est cruelle. Cependant tous les autres, apparemment, essayent maintenant de prendre leurs responsabilités et de se placer du côté légal de cette même société cruelle. Et, simultanément, ils semblent trouver la paix intérieure par rapport à tous les meurtres et autres crimes qu'ils ont commis.

L'air résigné, Billy répondit :

— A votre époque de l'histoire, les juges, les chefs militaires et les hommes faisant partie du gouvernement peuvent ordonner de mettre des gens à mort sans aucune répercussion morale sérieuse. Vous auriez donc pu finir ainsi.

Fletcher l'entendit à peine. Il était toujours absorbé par ses propres pensées. Il reprit d'une voix pensive :

— De plus, si assez de temps s'écoule, les souvenirs s'estompent. Dans le monde réel — du moins le premier devrait, me semble-t-il, être considéré comme le vrai — j'ai vécu en Italie jusqu'à l'âge de soixante-dix-huit ans. Et, si j'ai bonne mémoire, ma carrière de pirate et mes crimes sont devenus très vagues. Un peu comme les méfaits, les menus vols et les sottises de l'enfance qui perdent toute importance quand on devient adulte... Comme je me suis bien conduit en Italie — je n'ai tué qu'un homme dans un duel qui m'a été imposé —, je suppose que je puis espérer que le souvenir de mes crimes et de ma piraterie s'effacera aussi petit à petit.

Il y eut un soupçon de désespoir dans l'attitude de Billy quand il dit :

— Capitaine, une expérience intéressante vous attend. Mais pour le moment...

Fletcher l'interrompit, toujours aussi songeur :

— J'ai constaté un soulagement quand les gens deviennent dévots. Ils acceptent Dieu, comme me l'a fait observer Lady Hemistan, et ils sont libres, murmura-t-il. (Puis il secoua la tête et redevint brusquement très sarcastique :) Cette solution, hélas, n'est pas pour moi.

— Ce sera intéressant, capitaine, quand vous découvrirez ce qui se prépare pour vous. Mais, je vous en supplie, je vous répète que nous n'avons que peu de temps. Et que vous seul pouvez rendre le pas suivant possible!

— Ah! fit Fletcher en retrouvant la mémoire.

Il s'approcha de Narat, qui avait été conduit à

l'écart. Rassemblant ses pensées, il se tint immobile, les yeux fermés, comme s'il laissait l'Esprit Universel le pénétrer. Puis il récita d'une voix posée :

– Moi, votre seigneur, l'Esprit Universel, utilisant cet homme comme moyen de communication, ordonne que les machines du Transiteur soient réparées au plus vite et transportées par air aussi rapidement que possible dans la mer des Antilles où le Transiteur repose au fond de l'océan. Le bateau sera transporté en même temps que les machines ainsi que le corps inconscient de cet homme par la bouche de qui je parle. A l'arrivée, ils seront plongés dans l'eau – les machines et le corps inconscient à bord du bateau – et entreront en rapport avec le Transiteur. L'engin volant reviendra ici et servira de liaison entre les êtres humains et mes robots lantellains.

Quand il se tut, Fletcher eut l'impression comique qu'il pourrait devenir professeur, pour enseigner comment les dieux doivent s'adresser aux robots et autres dupes. Il avait cependant le sentiment qu'il ne pourrait jamais faire honneur à une université.

Narat déclara alors :

– J'ai transmis les commandements de notre seigneur, l'Esprit Universel, au capitaine-par-roulement Dumel. Il en a accusé réception. Et les a acceptés.

Fletcher savait s'arrêter. Sans ajouter un mot, il retourna auprès de Lady Hemistan qui se tenait avec Abdul, Harley et plusieurs officiers. La reine avait disparu, enlevée dans un carrosse par son mari terrifié et un peloton de gardes. Fletcher dit à Harley :

– Un conseil, monsieur : que la marine relâche ces deux engins afin qu'ils fassent ce que je viens de recommander à ces robots lantellains.

– Capitaine, répondit le comte d'Oxford et Mortimer sur un ton aimable, pourquoi ne rejoindriez-vous pas, pour les besoins de la cause, le parti des tories? Je puis prédire que si vous m'informiez à présent que telle est votre intention, il me serait possible de justifier devant le conseil votre futur poste d'émissaire de la reine auprès des robots lantellains. Votre titre, vos terres, votre place à la cour vous seraient rendus, votre carrière de pirate oubliée, ajouta-t-il d'une voix persuasive. Qu'en dites-vous?

Ce qui stupéfiait Fletcher, c'était que Harley trouvât tout naturel qu'il y eût un retour vers l'état de choses normal de 1704. Et, soudain, en se rappelant les constables de Cadman et de Wentworth, leur totale inaptitude à comprendre leurs « cauchemars », il comprit l'effrayante réalité de l'attitude de Harley. Pour des esprits aussi *stables,* tout ceci deviendrait une fumeuse période de l'histoire pratiquement oubliée. « Bien sûr, pensa-t-il, bien sûr. » L'effondrement de l'univers était destiné à disparaître des mémoires.

Cette pensée le secoua quelque peu. Mais il put répondre :

– J'accepte, Votre Seigneurie.

Harley tendit sa main. Fletcher hésita. A ce moment, il regarda par hasard au-delà du comte. Il vit les yeux pleins de larmes de Patricia. Cela suffit. Il allongea le bras. Il prit la main de son ennemi. Il la serra en se disant : Vraiment, il paraît humain...

C'était une main étonnamment chaude mais pas moite. Il la lâcha. Recula. S'inclina. Puis il s'excusa et s'approcha de Patricia, conscient de la présence derrière elle et un peu à gauche d'Abdul, qui le regardait s'avancer avec une expression mauvaise... On se fait un ami, on gagne un ennemi, pensa Fletcher.

Il ignora le New-Yorkais et demanda à la jeune fille :

– Qu'allez-vous faire maintenant?

A cet instant précis, elle dut recevoir un avertissement mental.

– Attention! cria-t-elle.

Un éclair éblouissant jaillit derrière elle et sur sa droite.

Ce fut alors Patricia qui fit un bond et tenta de

retenir Fletcher comme il tombait. Elle réussit à amortir sa chute. A ce moment, à retardement mais avide de faire bonne impression, Abdul trottina gauchement. Fletcher était tombé assis et la jeune fille le tenait désespérément par les épaules. Le New-Yorkais empoigna les deux bras de l'homme évanoui et, faisant signe à Patricia de s'écarter, il l'allongea sur le sol.

Patricia lui jeta un regard reconnaissant et plus tard, lorsque tous les ordres donnés par Fletcher eurent été exécutés et que l'engin aérien, avec le bateau accroché, fut reparti par la voie des airs pour n'être bientôt qu'un petit point dans le lointain, elle alla dire à Harley :

– Votre Excellence, cet homme de New York devrait obtenir un lieu de résidence. Sa science devrait être considérée comme une ressource pour le pays, digne d'être protégée et payée.

L'attention du comte était ailleurs. Il entendit, manifestement, puisqu'il fit un geste d'impatience et répondit :

– Je n'ai pas le temps de m'occuper de lui pour le moment. Je vais dire à l'armée de le prendre en main, provisoirement.

Sur ce, murmurant des excuses, il alla s'adresser à un officier. Il lui parla à voix basse, très brièvement, en désignant Abdul, puis il s'éloigna.

C'était trop nonchalant. Cela n'indiquait aucun sens de la réalité. La réalité, c'était les pensées d'Abdul que captait Patricia. Sournoises. Rusées. A l'effet qu'il n'aurait aucun mal à échapper aux soldats. Son intention : voler à la poursuite de la voiture de Lady Patricia.

Elle hésita. Devait-elle l'affronter? Le soleil venait juste d'apparaître au-dessus des arbres. Son éclat faisait paraître le monde et ses problèmes moins menaçants, en quelque sorte. Négligemment, elle porta la main droite à son corsage et appuya. Elle sentit sous ses doigts la forme rassurante de l'arme protectrice.

Ce fut l'instant de décision. Elle marcha vers Abdul.

– Vous allez rester avec moi pendant quelques jours. Et, je vous en prie, oubliez tous ces projets de relations personnelles qui ne cessent de vous trotter par la tête. Vous êtes un visiteur de l'avenir qui, sans nul doute, s'installera définitivement dans cette période de l'histoire. Je suis sûre que vous serez précieux mais entre nous – si vous savez vous conduire – une simple amitié. Vous comprenez?

Abdul assura qu'il comprenait. Et de fait, puisqu'il était une âme simple, il se sentit assagi par ces mots. Les femmes produisaient sur lui cet effet-là. Ou plutôt la sienne l'avait souvent produit.

Alors qu'il était dans cet état d'esprit docile, il suivit Patricia à sa voiture. Quelques minutes plus tard, l'élégant véhicule et ses superbes chevaux avaient disparu à un tournant de la route bordant le fleuve.

37

Fletcher eut d'abord l'impression que tout allait bien, maintenant, sauf pour un détail. Et ce détail n'allait pas du tout.

Rien ne lui indiquait où il pouvait être. Mais à partir de ce moment, il lui sembla, d'abord en se rappelant ce que c'était et ensuite en faisant quelque chose pour y remédier, qu'il y avait un dessein derrière sa tête. Un dessein qui allait devenir plus urgent.

Le temps passa. Le monde et ses propres sentiments étaient loin. Il y avait bien des images. Il était couché à côté d'une vitre merveilleusement transparente. De l'autre côté de la vitre, des poissons nageaient et un fond marin étrange était visible sur une dizaine de pieds.

Sa raison rejoignit la scène. C'était, se dit-il, des souvenirs, mais pas les siens... J'imagine ce que Patricia a vu quand elle était à bord du Transiteur...

Il essaya de bouger, de se retourner afin de regarder dans l'autre direction, espérant voir les filaments argentés pendant du plafond, comme elle l'avait raconté; ainsi il pourrait accepter peut-être que c'était bien sa vision personnelle.

Il ne pouvait pas bouger. Impossible de se retourner. Il finit par abandonner ses efforts. A ce moment il lui vint ce qu'il aurait appelé dans le passé une « pensée philosophique ».

La pensée : Au cours de ces premiers stades de l'histoire humaine, les gouvernements étaient nécessaires pour le maintien de l'ordre. Mais, fondamentalement, tous les gouvernements étaient des usurpateurs.

Un étonnement craintif : Ai-je vraiment pensé cela? Un temps, puis : Il faudra que je dise ça à la reine à un moment opportun, où cela fera l'effet d'une remarque légère.

Un nouveau temps. Et, cette fois, le néant. Au bout d'un moment, une figure d'homme inconnue penchée sur lui. L'homme dit, et Fletcher fut surpris d'entendre chaque mot :

– Vous allez revenir à vous dans un petit moment. Mais je remarque que quelque chose vous trouble déjà. Qu'est-ce que c'est?

Fletcher avait oublié. D'ailleurs il faisait des efforts pour parler et n'était préoccupé que de cela. « Qui êtes-vous? » voulait-il demander.

Au-dessus de lui, la figure sourit.

– Je suis un passager adulte du Transiteur, dit l'homme. Mon nom est Ahlone. Voyons, essayez de vous rappeler. Qu'est-ce qui vous inquiète? Qu'est-ce qui ne va pas?

C'était trop à la fois. L'attention de Fletcher ne parvenait pas à suivre les paroles jusqu'au bout. Son esprit s'était accroché à la signification de « passager adulte ». Le problème : S'il y avait des passagers adultes, pourquoi avaient-ils compté sur un enfant – Billy – pour régler la question de vie ou de mort de leur vaisseau spatial? Et où était Billy?

Presque, alors, comme si ses yeux étaient ouverts, Fletcher « regarda » le visage et fit un effort énorme pour poser ces questions tout haut : « Pourquoi? » Et puis « Où? ».

Obtint-il une réponse? Si c'était une réplique directe, il ne l'entendit pas. Soudain, tout était très loin. Mais à ce moment il lui vint sa seconde considération « philosophique » : Le plus grand crime n'est pas l'acte immédiat du vol, de la violence, de la punition. C'est que l'acte a rendu nécessaires un gouvernement et une force de police pour traiter de tels individus qui cèdent au désir de voler, de contraindre ou de frapper.

Fletcher envisagea *cela* et éprouva un paisible respect pour lui-même. Vraiment, je reviens au niveau de pensées qui m'échappaient autrefois quand j'étais un compagnon de jeu de la reine.

Il sembla presque, à cela, que la dernière chose qui n'allait pas remontait à la surface. Le sentiment de son horreur se précisa en effet. Rien d'autre. Pas la nature de l'horreur elle-même.

Cela le secoua profondément. Et il dut s'endormir.

Fletcher se réveilla en sursaut. Il resta allongé dans la pénombre à côté de la vitre qui le séparait du fond obscur de la mer. Il avait curieusement conscience de son corps musclé, même de la forme maigre de sa figure... tout cela, la figure et le corps, crispé par une pensée :

... Vraiment un homme a le droit de lutter pour sa propre vie. Si je n'avais pas fui Londres, ces assassins tories m'auraient fait pendre et écarteler. Ces choses se passaient à un niveau que la reine Anne elle-même ignorait. Et c'est l'état actuel de la civilisation...

C'était l'ultime menace qui l'avait poussé à devenir un rebelle. Cette partie-là était une erreur.

En fait, se dit-il, j'ai déclaré la guerre à l'Etat et je

l'ai livrée vindicativement dans l'idée que je me vengeais de mes ennemis. C'était mal. J'aurais dû emporter mes quelques centaines de guinées et partir directement pour l'Italie.

Satisfait, il allait se retourner et se rendormir quand... Une question : Est-ce cela que j'ai obtenu du rayon-L? Cet argument!

A dire vrai, cela semblait l'apaiser. Après tout, les quatre brutes avaient obtenu...

Attends!

Pas du tout. C'était tout ce que ces gaillards avaient manifesté aussi. Du bon sens. Soudain – après le rayon-L – leurs faux mobiles, leurs faux raisonnements, leurs impulsions violentes, tout avait disparu.

Ils étaient devenus des individus responsables. Ils étaient retournés à Londres pour reprendre soin de leur concubine et de leurs bâtards.

C'était le seul avenir véritable et convenable de la race humaine : la responsabilité individuelle totale.

Finalement : le châtiment qui convenait, pour sa carrière de pirate et ses crimes y attenant, serait une vie de responsabilité et de bonnes actions.

Il resta couché une minute, tout à fait détendu, pensant à la simplicité de toutes ces pensées et puis...

L'homme dont il avait vu la figure en rêve apparut et se pencha sur lui. Il voyait manifestement que Fletcher était éveillé car il souriait. Il hocha la tête et dit d'une voix singulièrement douce :

– Comment ça va, mon ami?

Un instant, Fletcher pensa que l'autre devait être un Allemand parlant anglais. La structure grammaticale de la question semblait teutonne, à son oreille habituée à ces choses.

Aussi rapidement qu'elle lui était venue, l'interrogation sur le langage cessa de capter son attention.

– Où est Lady Hemistan? demanda-t-il.

– Ma foi, avant tout, Billy est reparti dans l'appareil pour être notre agent de liaison avec les robots lantellains. Il a, de nouveau, tous les cristaux nécessaires pour communiquer avec nous. Deuxièmement, quand Billy est revenu ici, il nous a ranimés, moi et quelques autres passagers adultes. Ma mission est de m'occuper de vous. La leur d'installer les moteurs. Quant à Lady Hemistan, Billy m'a dit qu'elle est retournée sur ses terres en dehors de Londres, en emmenant Abdul Jones.

– Ah! s'exclama Fletcher.

Un temps. Puis la voix douce reprit :

– C'est donc ça qui vous tourmente. C'est la personne qui vous inquiète.

C'est revenu à Fletcher dans une bouffée de souvenirs. Toute l'émotion réprimée. Et la certitude totale qu'on ne pouvait avoir confiance en Abdul.

– Je perçois, dit Ahlone, que vous croyez que cet homme de New York du XXIIIe siècle va employer de simples dispositifs mécaniques de son époque contre la dame. Comme Billy n'avait pas ses cristaux de télépathie, il ignorait naturellement ces contre-courants. Cependant, la dame pouvait indiscutablement lire les pensées de cet homme. Dans ces conditions, comment expliquez-vous qu'elle l'ait invité à l'accompagner?

– Eh bien, elle possède cette arme protectrice que vous lui avez donnée.

– J'ai le regret de vous apprendre que l'arme dépendait d'un certain cristal à longue portée à bord du petit bateau qui, à son tour, tirait son énergie du bateau lui-même. En jetant tous ces cristaux par-dessus bord, vous n'avez pas détruit la puissance de celui-là mais malheureusement le bateau est ici. Nous ferions mieux de vous ramener là-bas.

38

Fletcher essaya encore une fois de bouger, de se retourner; et cette fois ce fut si facile qu'il se retrouva sur son autre côté presque sans se rendre compte de ce qui se passait.

Dans cette position, il regardait, au delà du « passager » sympathique, une incroyable masse de fils d'argent tombant d'un plafond translucide. Ils étaient « incroyables », en ce sens qu'ils ne ressemblaient en rien à ce qu'il attendait. Très minces. Si minces qu'individuellement, ils étaient presque invisibles. Et du haut en bas ils scintillaient comme des joyaux.

Il se laissa presque distraire par leur merveilleuse beauté. Presque. Mais pas tout à fait.

Cependant, il fut distrait par une nouvelle pensée. (Tant de choses nouvelles ici. Tant à considérer. Y compris ce sentiment fugace de futilité en accordant de l'attention à ce qui pourrait arriver à Patricia dans une lointaine partie du monde.)

Mais la nouvelle pensée était puissante. Tellement qu'elle provoqua instantanément des paroles. Il dit avec un étonnement sincère et une certaine consternation :

– Comment se fait-il que je ne lise pas dans les pensées? Comment se fait-il que nous parlions au lieu de simplement penser de l'un à l'autre?

La déception était immense... Enfin, bon Dieu, c'était la seule vraie raison pour laquelle je voulais qu'on tire dans ma tête cette sacrée lumière...

Il vit que le beau visage, juvénile mais subtilement mûr, lui souriait.

– Vous avez parlé, vous, dit Ahlone de sa voix douce.

Douce... douce... silencieuse.

Au bout d'un moment, après avoir compris combien la télépathie avait été automatique et l'était encore, Fletcher essaya pour la première fois de projeter consciemment une pensée muette. Il formula même les mots, en silence. Montrant le plafond, il demanda par l'esprit :

– Qu'arrive-t-il à l'univers?

– Rien. Tout est fini, le danger passé. Nous

avons aussi modifié la pensée dans l'atome clef qui est dans votre corps pour obtenir : Tout le monde s'en va tranquillement. Cela demandera un certain temps. Mais notez, je vous prie, que nous n'avons pas dit où tout le monde devait partir.

Ce que cet individu normalement astucieux, Nathan Fletcher, notait surtout, c'était qu'il ne comprenait rien à ce qu'Ahlone télépathisait.

– Nous expliquerons les détails plus tard, transmit son hôte en souriant.

Fletcher projeta :

– Plus tard? Après quoi? Que va-t-il se passer maintenant?

– Nous, ceux du LCCCIIIe siècle, allons coloniser l'Amérique du Nord.

Fletcher n'était pas un homme facilement décontenancé. Mais il devait avouer que chaque phrase projetée en ce moment par cet homme le plongeait dans des abîmes de perplexité. La communication mentale était nettement dirigeante. Il s'était attendu à ce que, en quelque sorte, de grands paquets d'information fussent transmis d'un cerveau à un autre.

– Si je n'explique pas toutes ces questions techniques maintenant, reprit en pensée l'homme souriant, c'est que l'installation des moteurs est presque terminée. Nous allons partir d'ici, remonter à la surface et aller d'abord en Amérique occidentale puis en Angleterre, le tout en une heure.

Mais cela parut simplement mal formulé. Sur le moment, provisoirement, Fletcher renonça à la communication mentale.

– L'idée m'est venue, dit-il tout haut, que la langue anglaise, si effectivement vous transmettez en anglais, a changé même depuis le dernier siècle. Donc elle a pu se transformer radicalement avec le temps, jusqu'au LCCCIIIe siècle. J'en déduis que vous avez des difficultés à communiquer mentalement dans mon... euh... mon dialecte. Je suis sûr que ce que vous essayez de me faire comprendre, c'est que d'ici une heure l'installation des moteurs sera terminée. Ensuite nous remonterons prudemment à la surface. Après quoi nous volerons jusqu'en Angleterre. Pouvez-vous me donner une estimation de la longueur de ce vol? Je...

Il s'interrompit. Parce qu'au même instant le sol de velours frémit sous lui.

Simultanément, l'eau, à l'extérieur, commença à se déplacer derrière la vitre.

Le fond de l'océan s'éloigna et disparut.

Ahlone, qui se tenait à des supports invisibles sur la paroi de verre – ils semblaient invisibles parce que Fletcher ne pouvait les voir – transmit par la pensée :

– Le fonctionnement de ces moteurs est basé sur un parallèle du système de vent de vos voiliers. C'est ce qui nous a piégés. Nous nous branchons sur les courants naturels de l'univers et, naturellement, ces courants sont devenus brusquement déments. Nous aurions moins risqué avec des poussées atomiques primitives ordinaires. Mais aussi (avec un sourire) l'effondrement de l'univers n'arrive pas tous les jours... (Il s'interrompit pour projeter un conseil :) Cramponnez-vous à ces rainures dans le sol, près de vos mains. Nous allons décoller.

Fletcher, qui commençait à glisser, tâtonna à la hâte. Il trouva les rainures. Elles étaient adroitement arrondies, si bien qu'il put les saisir fermement. Comme il se cramponnait...

Le soleil éclatant. Une vision éblouissante de l'océan étincelant qui reculait rapidement dans le lointain sous l'appareil. La vive lumière lui fit fermer les yeux, crisper les paupières. Quand il les rouvrit, on ne voyait plus que l'immensité du ciel bleu.

– Nous nous sommes branchés sur un courant ascendant dans le tissu spatial de cette région de l'univers, transmit doucement Ahlone. Le courant lui-même est extrêmement rapide. Notre vitesse dépend de la précision de notre réglage.

Fletcher ne pouvait imaginer la nature d'un tel courant mais il en comprenait le concept. Comme un voilier avec une seule voile hissée au vent.

Il resta où il était, se retenant aux deux rainures. Au-dehors, le ciel s'assombrissait. Ce qui l'étonna car plus bas il faisait grand jour. Pis encore, ce fut soudain la nuit noire. Une nuit incroyable, sans nuages, avec des étoiles semblables à de petits diamants fulgurants.

Et, d'un côté, un objet impossible. Une grande boule de feu projetant de longs serpentins de flammes dans toutes les directions. Mais malgré son éclat stupéfiant, cette masse entière de matière en fusion était entièrement entourée de ténèbres opaques.

— Nous sommes dans l'espace. C'est le soleil.

C'était fort probablement une pensée d'Ahlone. Fletcher n'entendit aucun son.

Une fois de plus, il sentit une inclinaison sous son corps. Il commença à glisser et cette fois il éprouva cette sensation d'accélération qu'il avait ressentie pour la première fois dans le vaisseau aérien de Nodo. Fletcher se contenta de se retenir aux fissures avec plus de résolution encore.

Soudain, de tous côtés, une luminosité. Les étoiles disparurent. Au-dessous, c'était un quadrillage de vert et de brun, avec un vaste océan d'un côté et une côte que Fletcher, avec un sursaut, reconnut pour l'avoir vue sur une carte composée d'après les dessins de Sir Francis Drake, un Anglais, et de De Quiros, l'Espagnol, plus d'un siècle auparavant.

Mais, naturellement, il avait aussi la pensée indicatrice communiquée tout à l'heure par Ahlone : la côte occidentale d'Amérique du Nord. Avec un nouveau choc, il s'interrogea : Que faisons-nous ici... d'abord? Il se disait que chaque minute était importante, là-bas en Angleterre, avec un individu tel qu'Abdul.

Comme il observait tristement le paysage, le Transiteur descendit dans une vallée verdoyante, entourée de montagnes. Et, tout près, le scintillement d'un cours d'eau.

– Maintenant, télépathisa Ahlone, nous devons passer dans une salle voisine. Ils vont séparer le vaisseau.

Fletcher se releva sur ses genoux et s'aperçut qu'il n'avait aucun mal à se mettre debout. Cela lui parut même bon de marcher. Il se dirigeait vers une partie du mur de métal qui s'ouvrit comme un panneau à glissière quand ils s'en approchèrent. Et se ferma derrière eux. Fletcher se retourna et le vit glisser.

L'incroyable rapidité du vol n'avait pas encore pénétré son entendement. Etre là où il ne fallait pas provoquait en lui une sensation de vide. Ce n'était pas facile de songer à d'autres réalités.

Il eut une pensée lointaine : Dans un sens, je suis un personnage clef, sinon ils ne s'occuperaient pas du tout de moi. Donc, ils s'inquiètent de mon état. Nous arriverons finalement en Angleterre.

Une autre impression : Ceci est le monde de la moralité du rayon-L. Et, hélas, c'est toujours un monde de choix... Je suppose qu'il faudra me résigner au fait que le sort de Patricia passe après ce qui a amené le vaisseau ici. Sombrement, il regarda autour de lui l'« ici ».

La « salle » dans laquelle il se trouvait avait des fenêtres luisant d'une teinte bleuâtre et le même plafond bas. Mais elle n'était pas encombrée de milliers de minces filaments suspendus, ni de rien autre. A l'extrémité opposée du panneau par lequel il était entré, il y avait une structure plate, argentée, ressemblant à un miroir. Et deux fauteuils à la forme bizarre devant cette chose brillante.

Ce fut alors qu'il contemplait ces aspects de la salle que du coin de son œil gauche il surprit un mouvement à l'extérieur, derrière une des vitres.

Fletcher se retourna. Il s'approcha de la fenêtre. Et il ouvrit de grands yeux étonnés.

Des gens entièrement nus apparaissaient. Ils venaient d'un point sur la gauche qu'il ne pouvait voir. Mais il déduisit que ce devait être la partie du Transiteur qu'Ahlone et lui venaient de quitter.

Comme ils étaient nus et qu'il faisait grand jour, une simple observation répétée lui permit de constater qu'il y avait autant de femmes que d'hommes. Une dizaine, vingt, quarante, d'autres encore... un défilé incessant d'individus qui marchaient rapidement vers la rivière. Cent, deux cents, trois cents... Dieu de Dieu!

A côté de lui – ou plutôt dans sa tête – Ahlone chuchota, parla, télépathisa :

– Avant tout, ils ont besoin de boire de l'eau. C'est tout ce qu'ils prendront jusqu'à demain. Beaucoup d'eau. Ensuite, nous devrons les alimenter.

Fletcher hocha la tête. Il essayait de s'adapter à ce flot de personnes apparemment infini. D'après le récit de Patricia, il avait déduit que le Transiteur était un vaisseau beaucoup plus petit que le cuirassé lantellain. Mais, de toute évidence à présent, ce n'était pas le cas.

Saisi de stupeur, il demanda à haute voix :

– Combien de passagers?

– Quarante-sept mille.

Fletcher enregistra le total colossal, en secouant simplement la tête. Incroyablement, c'était près du double des robots lantellains. Il pensa que ce vaisseau-là devait être réellement gigantesque.

Il restait encore un sujet de perplexité.

– Pourquoi sont-ils nus? demanda-t-il.

La réponse télépathique vint aussitôt.

– Capitaine, je vous expliquerai tout en route. Asseyez-vous dans un de ces sièges, je vous en prie. Nous sommes sur le point de décoller.

Fletcher s'assit dans le fauteuil indiqué. Et découvrit immédiatement quelle était sa bizarrerie.

Il était flexible. Ses bras pivotèrent autour de sa taille et l'encerclèrent avec une douceur élastique matelassée. Son dossier épousa le contour de ses hanches et de son corps.

L'effet était si protecteur que Fletcher put immédiatement détourner son attention de lui-même. Il vit donc dans le miroir argenté bleuâtre devant lui un reflet d'un tout petit vaisseau au sol derrière et au-dessous d'eux. Il avait la forme d'une moitié d'ovale. Et de cet objet qui s'éloignait à vue d'œil, des gens émergeaient en longues files.

A ce moment, une pensée intervint :

– Ces fils que vous avez vus, suspendus au plafond, au nombre de 47000, étaient les colons, chacun dans une stase chimique pour les besoins du voyage à longue distance. Les vitesses ultra-lumière provoquent un vieillissement, alors nous avons des enfants pour diriger le vaisseau. Ils peuvent vieillir pendant un voyage, ce n'est pas gênant. Mais la raison pour laquelle nous avons dû avant tout débarquer les passagers, c'est que l'effondrement de l'univers nous a retardés. Et ces états chimiques ont leurs propres facteurs temps. Alors, maintenant, nous pouvons nous occuper de votre situation...

Des choix, pensa Fletcher. Même dans un monde de parfaite moralité, certaines choses passent avant d'autres... Je suppose que je puis me résigner à la possibilité que ce New-Yorkais du futur – Abdul – a eu le temps de s'imposer de force à Patricia. Mais comme il n'est pas un assassin, ce n'est pas vraiment une catastrophe totale, pour elle ni pour moi...

Mentalement, il considéra cela. Aussitôt, un résidu, proche de la surface, de son orgueil masculin de 1704 repoussa cette idée.

Après cela il resta assis, un peu dans le vague, tandis que le vaisseau semblait répéter exactement le vol précédent. La montée dans la nuit. La descente dans le petit matin.

Le Transiteur se posa dans un champ près d'une grande construction évoquant un château, avec deux flèches et deux tourelles et d'autres bâtiments rassemblés autour.

Tout s'arrêta.

– Nous avons fait surface, lui apprit la pensée d'Ahlone. Vous pouvez vous lever, capitaine.

Fletcher se leva. Il avait déjà éprouvé un choc en reconnaissant soudain le château de Hemistan. Et il se sentait stupide. Parce que sa petite leçon de correction de la langue se révélait maintenant incorrecte. Quand Ahlone avait dit « dans l'heure », il avait vraiment voulu dire « d'ici une heure ».

– Tenez, dit alors cet individu. Mettez ceci dans votre poche.

Il lui tendait un petit morceau brillant d'une matière ressemblant à un éclat de pierre. Fletcher accepta l'objet, et la question, à son sujet, devait être dans son esprit car Ahlone lui transmit :

– C'est un cristal modifié qui contient sa propre charge pour une semaine environ. Tant que vous serez près, ou que le cristal sera près de Lady Hemistan, l'arme protectrice que nous lui avons donnée fonctionnera de nouveau. J'espère que nous n'arrivons pas trop tard.

Fletcher ne dit rien. Il se laissa conduire vers une ouverture de la taille d'une porte qui était apparue dans la « vitre ». En arrivant sur le seuil de cette ouverture, il eut l'idée qu'il était « déposé » et que l'autre ne resterait pas.

– Et vous? demanda-t-il à voix haute.

La réponse fut complexe. 47000 personnes avaient été déposées au sol, nues. Billy, pendant ce temps, avait persuadé les robots lantellains de modifier leur matériel pour fabriquer des vêtements. Ces effets devraient être pris et livrés. Ensuite, il y aurait bien entendu la question de l'alimentation.

– Nous allons faire la navette plusieurs fois. Nous avons besoin de fournitures et nous pouvons offrir en échange notre aide et nos connaissances scientifiques que, je suppose, toutes les puissances européennes voudront posséder, une fois qu'elles en auront compris la valeur.

– Je suis certain, assura Fletcher, que le gouvernement anglais vous aidera. La reine est très généreuse, une fois qu'elle comprend une situation.

Ayant dit, il sortit et s'éloigna.

Quelques instants plus tard, il resta seul dans un champ désert, avec simplement le souvenir d'une bouffée d'air vif et, ensuite, d'un minuscule scintillement d'argent dans le ciel.

39

Fletcher, être humain du sexe masculin, mince et quelque peu dépenaillé, se dirigea vers la grande demeure. Toujours beau de visage, toujours svelte et vigoureux de corps. Mais en baissant les yeux sur sa tenue, il se dit que sans aucun doute l'élégant gentilhomme ex-pirate avait grand besoin du secours d'un valet. Sa culotte était fripée. Son habit n'avait plus de forme. Ses souliers étaient maculés de boue, ses chausses déchirées.

Il secouait tristement la tête devant son aspect quand...

« Il vous a vu arriver! Il sort! »

La voix de Patricia. Dans sa tête.

Il resta un instant ébloui. Mon Dieu, nous pouvons tous deux lire la pensée... un homme et une femme de l'an 1704...

Avec un léger retard, il lui renvoya une pensée :

— Patricia... est-ce vous?

— Oui!

C'était surnaturel. Ce phénomène de communication mentale était si neuf qu'il restait irréel. Cependant, au bout d'un moment, il se força à projeter à nouveau :

— Que s'est-il passé?

— J'ai lutté physiquement contre lui toute la nuit. Il a déchiré mes vêtements. Mais, vous savez, un homme ne peut pas vraiment prendre une femme de force. Il peut la brutaliser. Il peut la serrer contre lui. Mais si elle se débat, il n'y a pas de rapports. Je dois dire qu'il ne m'a pas menacée de mort. Et il a fini par se lasser, se dégoûter de moi, et il s'est endormi dans mon lit. Je me suis installée dans une autre chambre. J'ai fermé la porte à clef mais ce matin il a employé quelque chose pour brûler la serrure. Il était gai, il a insisté pour que nous déjeunions ensemble. Il ne va pas vous tuer mais vous chasser, et tenter encore une fois de me prendre de force, ce soir. Il croit que s'il peut me rendre enceinte, je céderai.

Par deux fois, en « écoutant », Fletcher sentit monter en lui une rage totale. Mais à chaque fois l'émotion se calma. Et ce fut bizarre, sinon qu'il le comprenait.

C'était le vieux, vieux, vieux combat primitif. Deux hommes et une femme. Deux mâles et une femelle. Dans le monde animal, il n'y aurait jamais de combat à mort. Un des mâles finirait par infliger suffisamment de blessures pour contraindre l'autre à se retirer.

Peut-être *toute* la violence complexe des millénaires suivants avait-elle commencé par ce premier conflit homme-femme. En ce temps-là, jamais on ne demandait son avis à la femme. Elle était le prix à l'issue de la bataille.

L'individu ordinaire d'un New York futur avait régressé. Apparemment, une seule pensée avait suffi... Il se croyait supérieur aux gens de cette époque... Le reste était de l'automatisme de mâle.

Alors que Fletcher faisait cette déduction, son esprit... automatiquement... obéissait à son propre instinct. Automatiquement, il porta la main à son épée. Et, naturellement, il n'en avait pas. Le « naturellement » de cette absence, c'était que l'arme lui avait été enlevée par les autorités quand il avait été surpris dans la maison de sa mère et de sa sœur. Sur le moment, plutôt que de résister et de causer des difficultés aux deux femmes, il s'était rendu sans combattre. Il avait oublié cette triste circonstance lointaine. Alors il voulut dégainer. En vain.

Une fois de plus, il y eut un sursaut de ce qui restait en lui de réactions faciles de 1704. Soudain, il critiquait les gens du Transiteur. Leur départ immédiat était ridicule. Ils possédaient un pouvoir total, ils auraient pu entrer... rien que pour une minute. Mais ils étaient partis. Pire, ils étaient maintenant en route vers l'Amérique du Nord.

— Ce n'est pas tout à fait ça. (C'était la pensée de Patricia.) Ahlone m'a demandé ce qui s'était passé. Je le lui ai dit. Il m'a promis qu'ils reviendraient ce soir pour m'aider, si besoin était.

Les implications de *cela* furent, brusquement, pires. Ainsi tout se résumait à... deux hommes.

Fletcher ralentit le pas et en prit conscience. Il attendit réellement que la nouvelle moralité du rayon-L se manifeste. Une pensée lointaine : A vrai dire, il n'est pas nécessaire qu'il y ait une confrontation. Je pourrais simplement partir et revenir ce soir.

Rien ne se passa. Il continua d'avancer. Tout ce qu'il avait eu, c'était la pensée. Il n'y avait en lui aucune impulsion de dérobade.

Très bien, pensa-t-il amèrement, au diable la pureté du rayon-L.

Il transmit par la pensée :

— Où pourrais-je trouver une arme? Une épée serait sans doute le mieux. Y en a-t-il dans les bâtiments les plus voisins? Je pourrai peut-être atteindre un de ces bâtiments avant lui.

La réponse se fut pas réjouissante :

— Je me souviens que mon père en avait plusieurs, mais je n'ai jamais remarqué où il les rangeait. Ni où on les a mises à sa mort. Ah... attendez! Je crois que les serviteurs ont rangé tout ce qui se trouvait dans sa chambre dans ce bâtiment carré, près de vous. Mais la porte doit être fermée à clef.

La réaction immédiate de Fletcher fut qu'il pourrait sans doute enfoncer la porte, en se servant de quelque chose. Mais, aussitôt, il se rappela une autre possibilité.

— Et votre arme? demanda-t-il.

– Il s'est rué sur moi alors que je l'avais à la main. Il a dit qu'il pensait qu'elle ne marcherait pas. Et en voyant qu'il ne s'était pas trompé, il me l'a prise et l'a mise je ne sais où.

– Si vous pouviez la trouver, implora Fletcher, elle marcherait maintenant. On m'a donné un cristal de secours pour elle.

– Elle est peut-être dans sa chambre. Je vais descendre voir pendant qu'il sera sorti de la maison.

Fletcher ne répondit pas. Il était arrivé au bâtiment carré... Et la porte n'était pas fermée à clef... C'est bien les femmes, pensa-t-il, oublier de verrouiller quelque chose... Le temps que cette pensée méprisante passe par sa tête, extraite du répertoire de son orgueil masculin de 1704, il avait déjà ouvert la porte et il était entré. Il vit qu'il y avait là plusieurs épées, dont une semblait être la sœur de sa propre fine lame.

D'un mouvement preste, il s'empara du fourreau, de la ceinture et du reste. Rapidement, il la boucla autour de sa taille. Et il sortit précipitamment.

Ce fut alors qu'il tournait le coin du bâtiment qu'il vit, marchant vers lui, Abdul Jones.

Le temps : quelques instants plus tard.

Ils étaient là tous deux en plein soleil, face à face, deux hommes appartenant à différentes périodes de l'histoire. Ce qui stupéfiait Fletcher c'était que, depuis le début, il avait pratiquement ignoré l'homme de 2292. Avait noté que c'était un individu moyen et sans importance dans sa propre époque. A partir de là, il avait eu une attitude aristocratique automatique; et quant aux démonstrations technologiques occasionnelles indiquant une immense supériorité, il les avait négligées, les jugeant sans importance parce que l'homme était ainsi classé dans quelque recoin rigide de son esprit.

Un rien du tout.

Il dégaina d'un mouvement souple et rapide. Au même instant, le rien-du-tout fronça méchamment les sourcils. Et quand le rien-du-tout parla, il y eut dans sa voix une certitude de son pouvoir tout à fait remarquable.

– Ecoutez, capitaine, si vous pointez cette épée sur moi, j'y ferai passer un courant qui vous calcinera la main.

Fletcher rengaina. Et fit quelques pas de côté. L'action était destinée à donner l'impression qu'il était effrayé et indécis. Il voulait avoir l'air de reculer. Mais en réalité son mouvement avait un autre dessein. Il y avait un objet là-bas sur le sol. Il ne savait trop ce qu'il en ferait quand il l'aurait. Rien n'indiquait qu'il pût être utile. Mais c'était un espoir mineur pour un homme qui ne renonçait pas aisément à tout espoir.

Ainsi, parce qu'il était, sous la menace, infiniment résolu, parce que son adversaire n'avait pas même assez de bon sens pour tirer des conclusions simples et, de plus se croyait supérieur, il réussit. Egalement important, c'était exactement le type d'objet qu'il avait paru être de loin : une sorte de gourdin.

Une massue primitive.

Alors qu'il se cassait, presque littéralement, en deux pour ramasser cette plus ancienne de toutes les armes, une pensée l'effleura : Dieu de Dieu, je vais vraiment me battre.

Et il ne savait pas pourquoi. Il n'avait aucune raison. Qu'essayait-il de prouver? Avant la fin de cette journée, le Transiteur – ayant probablement reconverti ses 47000 passagers – serait de retour; et ils utiliseraient sans doute leur menace de force infiniment supérieure pour...

Un instant! Leur force. Aucun doute à ce sujet. Eux aussi, finalement, face à quelqu'un que l'on ne pouvait raisonner pour l'empêcher d'employer sa force, étaient prêts à agir.

Un peu différemment, sans doute. Rien de personnel. Davantage comme un gouvernement. En fait...

Il lui vint une grande idée. Le cerveau humain au cours de toute l'histoire avait été meilleur que l'homme à qui il appartenait... si une telle anomalie était possible. Jadis, il y avait longtemps, il avait créé la « justice » et le « droit ». Il exigeait une conduite parfaite de tout le monde. Et traitait avec force et contrainte ceux qui n'arrivaient pas à la hauteur d'un degré d'excellence minimum.

L'individu n'avait pas de ces exigences. Mais tous les individus faisaient partie d'un groupe...

... Je veux bien être pendu, pensa amèrement Fletcher. Ici-bas, quand le groupe manque, en cas de besoin c'est chacun pour soi...

Du moins, ce fut une pensée suffisante, une décision suffisante pour redresser son corps comme un ressort subitement lâché.

Il ne vit pour ainsi dire pas le vol du gourdin qui partait de sa main. Mais la vision partielle qu'il en eut le lui montra comme un mouvement flou dans les airs, sur une trajectoire d'une précision implacable.

Après avoir déshabillé à la hâte le New-Yorkais inconscient, si bien que finalement le corps bedonnant fut allongé tout nu dans l'herbe, après avoir préparé un grand feu et brûlé les vêtements insolites — dommage, mais il le fallait bien — après tout cela et alors qu'Abdul commençait à s'agiter et à gémir un peu, Fletcher entra dans le bâtiment carré. Là il trouva une livrée dans un coffre et aussi, dans l'armoire de feu Lord Hemistan, des vêtements de dessous, une chemise et des souliers.

Cependant, Abdul s'était assis. Il accepta les habits et s'habilla en silence. Enfin, quand il fut debout, il demanda d'une voix penaude :

— Qu'est-ce que vous voulez que je fasse? (Et il ajouta, plaintivement :) Je n'ai nulle part où aller.

— Nous en parlerons, répliqua Fletcher.

Il n'était pas sans pitié, il pensait même qu'à sa façon stupide le pauvre homme avait essayé de s'introduire de force dans un endroit où il pourrait « aller ».

C'était un peu tiré par les cheveux mais cela aurait pu être un facteur. Alors Fletcher lui dit :

— Pour le moment, dirigez-vous vers les communs où logent les laquais et les servantes.

Il y eut un long silence. L'homme, dans ces vêtements qui ne lui allaient pas très bien, qui ne convenaient guère à sa figure bouffie, eut enfin un sursaut.

— Hé! dites, protesta-t-il d'une voix encore plus plaintive, c'est ça que je vais être? Un domestique?

Fletcher, qui s'était détourné, revint sur ses pas. Il se sentait étonnamment détendu, à l'aise, et il parla de sa voix la plus triomphante.

— Abdul, dit-il, je crois que vous êtes plus précieux que ça. Mais pour le moment, vous devez reconnaître que vous ne pouvez guère vous considérer comme le bienvenu dans la maison de Lady Hemistan. Vous avez essayé d'abuser d'elle, n'est-ce pas? Nous connaissons donc l'état de votre âme. Vous êtes de ces gens qui, soudain, se montrent sous leurs véritables couleurs et deviennent pirates. Mais comme depuis peu je suis devenu un non-pirate, vous pouvez voir que la transition n'est pas impossible. Alors préparez-vous à vous consacrer au bien, ce qui est ce que je compte faire. Et nous verrons tous deux bientôt ce que cet étrange nouveau monde fera pour nous en échange. Qu'est-ce que vous en dites?

Dans l'esprit de Fletcher arriva un mélange des pensées d'Abdul, (qui se résumaient au fond à un accord chagriné) et du son joyeux de la voix mentale de Patricia.

— Vous avez dit cela à la perfection, mon cœur. Et maintenant vous feriez bien de venir ici. Nous parlerons de notre avenir dans cet étrange nouveau monde où nous allons vivre ensemble.

Fletcher dut reconnaître qu'il y avait énormément de bien à dire de la communication mentale.

Cela ne permettait aucun doute sur les émotions réelles d'un homme. Ou d'une femme.

ÉPILOGUE

D'abord, l'inversion.

Et maintenant, le retournement.

Le flot de particules repartait vers l'extérieur. En expansion. Mais il y avait une « impression » de croissance dans le sens de maturité. Comme si toutes ces microscopiques entités étaient passées par un processus d'éducation.

... Je suis désormais « moi ». Je suis « adulte ». C'est bon de rendre visite « à la maison », mais maintenant j'ai mon foyer à moi...

L'univers « enfant » avait fait sa crise de puberté et il était devenu une « grande personne ». Cela affecterait présentement tout le monde et toutes choses. Au cours des « temps » futurs, les êtres humains parviendraient automatiquement au développement psychique obtenu par les habitants du LCCCIIIe siècle au moyen de manipulations biologiques.

Et ils vivraient sur une planète plus sensible dans un système solaire en pleine maturation. Plus de destructivité infantile.

Tous les êtres et toutes les choses responsables.

Science-fiction

Depuis 1970, cette collection est leader du genre en France. Elle a publié la plupart des grands classiques (Asimov, Van Vogt, Clarke, Dick, Vance, Simak), mais elle a aussi révélé de nombreux jeunes auteurs qui seront les écrivains de premier plan de demain (Tim Powers, Joan D. Vinge, Tanith Lee, Scott Baker, etc.). La S-F est reconnue aujourd'hui comme littérature à part entière, étudiée dans les écoles et les universités. Elle est véritablement la littérature de notre temps.

ASIMOV Isaac	**Les cavernes d'acier** 404 ***
	Les robots 453 ***
	Tyrann 484 ***
	Un défilé de robots 542 ***
	La voie martienne 870 ***
	Les robots de l'aube 1602 *** & 1603 ***
	Le voyage fantastique 1635 ***
	Les robots et l'empire 1996 **** & 1997 ****
	Espace vital 2055 ***
	Asimov parallèle 2277 ****
BAKER Scott	**Kyborash** 1532 ****
BEAR Greg	**La musique du sang** 2355 **** (avril 88)
BELFIORE Robert	**La huitième vie du chat** 2278 ***
BLISH James	**Semailles humaines** 752 **
BOGDANOFF Igor & Grishka	**La machine fantôme** 1921 ***
BRIN David	**Marée stellaire** 1981 *****
	Le facteur 2261 *****
BROOKS Mel & STINE J.B.	**La folle histoire de l'espace** 2294 ***
BRUNNER John	**Tous à Zanzibar** 1104 **** & 1105 ****
	Le troupeau aveugle 1233 *** & 1234 ***
CHERRYH C.J.	**L'épopée de Chanur** 2104 ***
	La vengeance de Chanur 2289 ****
	L'œuf du coucou 2307 ***
CLARKE Arthur C.	**2001 l'odyssée de l'espace** 349 **
	2010 : odyssée deux 1721 ***
	Avant l'Eden 830 ***
	Les fontaines du paradis 1304 ***
	Chants de la Terre lointaine 2262 ****
CURVAL Philippe	**Le ressac de l'espace** 595 ***
DEMUTH Michel	**Les galaxiales - La Terre en ruine** 996 ***

DICK Philip K.	**Dr Bloodmoney** 563 ***
	Simulacres 594 ***
	A rebrousse-temps 613 ***
	Ubik 633 ***
	Blade runner 1768 ***
DONALDSON Stephen R.	**Les Chroniques de Thomas l'Incrédule** 2232 ****
	Le réveil du titan (Les Chroniques - 2) 2306 ****
DUVIC Patrice	**Terminus** 2122 **
FARMER Philip José	**Des rapports étranges** 712 ***
	Le Fleuve de l'éternité :
	- Le monde du Fleuve 1575 ***
	- Le bateau fabuleux 1589 ****
	- Le noir dessein 2074 ******
	- Le labyrinthe magique 2088 ******
FOSTER Alan Dean	**Alien** 1115 ***
FRÉMION Yves	**Rêves de sable, châteaux de sang** 2054 ***
GALOUYE Daniel F.	**Simulacron 3** 778 **
GIBSON William	**Neuromancien** 2325 **** (fév.88)
HAMILTON Edmond	**Le retour aux étoiles** 490 ***
HEINLEIN Robert A.	**Etoiles, garde à vous !** 562 ***
	Double étoile 589 **
	Vendredi 1782 ****
	Job : une comédie de justice 2135 *****
	Le chat passe-muraille 2248 ******
HOWARD Robert E.	**Conan l'usurpateur** 2224 ***
JEURY Michel	**La croix et la lionne** 2035 ***
JONES Raymond F.	**Renaissance** 957 ****
KEYES Daniel	**Des fleurs pour Algernon** 427 ***
KLEIN Gérard	La saga d'Argyre :
	- Le rêve des forêts 2164 ***
	- Les voiliers du soleil 2247 **
	- Le long voyage 2324 ** (fév.88)
LEE Tanith	**La déesse voilée** 1690 ****
	Tuer les morts 2194 ***
LEINSTER Murray	**La planète oubliée** 1184 **
LÉOURIER Christian	**L'homme qui tua l'hiver** 1946 **
	Mille fois mille fleuves... 2223 **
LEVIN Ira	**Un bébé pour Rosemary** 342 ***
	Un bonheur insoutenable 434 ***

MERRITT Abraham	Le gouffre de la Lune 618 ****
	La nef d'Ishtar 574 ***
MOORE Catherine L.	Shambleau 415 ****
	Jirel de Joiry 533 ***
POHL Frederik	Les pilotes de la Grande Porte 1814 ****
	Casse-tête chinois 2151 ****
	L'ultime fléau 2340 *** (mars 88)
POWERS Tim	Les voies d'Anubis 2011 *****
RAYER Francis G.	Le lendemain de la machine 424 ***
ROBINSON Kim Stanley	Le rivage oublié 2075 *****
	La mémoire de la lumière 2134 ****
RODDENBERRY Gene	Star Trek 1071 **
SHECKLEY Robert	Le robot qui me ressemblait 2193 ***
SILVERBERG Robert	Les monades urbaines 997 ***
	Le château de Lord Valentin 1905 **** & 1906 ****
	Shadrak dans la fournaise 2119 ****
SIMAK Clifford D.	Demain les chiens 373 ***
	Mastodonia 956 ***
SPIELBERG Steven	Rencontres du troisième type 947 **
SPIELBERG & KOTZWINKLE	E.T. l'extra-terrestre 1378 ***
	E.T. La planète verte 1980 ***
STEINER Kurt	Le disque rayé 657 **
STURGEON Theodore	Les plus qu'humains 355 ***
	Cristal qui songe 369 ***
THOMPSON Joyce	Les enfants de l'atome 2180 ***
	Bigfoot et les Henderson 2292 ***
VANCE Jack	Cugel l'astucieux 707 **
	Cugel saga 1665 ****
	Cycle de Tchaï :
	- Le Chasch 721 ***
	- Le Wankh 722 ***
	- Le Dirdir 723 ***
	- Le Pnume 724 ***
VAN VOGT A.E.	Le monde des Ā 362 ***
	Les joueurs du Ā 397 ***
	La fin du Ā 1601 ***
	A la poursuite des Slans 381 **
	La faune de l'espace 392 ***
	L'empire de l'atome 418 ***
	Le sorcier de Linn 419 ***

	Créateur d'univers 529 ★★★
	L'homme multiplié 659 ★★
	Au-delà du Village enchanté 2150 ★★★★
VINGE Joan D.	La Reine des Neiges 1707 ★★★★★
	Finismonde 1863 ★★★
	Mad Max au-delà du dôme du tonnerre 1864 ★★★
WALTHER Daniel	L'Epouvante 976 ★★
WILLIAMS Paul O.	Jestak 1878 ★★★
	Le cercle inachevé 1920 ★★★
WILLIS Connie	Les veilleurs du feu 2339 ★★★★ (mars 88)
WINTREBERT Joëlle	Les maîtres-feu 1408 ★★★

J'ai lu BD

La bande dessinée est aujourd'hui admise partout. On l'enseigne même à la Sorbonne. La série J'ai lu BD est la première collection de poche consacrée à ce genre. Elle réédite les bandes dessinées françaises et étrangères les plus célèbres. Les dessins ne sont pas réduits mais remontés différemment ; ainsi un album de 48 pages donne 160 pages dans J'ai lu, et le papier est d'une qualité supérieure afin de permettre la reproduction des couleurs. J'ai lu BD est le panorama de la bande dessinée d'aujourd'hui.

ABULI, TOTH & BERNET	***Torpedo - 1*** *BD25 (2★)*
AUTHEMAN	***Vic Valence - 1*** *BD41 (4★ couleur, Alfred 87)*
BARBE	***Cinémas et autres choses*** *BD30 (2★)*
BEAUNEZ	***Mes partouzes*** *BD24 (3★)*
BINET	*Les Bidochon :*
	1 - Roman d'amour *BD4 (3★)*
	2 - Les Bidochon en vacances *BD48 (3★)*
	Kador - 1 *BD27 (3★)*
BOUCQ	***Les pionniers de l'aventure humaine*** *BD34 (6★ c.)*
BRETÉCHER	***Les Gnangnan*** *BD5 (2★)*
BRIDENNE	***Saison des amours*** *BD65 (4★ couleur, avril 88)*
BROWNE	***Hägar Dünor le Viking - 1*** *BD66 (3★, avril 88)*
BRUNEL	***Pastiches - 1*** *BD46 (5★ couleur)*
COMÈS	***Silence*** *BD12 (5★)*
DERMAUT & BARDET	***Les Chemins de Malefosse - 1*** *BD19 (5★ couleur)*
DRUILLET	***Les 6 voyages de Lone Sloane*** *BD60 (5★ c., mars 88)*
ÉDIKA	***Débiloff profondikoum*** *BD38 (3★)*
FALK & DAVIS	***Mandrake le magicien*** *BD58 (4★ couleur, fév.88)*
FOREST	***Barbarella*** *BD49 (5★ couleur)*
FRANQUIN	***Idées noires*** *BD1 (3★)*
	Gaston Lagaffe :
	1 - Gala de gaffes *BD17 (3★ couleur)*
	2 - Gaffes à gogo *BD39 (3★ couleur)*
GIARDINO	***Sam Pezzo - 1*** *BD15 (3★)*
GOTLIB	***Pervers Pépère*** *BD8 (3★)*
	Rhââ Lovely - 1 *BD21 (3★)*
	Rhââ Lovely - 2 *BD55 (3★, fév.88)*
	Gai-Luron - 1 *BD43 (3★)*
GOTLIB, LOB & ALEXIS	***Superdupont*** *BD33 (3★)*

CORA ROCOURT : MERCI ET A BIENTOT

836 COMPT-1 7857 0004 016

PAPETERIE 139,00x 1 139.00
LIBRAIRIE 126,00x 1 126.00
*** TICKET INCOMPLET
*** SOUS-TOTAL 265.00
*** TICKET INCOMPLET
*** SOUS-TOTAL 265.00
TOTAL 265,00

CASH FB 300,00
A RENDRE 35,00
QUAND JE COMPARE,JE VOIS LA DIFFERENCE

15/03/89 13:11

HERMANN & VERNAL	**Jugurtha - 1** BD53 (5 ★ couleur, fév.88)
LAUZIER	**Zizi et Peter Panpan** BD23 (5 ★ couleur)
LELONG	Carmen Cru :
	1 - Rencontre du 3e âge BD14 (3 ★)
	2 - La dame de fer BD64 (3 ★, avril 88)
LELOUP	**Yoko Tsuno/Le trio de l'étrange** BD37 (5 ★ c.)
LIBERATORE	**RanXerox à New York** BD3 (5 ★ couleur)
MACHEROT	**Chlorophylle contre les rats noirs** BD51 (4 ★ c. fév.88)
MAKYO & VICOMTE	**Balade au Bout du monde - 1** BD59 (5 ★ c., mars 88)
MALLET	**Les petits hommes verts** BD44 (4 ★ couleur)
MANARA	**HP et Giuseppe Bergman** BD20 (5 ★)
	Le déclic BD31 (4 ★)
MORCHOISNE, MULATIER, RICORD	**Ces Grandes Gueules...** BD16 (4 ★ c.)
MORDILLO	**Les meilleurs dessins d'Opus** BD10 (4 ★ couleur)
PÉTILLON	**Mr Palmer et Dr Supermarketstein** BD13 (5 ★ c.)
PICHARD & LOB	**Blanche Épiphanie** BD61 (4 ★, mars 88)
PRATT (Corto Maltese)	**La ballade de la mer salée** BD11 (6 ★)
	Sous le signe du Capricorne BD63 (6 ★, avril 88)
QUINO	**Mafalda** BD2 (4 ★ couleur)
	Encore Mafalda BD54 (4 ★ couleur, fév.88)
RAYMOND	**Flash Gordon** BD47 (5 ★ couleur)
ROSINSKI & VAN HAMME	**Thorgal - 1** BD29 (5 ★ couleur)
SCHETTER	**Cargo - 1** BD57 (5 ★ couleur, fév.88)
SEGRELLES	**Le mercenaire - 1** BD32 (4 ★ couleur)
SERRE	**Les meilleurs dessins** BD6 (5 ★ couleur)
	Humour noir BD35 (5 ★ couleur)
SERVAIS & DEWAMME	**Tendre Violette** BD42 (5 ★)
SOKAL	**Canardo - 1** BD26 (5 ★ couleur)
TABARY	**L'enfance d'Iznogoud** BD9 (5 ★ couleur)
TARDI	Les Aventures d'Adèle Blanc-Sec :
	- Adèle et la Bête BD18 (4 ★ couleur)
	- Le démon de la tour Eiffel BD56 (4 ★ c., fév.88)
	Brouillard au pont de Tolbiac BD36 (4 ★)
TARDI & FOREST	**Ici même** BD62 (6 ★, mars 88)
TILLIEUX	**Gil Jourdan/Libellule s'évade** BD28 (4 ★ couleur)
VAN DEN BOOGAARD	**Léon-la-Terreur** BD45 (5 ★ couleur)
VEYRON	**L'amour propre** BD7 (5 ★ couleur)
	Bernard Lermite BD50 (3 ★)
WALTHÉRY & GOS	**Natacha, hôtesse de l'air** BD22 (4 ★ couleur)
	Natacha et le Maharadjah BD52 (4 ★ c., fév.88)
WEYLAND	**Aria - 1 / La fugue d'Aria** BD40 (5 ★ couleur)

Cinéma et TV

De nombreux romans publiés par J'ai lu ont été portés à l'écran ou à la TV. Leurs auteurs ne sont pas toujours très connus ; voici donc, dans l'ordre alphabétique, les titres de ces ouvrages :

A la poursuite du diamant vert 1667 ***	**Joan Wilder**
Alien 1115 ***	**Alan Dean Foster**
Angélique marquise des anges	**voir page 17**
L'ami Maupassant 2047 **	**Guy de Maupassant**
L'Australienne 1969 **** & 1970 ****	**Nancy Cato**
Bigfoot et les Henderson 2292 ***	**Joyce Thompson**
Blade runner 1768 ***	**Philip K. Dick**
Bleu comme l'enfer 1971 ****	**Philippe Djian**
La brute 47 ***	**Guy des Cars**
Cabaret (Adieu à Berlin) 1213 ***	**Christopher Isherwood**
Carrie 835 ***	**Stephen King**
Châteauvallon 1856 ****, 1936 **** & 2140 ****	**Eliane Roche**
Christine 1866 ****	**Stephen King**
La couleur pourpre 2123 ***	**Alice Walker**
Coulisses 2108 *****	**Alix Mahieux**
Cujo 1590 ****	**Stephen King**
Des fleurs pour Algernon 427 ***	**Daniel Keyes**
2001 l'odyssée de l'espace 349 **	**Arthur C. Clarke**
2010 : odyssée deux 1721 ***	**Arthur C. Clarke**
Le diamant du Nil 1803 ***	**Joan Wilder**
Dynasty 1697 ** & 1894 ***	**Eileen Lottman**
E.T. l'extra-terrestre 1378 ***	**Spielberg/Kotzwinkle**
E.T. La planète verte 1980 ***	**Spielberg/Kotzwinkle**
L'exorciste 630 ****	**William P. Blatty**
Les exploits d'un jeune don Juan 875 *	**Guillaume Apollinaire**
Le faiseur de morts 2063 ***	**Guy des Cars**
Fanny Hill 711 ***	**John Cleland**
Fletch 1705 ***	**Gregory Mcdonald**
La folle histoire de l'espace 2294 ***	**Mel Brooks/J.B. Stine**
Le Gerfaut 2206 ****** & 2207 ******	**Juliette Benzoni**
Jonathan Livingston de goéland 1562 * illustré	**Richard Bach**
Joy 1467 ** & **Joy et Joan** 1703 **	**Joy Laurey**
Le joyau de la couronne 2293 ***** & 2330 *****	**Paul Scott**

Kramer contre Kramer 1044 ***	*Avery Corman*
Le lendemain du crime 2199 **	*Eileen Lottman*
L'arme fatale 2231 ****	*Joel Norst*
Le livre de la jungle 2297 **	*Rudyard Kipling*
Love story 412 *	*Erich Segal*
Mad Max au delà du dôme du tonnerre 1864 ***	*Joan D. Vinge*
Michigan Mélodie 1289 **	*Jacqueline Monsigny*
9 semaines 1/2 2259 **	*Elizabeth McNeill*
Mission 2092 ***	*Robert Bolt*
Les oiseaux se cachent pour mourir 1021 **** & 1022 ****	*Colleen McCullough*
Orphée 2172 **	*Jean Cocteau*
Le paltoquet (On a tué pendant l'escale) 1647 ***	*F.-R. Falk*
Pavillons lointains 1307 **** & 1308 ****	*M.M. Kaye*
La petite boutique des horreurs 2202 *** illustré	*R. & L. Egan*
Peur bleue 1999 ***	*Stephen King*
Platoon 2201 ***	*Dale A. Dyle*
Police 2021 ***	*Catherine Breillat*
Poltergeist I 1394 ***	*James Khan*
Poltergeist II 2091 **	*James Khan*
Pu-Yi / J'étais empereur de Chine 2327 ******	*Pu-Yi*
Qui c'est, ce garçon ? 2043 ***	*Nicole de Buron*
Racines 968 **** & 969 ****	*Alex Haley*
Rencontres du troisième type 947 **	*Steven Spielberg*
Robocop 2310 ***	*Ed Naha*
Rosemary's baby 342 ***	*Ira Levin*
Sauve-toi, Lola ! 1678 ****	*Ania Francos*
Le secret de la pyramide 1945 ***	*Alan Arnold*
Le secret de mon succès 2216 ***	*Martin Owens*
Shining 1197 ****	*Stephen King*
Le souffle de la guerre 575 *****, 576 ***** & 577 *****	*Herman Wouk*
Star Trek 1071 **	*Gene Roddenberry*
Terminus 2122 **	*Patrice Duvic*
Thérèse Humbert 1838 **	*Laurence Oriol*
Tous les fleuves vont à la mer 1479 **** & 1480 ****	*Belva Plain*
37°2 le matin 1951 ****	*Philippe Djian*
La tricheuse 125 ***	*Guy des Cars*
Tropique du crabe 2198 ***	*André Rossfelder*
Un mari c'est un mari 823 **	*Frédérique Hébrard*
Vas-y maman 1031 **	*Nicole de Buron*

975
★ ★ ★

Impression Brodard et Taupin à La Flèche (Sarthe)
le 7 décembre 1987
1301-5 Dépôt légal décembre 1987. ISBN 2-277-11975-X
1er dépôt légal dans la collection : juillet 1979
Imprimé en France

Editions J'ai lu
27, rue Cassette, 75006 Paris
diffusion France et étranger : Flammarion